悪役転生だけどどうしてこうなった。　2

テレジア伯爵
エリザの後見人。カルディア領の領主代行を務める。
エリザ・カルディア・エインシュバルク(13歳)
異世界で生きた女の記憶を持って生まれ、それ故に別の運命を辿る事になった少女。カルディア領の領主を務めており、伯爵の身分を持つ。
エリザ・カルディア(7歳)
幼い頃のエリザであり、この物語の主人公。カミルを失って傷心したまま、テレジア伯爵の下、領主としての仕事に追われている。
登場人物

テオメル
カルディア領の新入領民の取りまとめ役。シル族の中で最も若い氏長。
神官ファリス
テレジア伯爵と旧知であるアール・クシャ教の神官。王族の祭祀場であるシャナク神殿の宮司（最高権力者）。
ギュンター
カルディア領軍の兵士。実質的な領軍のリーダー格。
クラウディア・ローレンツォレル
エリザの遊び相手兼護衛として王都から招かれた娘。
ラトカ（エリーゼ・チェルシュトカ）
カルディア領の孤児。エリザに対する反逆罪で処刑された事になっており、現在は名を変え存在を隠匿されている。

ジューナス

カルディア領周辺図

シェルストーク
シュテーデル
カールソン
ヴァレジア
旧シュテーデル
カルディア
ヘンズナット
ジューナス
旧ガルビアート

Contents

第二部

——夢を、見ていた。知らない世界に生きた女の夢だ。

視界に入る人間が誰も飢えず、病まず、死は非日常に在《あ》って遠い。

家に戻れば家族が、学校へ行けば友人が居て、日々の安寧《あんねい》を脅《おびや》かすものも無い。

そんな、幻想じみた世界の夢だ。


スープの中に毒薬を浮かべた瞬間から夢見る事をやめた光景が、今になって鮮明に浮かび上がっている。

他人の悪意を知らずにいられた女の、これ以上無いほどに幸福で平凡な日々を眼前に突き付けられている。

それはまるで責め苦のようだ。或《ある》いは、鋭利な刃物のようだ。

その記憶は、私の柔らかいところをこの上無く惨《むご》たらしく抉《えぐ》り切り裂いていく。

その苦痛に耐え切れない。払い除《の》けてしまいたい。なのにそれは夢であるからか、抵抗は何一つ出来ず。

これが私の地獄だろうか。

渇望してなお幻想だと捨て置いたその光景を、取り返しのつかない過ちを犯してからまざまざと見せつけられる。

永遠のように、それが何度も繰り返される。

逃げ込んだ筈《はず》の夢の中で、血を吐くような嗚咽《おえつ》を吐いた。

束の間の安息さえ、赦《ゆる》されぬ限り許されはしない。

そうして最後には、その女がまたその記憶を私の方へと放って寄越す。
貴女《あなた》にはきっと必要だろうから、と、優しい声で。
仮令《たとえ》それが貴女にとっては苦しみでしかなくても、と、哀しい声で。
私の事を忘れないでね、と、切なくも悍《おぞ》ましい呪縛を残して、ほろりと崩れる。

夢見る事など赦されない。なのに忘れる事も許されない。

崩れゆく女の幻影が痩せ細った少女に変わり、血に濡れた少年の姿へと重なったところで、私は堪《こら》え切れずに悲鳴を上げる。

【序章】

……僅《わず》かな花の香りがして、少年は瞼《まぶた》を押し上げた。夜明けの澄み冷えた空気に身体《からだ》を震わせて、深く息を吸って吐く。

布の感触が身体を受け止めているのには未《いま》だに慣れない。粗末な藁《わら》の寝台のあの独特な匂いを懐かしく思いながら、彼はごろりと仰向けになって身体を起こした。与えられた寝床は木板張りの上に毛皮と織り布を敷いてあるだけで固く、寝心地が非常に悪い。そのおかげで目覚めだけは良くなっている事が、その寝台のたった一つの良いところだろうか。

狭苦しさと堅固さの両方を感じさせる石造りの小部屋には、この部屋を塒《ねぐら》とする他の連中の高《たか》鼾《いびき》が盛大に響き渡っている。その煩《うるさ》さに辟易《へきえき》しつつ、すぐ横にある窓を外から覆う木板を押し開けると、薄明かりが射し込んできた。

夜明けの前の、ほんの僅かな時間。月と太陽の間で華やかに色付いて白む空に、紅碧《べにみどり》がじわりと広がるその一瞬が、一日の中で最も美しい瞬間だと少年は常に思う。完全に空が抜けるような青さを得てしまうまで、彼はその様をじっと眺めていた。起き抜けでぼんやりとしていた頭が、その間にのろのろと働きだす。

紅碧、という色の名を教えてくれた人の面差《おもざ》しを思い出して、彼はじくりと痛む胸を押さえた。巡回の修道女達の中に混じっていた少女。過ごした時間は短かかったが、だからこそ、この夜明けの空と同じ色の瞳をはっきりと憶《おぼ》えている。

そうして一つ、彼は緩く息を吐いて、吸った。枕際に置いた一輪の花から、やはりほんのりと甘い香りが肺へ染みる。胸の奥に硬く凍ったものを、それがほんの少しだけ小さくする。

その花をくれた相手の優しげな笑みがふと頭に浮かび、少年はそっと微笑《ほほえ》んだ。明け方の空とその花の香りだけが、少年の憂鬱《ゆううつ》な目覚めの慰めだった。

——完全に日も昇ったし、そろそろ起床の時間かな。

少年は窓に背を向けて寝台から立ち上がると、部屋の出入り口に掛かる鉄板を木の小槌《こづち》で遠慮なく叩く。ガンガンガンガン、と容赦の無い大音量が煩い鼾を掻き消して、むさ苦しい男達を夢の世界から引きずり出した。

「朝だ、起きろオッサン共!」

「……ぉ、おお。お早《はよ》うさん、ラトカ」

「全く、起こし方に容赦ねえよなァ、毎朝……」

騒音に漸《ようや》くもそもそと寝台から這い出し始めた部屋の住人達に、少年は小さく溜息を吐《つ》く。最後にやり場の無い思いを紛らわせるように、ガン、と木槌を鉄板に叩き付けるように置いた。

少年——ラトカ、或いはエリーゼ・チェルシュトカがここへ来て、もう半月になる。兵舎では朝の起床を告げるのは最初に起きた奴という決まりがあるのだが、今の所、彼一人が毎日この鉄板を叩いていた。

ガツリ、と木剣が交差して、その衝撃で腕がジンと痺《しび》れる。重心を落として踏みとどまろうとしたラトカは、その途端かくんと膝《ひざ》が折れるのを感じた。

「あっ」

支えを失った身体は大人の力に簡単に流されて、手から木剣が吹き飛ぶと共にずさりと音と砂を立ててラトカは地面に転がされる。こうして砂に塗《まみ》れるのはもう今日はこれで十回目だ。まだ朝食も食べる前だというのに。

一度起き上がろうとして、けれど今度は腕に力が入らずに再度地面に倒れこむ。見習い兵士としては余りに貧相な、痩せっぽちで発育不良の身体は、連日の過酷な訓練にとうとう言う事さえ碌《ろく》に聞かなくなっていた。

「おいおい、だらしねぇなァ！　ツァーリは五歳の時でももう少し粘《ねば》っていたぞ！」

「五歳の女に負けるなんざ、麦を刈れるようになった男としちゃ有り得ねえぜ！　流石《さすが》はお嬢さん育ちのラトカちゃまだな！」

途端、周囲にいる粗暴な兵士達から下卑《げび》た野次と嘲笑が飛ぶ。彼らが以前ここで同じように見習い兵士をしていた領主の娘と比較してラトカを『お嬢さん』と盛んに囃《はや》し立てるのは、この兵舎へと彼を放り込んだ伯爵が、その際に「カルディア子爵と同じように鍛《きた》えよ」などと言ったせいだろうか。

箱入り娘を揶揄《やゆ》する意味を持つ『お嬢さん』という呼び方は彼の苛立《いらだ》ちをこれ以上無い程に煽るものだった。貧相さや少女のような幼い顔立ちは、ラトカにとっては充分に劣等感を覚えさせられる存在で。

「――うる、さい！　俺は、あの領主の娘とは違って、剣術、なんか、初めてやるんだッ!!」

痙攣《けいれん》する腕をもう片方の手でギリ、と握り締めながら、彼は兵士達へと吠えて返した。

毎朝飽きもせずこの手合わせで砂を噛む度《たび》に向けられる酷く屈辱的なそれに、この日初めてラトカは息切れの合間に声を上げた。これまで何も言い返す事が無かったのは、忍耐によるものではなく訓練のせいでその気力さえ無かったせいだ。体の方はさて置き、心の方は此処《ここ》での日々に慣れてきたという事なのだろうか。

声を荒らげたラトカに、兵士達は一瞬ピタリと黙り込む。これで静かになるか、と思ったのも束の間、兵士達は堪え切れないといった具合に、どっと下品に大笑いし始めた。

「ツァーリの奴だって、ここへ来るまで剣なんか触った事もありゃしねぇよ！」

その嘲笑には、流石にラトカも押し黙るしかない。貴族は物心つく前から剣を習うものじゃないのか。何年か前にシリル村へと滞在した小さな修道女は確かにそう言っていたのに。比較相手は元々剣の手ほどきを受けていたと思えばこそ、今まで何とか耐えられていた罵声《ばせい》だった。今更露見した事実に、彼のなけなしの矜持《きょうじ》はズタズタになる。

何よりも比較相手が悪かった。兵士達からツァーリと呼ばれるその少女は、ラトカが最も憎く思っている領主の娘――正確に言えば、現領主――だった。訳の分からない程の憤《いきどお》りと悔しさに思い切り顔を歪《ゆが》めたラトカを見て、流石に叩き過ぎたかと兵士達の笑いは萎《しお》れるように消えていく。あんなに煩かったのに、今度は何で静かになったのか、と、それさえも今の彼には癇《かん》に障《さわ》った。

「――まぁ、その、なんだ。あんまりうちのお館様を侮《あなど》るなってこった」

兵士の誰かがそうもごもごと言うと、他の奴らもそれにもごもごと同意のような言葉を零《こぼ》して、冷めたように散っていく。

（……ああ、もう！　一体、何だってんだよ！）

苛立ちのままに右手の拳《こぶし》を地面に振り下ろした。その瞬間、それまで黙って様子を見ていた相手から、冷たい声が落とされる。

「早く起きろクソガキが。そんだけ元気なら、あと五回は打ち合い出来るだろ」

同時に先程手の中から吹き飛ばされた木剣が腹の上に降ってきて、ラトカはぐえっと呻《うめ》いた。

恨みがましさを込めた目で、そんな暴挙を十に満たない歳の子供に躊躇《ためら》いなく行った相手を睨《にら》む。

寝転ぶラトカの頭上に立ったその男は、矢鱈《やたら》と鋭い眼光を返してきた。

「……ごめんなさい」

それに怯《ひる》んですぐに謝るラトカだったが、男の眼光には一切変化が無い。ハッとした彼が慌てて飛び起きて剣を構えると、男はほんの少しだけ足を引いていた。

――危なかった。あと少しでも寝転がったままだったら蹴るか踏まれるかするところだった。間一髪で危機を逃れたラトカに対し、男はチッと小さく舌打ちする。

「おら、ボケッとしてないで始めろ」

「はい、ギュンターさん」

ラトカは一つ頷《うなず》くと、そのまま男――ギュンターへと突っ込んだ。

……言う事を聞いてくれない身体のせいで、僅か数度剣を交わらせただけでもう一度地面に転がる事となった。

昼からは自分の夕食を採《と》りに行かねばならない。それがこの領軍の決まりであるという。けれど嘔吐《おうと》するほど体力的に追い詰められた幼いラトカには、酷い疲労を抱えながらの狩りなど無理だった。ひもじい思いは慣れている、と不貞腐《ふてくさ》れたような気持ちでそう自分に言い聞かせて、今日まで彼は採集に出ていない。

その代わり――

「あら、今日も来て下さったのですか？」

人目を気にしてそろそろと……というよりは疲れた身体を引き摺《ず》ってのろのろと建物や木々の陰を通り、憎き領主の象徴である仰々《ぎょうぎょう》しい建屋へと向かう。そうして複雑な形の中庭の一画へと躍《おど》り出た途端、窓の上から柔らかな声が降ってきた。

「エリーゼ様！」

ラトカが見上げると、二階の窓からちょこんと顔を出してこちらを見ている少女と視線が合う。

彼女はごく上品に、楽しそうな笑みを零した。ラトカにくれたあの一輪の花のような、可憐《かれん》な笑みを。

「ふふふ……おかしいわ。あなたも『エリーゼ様』でしょう？」

呼ばれた名前に僅かに苦い思いが込み上げる。けれど、それは思いを呑《の》み込んで笑みを返せる程度のものだ。ラトカにとってはそれよりも、病弱で部屋に篭《こも》ったままのその少女が、今日はかなり元気そうだという事の方が大事に思えた。

「エリーゼ様、本日はどのような事をお話しして下さるのですか？」

「なんでも。……それよりエリーゼ様、お……私を呼ぶ時に様なんてつけないでって言っただろ」

ラトカはもごもごと、せめて自分にも許されるであろう、小さな願望を口にした。ここへ来る度毎回言っている筈だが、エリーゼは楽しそうに笑って「ごめんなさい」と言うだけで、はいと頷いた事は一度も無い。

（ホントは、俺の本当の名前を教えたい、けど……）

自分の名前だというのに、ラトカという名を領軍の兵士以外に伝える事は許されていなかった。だからせめて、もう少し親しげに呼んで欲しいと願うのだ。貴族を相手に平民に過ぎない自分が何かを願ったところで、という思いはあったが──それを口にするのを止められないのは、エリーゼが余りにもラトカの中にある『貴族』の像に当て嵌《は》まらないからだ。

（ああ、今日も大丈夫だった。俺が何かを願っても、エリーゼ様は怒らなかった。エリーゼ様は今日も特別な貴族だ。誰も苦しめない、酷い事をしない貴族──）

脳が蕩《とろ》けるような安心感に、ほぅっ……、と息を吐く。

ラトカが話に聞いていた『貴族』は高慢で、浪費家で、平民を人とは思わないくせに、飾り立てる事とお喋りにしか能の無い存在だった。それを彼に話したのはたった一人の見習い修道女だったが、彼には他の話を聞く術《すべ》は無かったし、聞きたいとも思わなかった。その評価はこの領の領主──正確には、前領主だが──にぴったりと添《そ》ぐうものだと、カルディア領の人間ならば誰もがそう思っている筈だからだ。

しかし優しい笑みを向けてくれるエリーゼと、その貴族像は一向に結びつかない。自分の呼び方を咎《とが》める度、平民風情が貴族に逆らうのかと、冷酷な言葉が彼女の口から飛び出してこない事に安堵《ど》を重ねる。

その一方で、脳裏を過《よぎ》る面差しが酷く彼を苛立たせた。毎日毎日、兵舎での生活でその名を聞かされる都度、ラトカが知る『貴族』の像をやはり裏切る存在——兵士達にツァーリと呼び慕われる少女、エリザ。何処《どこ》までも憎たらしい、カルディアの娘。

……春の終わりに行われたエリザの六歳の誕生祝で、領内の村を行進して回った彼女にラトカは石を投げた。

殺すつもりだった。死ねば良いと心から思って、大人が乗るような馬の上に居たその少女の頭に、力一杯石を投げつけた。

痩せこけて非力な子供の投げた石では精々頭に掠《かす》り傷を負わせて落馬させる程度が限界で、失敗した暗殺を反逆罪に問われた結果、何故か今、ラトカは『エリーゼ』の名を与えられて生きる事になっている訳だが。

(何が『ツァーリ』だ)

彼の苛立ちは今朝の事もあって領軍の兵士達へと向く。

ツァーリ。ユグフェナ地方に残る古い言葉。聖アハルさえ生まれる前の、ユグフェナの地を治めた賢王についての物語がその由来となる。

(何が、『ツァーリ』だよ。あいつは俺達を苦しめるだけの存在じゃないか)

エリーゼへと向けた笑顔の裏で、ラトカはもう一度そう吐き捨てた。

◆

領軍の兵舎に叩き込まれて一月半も経《た》つと、昼に吐き戻さない程度には体力がついていた。それでも夕食を狩りに行くほどの気力は無く、ラトカは未だに夕食抜きの生活を続けている。

今日は行進訓練の距離を更に延ばされた。それでも最後まで立っていられたのは確かに進歩なのだろう。だが酷く足が痛むので、エリーゼを訪ねる事も止めて早々に自分の寝台へと潜《もぐ》り込んだ。

狩りといえば——領主の娘の新しい護衛となった貴族の女性の姿が思い出された。クラウディアという名の金髪の女性で、ラトカが稽古を終えた後に修練所へやって来て槍を振っているのを何度か見かけた事がある。彼女は領軍の誰よりも槍の扱いに長《た》けていて、気紛《きまぐ》れに狩りに参加しては大物の獲物を容易《たやす》く取ってくる事が度々あった。そのお陰か、兵士達がラトカを『お嬢さん』と揶揄する事は少なくなっている。

そんな彼女も、日頃の言動を観察する限りではラトカの頭の中にある『貴族の像』には当て嵌まらない。

——貴族の娘は皆、毎日新品のドレスを着たがるのよ。領民の皆から取り上げた税を使ってね。酷いでしょう。……ラトカの耳の奥で懐かしい声が蘇る。その声を最後に聞いたのはもう二年も前の事なのに、その記憶を鮮明に覚えている。忘れ方さえ分からないくらい、はっきりと。

エリザに囚《とら》われるまでのラトカは、いつもどこかしら怪我《けが》を負っていた。今からおよそ四年前、領主が死に、カルディア領の領民が少しずつ人としての暮らしを取り戻し始めた頃からずっとそうだった。

その頃の彼は、昼間は人目を避けるようにして一人ふらふらと外を出歩き、夜は家の戸口で眠る日々を繰り返していた。家にいると何が起こるか分からなかったからだ。

心を病んだ母親が、とうとうラトカの事を認識出来なくなっていた。黒い髪を見て領主を重ね、赤い瞳を見て領主を重ね。ただ色味が似ているだけの筈だが、心を壊した母にはそれで十分だった。——錯乱したままの母がラトカの瞼を縫い付けようとした。それ以来、親子はお互いを恐怖の対象として捉《とら》えるようになっていた。

村人はラトカを疎《うと》んでいた。ラトカという存在は村人から忌諱《きき》される要素をいくつも抱えていた。

ラトカにとって、家の中と同じく村の中も何が起こるか分からない場所だった。

ラトカには父が居ない。母親が『労役《ろうえき》』に出された先のどこかで孕《はら》んで出来た子がラトカだ。腹が出ていては働けないからと村に戻された時には、既にラトカの母は心を壊して正気を失っていた。それまで自分が何処にいたのか、腹の子の父親が誰なのかも分からないという状態だった。『労役』で孕んだ子供は、男児であれば殺される決まりがあった。殺さねば村人の全てに罰を与えると領主が触れを出したのだ。『労役』で向かわせられる先は皆違っていたが、唯一の共通点は『貴族に仕えるために行く』というものだった。貴族の胤《たね》は残してはならず、女児はともかく、男児だけは生まれてきてはいけなかった。罰を与えられる村人の範囲の中には子供を産んだ女自身も勿論《もちろん》含まれていて、故に母となった女達は男児が産まれたら流れたものとして我が子を諦めていた。

そんな中で、心を病んで村人から遠ざけられていたラトカの母親は一人でラトカを産み落とした。彼女は自分の子は女児だったと偽《いつわ》って回った。『ラトカ』という名前はそうして付けられた。男児でも女児でも育てると最初から決めていたのか、ラトカの母は自分の子供に男性名を用意しなかったのだ。真実を隠し通すためにか、ラトカは領主の死が伝えられるまでずっと村外れのボロ小屋のような家の中で母親と二人で過ごした。母親は彼を家の外に一度も出そうとはせず、また自身も殆《ほとん》ど外へ出ようとしなかった。

けれど唐突に訪れた領主の死の知らせは、何故か母親の心を更に狂わせた。その狂気の矛先を向けられたラトカは母親の常軌を逸した行いに耐えきれなくなり、外へと逃げ出した。そうして彼の存在は漸く露見する事となった。

少しばかり距離が開いた事によって母親は一時的に落ち着きを取り戻したが、二年の時を経てより酷く心を病んでいった。隠して育てた大切な息子をそうと認識出来なくなり、彼女は徐々に自分の子供に憎しみに似た感情を見せるようになった。

領主の死によってラトカを殺そうとする決まりは既に無くなっていたが、領主を思い起こさせる少年の存在そのものを村人達は疎んだ。それまでと同じように彼を存在しないものとして扱い、時折距離が近付き過ぎると嫌厭《けんえん》の視線を浴びせた。

行き場の無いラトカは毎日とぼとぼと地面を見ながら村の外縁を彷徨《さまよ》った。そうして歩きながら、幼いラトカは自分が精神的に憔悴《しょうすい》していく様を黙って観察していた。それまで彼の世界の全てだった母親が彼を害そうとした事が彼の精神をも蝕《むしば》んでいった。

そんな日々が二年も続いた頃には、ラトカは鬱屈《うっくつ》した感情だけを抱えるようになっていた。母親への愛憎入り交じる恐怖とそれを上回る強烈な孤独感は、彼の自我の確立を歪んだ形で早めた。

巡回の修道女達がやって来たのはそんな頃だった。村の大人達がやっと畑に黒麦の種を撒いた二年前の春。村の者達は彼女達を歓迎する事など出来なかったが、心の平静を己に課す修道女達は村人にあしらわれても不満の欠片《かけら》も見せず、村への奉仕活動をすると共にある『話』を広める事によって急速に村へと溶け込んでいった。

『今の貴族達は皆、自分の仕事を忘れている。なのに対価である権利は最大限に振り回して、贅沢の限りを尽くしている。それは神の教えに反する行いである』

修道女達はそんな言葉を盛んに繰り返した。同時に語られる修道女達が旅の間に見聞きしてきた貴族の生活や領主貴族の傲慢《ごうまん》な振る舞いの話を、まさに領主に生き地獄を味わわされたシリル村の人間が信じない筈が無かった。結果として、シリル村の村人は今でも彼女達を妄信の対象とし、領主を始めとする貴族に憎悪を募らせている。

話の半分も理解出来なかったラトカでさえ、その例外ではなかった。寧《むし》ろ最もその話を貪欲に聞き、信じ、強い肯定を示したのが彼だった。貴族によって齎《もたら》された地獄は彼にとってはまだ終わったものでは無く、苦痛に満ちた日々の中で、一人の幼い修道女がラトカに向けて語る言葉だけが、彼にとっての『言葉』となった。

その修道女見習いの少女の事を、今でもラトカははっきりと覚えている。少女に語られた言葉は全て、そのまま彼の貴族に対する常識として定着した。

――どうして俯《うつむ》いて歩いてるの？　前を見て歩かなければ、とっても危ないわよ。

最初にそのハキハキと気力に満ちた声が聞こえた時には、ラトカはそれが自分に向けられたものだと思わなかった。家の外では自分という存在は無いものとして扱われる事に彼自身が慣れきってしまっていたのだ。

――ねえ、大丈夫？

肩を掴まれて、予想外の出来事に心臓が止まるかというほど驚きながら振り向いた。ほんの少しだけ高いところから見下ろしてくる、夜明けの空の色をした瞳の中に、真っ直ぐ自分が映り込んでいるのをラトカは見た。

他人の目に映り込んだ自分の姿というものを、彼が生まれて初めて見た瞬間であった。

火に似た色の眩《まぶ》しさが瞼越しにラトカの瞳を灼《や》く。照らしてくる光に煩《わずら》わしさを覚え、それまで微睡《まどろ》んでいた意識は一気に覚醒した。顔を背《そむ》けて目を開くと、窓越しに夕日が差し込んで部屋中を朱色に染めていた。

(訓練が終わってすぐに眠ったんだったっけ……)

寝起きで鈍い頭を何とか動かして現状を把握させる。ついさっき寝台へと倒れ込んだような感覚だったが、数刻眠りこけたらしい。多少楽になった身体を起こして、夕日に完全に背を向けた。

部屋の外、廊下を挟んだ向かい側にある食堂から、兵士達の楽しげな騒ぎ声が響いていた。壁に阻《はば》まれ不鮮明なその音が、そのまま周囲と自分の関係性のように思えて、ラトカはぎゅっと唇を引き結ぶ。夕暮れは嫌いだ。それは今のように、自分と壁を隔てた向こう側で皆が楽しそうにしている音を聞いていた、寂しい記憶が原因だろうか。

心の壊れた母親の待つボロ小屋へ、汚泥《おでい》のように沈み込んで混ざる様々な感情を呑み下しながら帰路を歩く時、道沿いの家から聞こえてくる生活音や話し声はそれだけでラトカの柔い精神を容易く引き裂いていった。子共が親に名を呼ばれる情景を思うだけで、彼は今尚《いまなお》どうしようもない妬《ねた》ましさに咳《せ》き上げる。

誰でもいいし、どのような事ででも良いから、ただ自身を見てそこに居るものとして認めてくれる人間をラトカは渇望していた——今でもしている。最初にそれを叶え、様々な事を彼に教えてくれたのが、紅碧色の瞳をした修道女見習いの少女だった。それだけで、彼女はラトカの妄信を得るに充分な存在だった。

追憶と共にじわりと広がる冷たく頑《かたく》なな感情に緩く息を吐いて、ラトカは夕陽に照らされた壁をなんとはなしに見上げる。カルディア領の夕暮れは短い。朱色に染まった、と思った部屋の中はいつの間にか赤みを増して薄暗くなってきていた。

夜明けの空があの少女の瞳だとしたら、血のように赤い日暮れの空は領主の娘……エリザの瞳に似ている。或いは、既に死んだ領主に。

(俺の瞳の色も、そうなのかな)

ラトカは掌《てのひら》でそっと自分の瞼を覆った。赤い瞳だとは言われるが、自分の瞳の色など自分では見えないものだ。そうして、酷く憂鬱な気持ちになる。錯乱した母親に目を抉り出されそうになった凄惨《せいさん》な記憶が、脳裏に一瞬浮かんで消える。

「……おや、起きていたかね」

半開きだった部屋の扉の方から突然声を掛けられて、ラトカは腕を下ろした。伏せていた顔を上げると、丁度《ちょうど》壮年の男が扉を押して部屋へと入ってくるところだった。

ひょろりと背の高く、兵士だというのに弱そうな印象を受けるその男は、領軍で最も年長のカルヴァンという兵士である。カルヴァンはラトカに向けて、穏やかに目尻の皺《しわ》を深めた。僅かに残る夕陽の光に照らされて、影が細かく刻まれる。

「良かった、君を起こしに来たんだよ。今日はクラウディア様が赤角鹿を仕留めてね。今皆で焼いていたところだったんだ」

食べるから起きておいで、とその男が手招くのを、ラトカは寝台の縁に腰掛けたままぽかんと見上げた。彼が何を言っているのか、よく分からなかった。一つ一つの言葉は理解出来ても、それらがどうして繋《つな》がるのかが分からない。

「……どうしたね？　具合が悪いのか？」

カルヴァンはラトカの様子を不思議に思ったのか、寝台の横までやって来た。心配そうな顔で伸ばされた手に、慌ててラトカは首を横に振る。

「そうじゃ、ないけど……」

ただ困惑に頭が鈍くなっているだけだ、とのろのろと首を横に振ったラトカに、ふとカルヴァンが笑みを深くした。次の瞬間ひょい、とその腕がラトカを抱え上げて、何も言わずに歩き出す。

「…………!?」

突然の事にラトカは声も出ず、ただカルヴァンの肩にしがみついたまま、食堂の方へと壁が流れていくのを眺《なが》めるしかなかった。


そうして男に抱えられて入った食堂には、基地に残っている兵士の殆どが集まっていていた。

「連れて来たよ」

「おお、流石カルヴァンじいさん」

「じゃじゃ馬お嬢さんをごく簡単に連れて来るとは、年の功ってやつか？」

兵士達はカルヴァンとラトカに気付くと、囃し立てるように上機嫌な声を上げる。ラトカはカッと頬が熱くなるのを感じた。

「これ、小さな子供を大人気《おとなげ》なく虐《いじ》めるんじゃない。接し方が分からぬからとからかい倒すなど、阿呆な真似《まね》などするものではないよ」

けれどその熱が口から飛び出す前に、自分を抱える腕が兵士達の言葉を気にするんじゃないよと背を撫でる。するとその熱の激しさはすぐに勢いを無くして、喉元まで迫《せ》り上がった怒鳴り声はどこかへ行ってしまった。

それが何故だかとても気恥ずかしくて、思わずラトカは顔を伏せ、額をカルヴァンの肩にぐっと押し付けた。そうしてから、兵士達が今の自分の様子を揶揄しないだろうかという考えに気付いて、その事だけで頭が一杯になる。

しかし予想に反して兵士達は黙ったままだった。絶対に下卑た笑いが起こると思っていたラトカは、萎れるように静かになった兵士達を逆に訝《いぶか》しむ。そろりと顔を僅かに上げて、兵士の様子を窺《うかが》おうとした。

丁度そこにズイ、と焼けた肉の刺さった串が差し出されて、思わず仰《の》け反《ぞ》る。

「……お前の分だ」

肉を差し出した若い兵士はラトカと同室の、イゴルという名のやや寡黙《かもく》な青年だった。彼は普段はラトカを丸っきり無視し続けていた筈だが、今日はどうした事か、視線こそ逸《そ》らしていたが、串を受け取るのを躊躇うラトカにさらにズイ、と押し付けようとする。他の兵が持つどれよりもその肉が大きいので、更にそれを受け取って良いのか分からず戸惑った。

「間違いなくお前の分だ、早く受け取れ。夕飯、採りに行ってないんだろう」

どうするべきかと逡巡《しゅんじゅん》する間に再度、高圧的にそう言われて、ラトカの気持ちは釣られるように一気に硬さを帯《お》びた。感情が昂《たか》ぶってしまえば、幼い思考と理性はすぐに塗り潰される。

「――うるさいな。領主に散々苦しめられたのに、その娘に喜んで尻尾振ってる奴らからの施しなんて要《い》るもんか」

その言葉を放った途端、周囲に居た兵士達が息を呑んで沈黙した。

(そうだ。何時《いっ》も何時も、ツァーリがどうしたこうしたってうるさいんだよ。相手は人を散々苦しめた領主の、貴族の娘だろ)

氷水を注ぎ込まれてキンと冷えるように、頭と心が痺れていく。

(あいつに味方するなら、お前らだっていつか……)

馬上の幼い少女に石を投げた時と同じ昏《くら》い感情が噴き上がる。そうしてギリ、と奥歯を噛み締めた、その瞬間だった。

「――誰がいつ、あのガキに尻尾を振ったって?」

激しい感情に顔を歪めて、イゴルが低く底冷えするような唸《うな》り声を上げた。ギラついたその目に貫かれるかのように睨まれて、そのあまりの剣幕に驚く。

(なん、で……)

自分と同じ憎しみがここに存在する事に、ラトカは声を失った。

イゴルはふっと一つ首を振って表情を無くすと、すぐに身を翻《ひるがえ》して離れていってしまった。そうしてから、ラトカはいつの間にか手の中に串が収まっている事に気付く。

「やれやれ……本当に、仕方のない奴が多いものだ」

一連のやり取りを見ていたカルヴァンが苦笑を漏《も》らした。

「全くだ。どいつもこいつも、ガキの一人二人に大騒ぎしやがって」

それに肯定を示す言葉がすぐ傍《そば》で聞こえて、ラトカはびくりと肩を跳ねさせる。顔を向けているのと反対の方向からしたその声に振り向くと、いつも通り眉間《みけん》に皺を寄せた渋い顔のギュンターがそこに居た。

「ああ、エリザ様の時から何も進歩してないね」

「進歩どころか、悪化してる。あのガキはどんだけ揶揄られても気にも留めなかったが、そっちのガキはそうじゃねえだろうに」

大人二人の会話がどういう意味なのか少し察して、ラトカはギッと唇を噛む。

（あの領主の娘もこんな風に口汚い嘲笑に晒《さら》されてたってのかよ……考えられないな）

それでも、あのイゴルの様子を見る限り、それが真実なのだろう。エリザはこの兵舎に居た頃、兵士から憎悪と嫌悪を向けられていたのだ。

それが今や――殆どの兵士がツァーリ、と口にする。そしてそれを口にした者に誰も突っかかろうとしない。先程あれ程激昂《げきこう》して見せたイゴルでさえ。それはつまり、彼らがエリザを新たな領主として認めたという何よりの証拠だ。

（あいつ……どうして、）

更に強く唇を噛み締める。脳裏にその存在を思い描くたび憎しみが首を擡《もた》げていたのに、どうしてか今は全く別の感情が靄《もや》のように渦を巻いていた。

ラトカには、その感情が何なのか全く分からなかった――分かりたくもない、と、ラトカは胸の内で呟《つぶや》いた。

けれどその靄のような感情は、その日からラトカの心中から消える事は無く、寧ろそれが心の中を占める範囲は少しずつ大きくなっていった。

カルヴァンの小言にラトカへの扱いを少々考え直したのか、その次の日から領軍の兵士達は揶揄する以外にも彼にいくらか話しかけてくるようになっていった。

一番最初のものは会話とも呼べない、「具が少ないよな」という朝食についての感想を近くに座った兵士から一方的に掛けられるというものだった。それから、ギュンターに転がされていつものように揶揄を受けた後、励ますような言葉が気不味《きまず》そうにぽつりと掛けられた。

不器用極まりない兵士達は、取り敢《あ》えず今までと同様の行動を取りつつ、ラトカとの対話を元にその対応を学習する事にしたらしい。お互いに戸惑いながら一言二言を交わすうち、数日も経てば受け答えの言葉は当たり前のように増えていく。次第に兵士達は領主への恨み言や、訓練の厳しさへの愚痴《ぐち》を零すようになり、遂《つい》には彼等の出身の村や家族の話へと次第に深みを帯びていった。

そうして語られるようになった領軍の兵士の話は、ラトカにとって衝撃的なものばかりだった。

例えば彼等の殆どが元は食い詰めた末に盗賊になった者達で、ラトカと同じように領主を憎んでいる事。故に兵士達も、エリザが兵舎へ入った当初はかなり手酷く扱ったのだという。ラトカなどよりもよほど容赦なくギュンターから痛めつけられていたとか、揶揄より酷い単なる罵声を浴びせられていたとか、そんな話も聞いた。

「今からすると胸の痛い話だが、ここに居る間ツァーリはずっと脅《おび》えていたな。いつも俺達に殺されないかと常に気を張っていた。実際、殺す寸前まで首を絞めた事のあるやつもいる。……ああいや、これは聞いた話だけどよ」

同室の男が教えてくれた話に、ラトカの胸の奥は不思議と硬さを失っていく。

エリザへの憎しみが無くなる訳ではない。けれどそういう話を聞く度に、彼の心の中の靄は広がって、何かに対する苛立ちや殺意といった凍《い》てつくような感情が押し退《の》けられるようにして遠ざけられていく。

その変化に当惑する。兵士達と言葉を交わす度に起こるおかしな感情の動きに、どうにも頭がついていかなかった。


「おい」

行軍の訓練の終わった後。目を閉じたまま木陰に座り込んで休んでいるところを誰かに揺すられ、ラトカは重たい瞼を開いた。途端に視界に入り込む眩しさに目の奥の方が痛む。

眩《くら》む視界に慣れた頃、ラトカはやっと傍に立つ兵士を見上げた。

「……イゴルさん」

そこに居たのはイゴルだった。彼はラトカに汗を拭《ぬぐ》う用の布を投げて渡し、それからしゃがみ込んでその表情を覗《のぞ》き込んだ。

「歩けないほど疲れてるのか。平気か?」

「うん、平気……」

ラトカがもそもそと答えると、イゴルは眉を顰《ひそ》める。どの辺が平気なんだ、と思われている事に気付き、慌ててラトカは言葉を付け足した。

「嘘じゃないよ。疲れてるってより、暑くて」

訓練で疲れているのもあるにはあったが、ここに座り込んでいるのはどちらかと言えば暑さにバテているせいだ。夏も盛りとなったこの頃、毎日うんざりする程眩しく暑い陽射しが降り注いでいる。肌が白いラトカは、その陽射しがどうにも苦手だった。

「ならとっとと兵舎に戻るぞ。いつまでもこうしてると、昼を食いっぱぐれるからな」

「んー……もうちょっと、涼んでたいな」

木陰の外は眩しい程に陽の光が照っていて、そこへ出て行くのが躊躇われる程だった。風の抜ける兵舎の中が涼しいのは分かってはいるのだが、今はここから動く気力さえ無い。

「イゴルさん、先に戻れば。俺あんまり腹減ってないから、昼飯は別にいいや」

「お前なあ……」

呆《あき》れたようにイゴルが溜息を吐く。そこへ、また別の声が割って入った。

「やあラトカ、大丈夫かね？」

「あれ、カルヴァンさん？」

先に兵舎の方へと戻った筈のカルヴァンである。彼が間を置かず戻って来た事にラトカが首を傾《かし》げると、カルヴァンは朗らかな笑みを浮かべて、二人に「ほら」とカップを渡した。

「訓練が終わったら、水分補給だけはしないとな」

水で満たされたカップを、ラトカは黙って受け取る。わざわざカルヴァンが動けないラトカのために水を持って来てくれたのだという事に、突然ぶわりと胸のうちの靄が大きく広がるのを感じながら。

赤角鹿の肉の件以降、最もラトカによく話しかけるようになったのはイゴルとカルヴァンだった。年齢の差からか二人はラトカをよく気に掛けており、一方的にラトカが世話を焼いて貰《もら》っているような関係となったが、それでも彼らはラトカに頻繁《ひんぱん》に構っていた。

とりわけイゴルの方はラトカと似た思いをエリザに対して抱いているせいか、この短い間に随分距離感が無くなった。イゴルと居る時のラトカは癇癪《かんしゃく》を起こすような事も無く、余計な気力を使わずに居られる。同じ部屋で寝起きするせいで日常的に行動を共にするようになり、次第にラトカはイゴルを兄貴分として認めていった。

カップを傾けて、冷えた水で喉を潤す。それだけで随分と楽になったような気がする。

「楽になったかな?」

「……うん、ちょっとすっきりした」

そう頷いた瞬間、同じように水を飲み干したイゴルの手が伸びてきて、荷物か何かのようにラトカをひょいと肩へ抱え上げる。

「うわっ、ちょっと……!」

唐突な浮遊感にラトカは慌ててイゴルの服にしがみついた。

「冷えた水で少しは涼んだだろ。お前夜に何も食わないんだから、昼飯ぐらいちゃんと食っておけよ。じゃないといつまで経ってもチビでひょろっこいまんまだぞ、『お嬢さん』」

置いて行って良いってば、と言いかけるラトカの言葉を遮《さえぎ》って、イゴルがほんの少し早口にそんな事を言う。ラトカは『お嬢さん』という揶揄に、への字に曲げた口を反射的に開き。

「………手間かけて、ごめん。その、助かる」

――けれどそこから出て来た言葉は、彼が考えていたものとは全く違っていた。

あまりの驚きにラトカはパッと口を押さえた。これまでならば確実に「うるさいな！」と苛立ち任せに怒鳴って返した筈なのに。

イゴルとカルヴァンも、驚いたように彼を見ていた。まさかそんな事をラトカが口にするとは、二人も思っていなかったのだろう。

「……ふん。お前のそういう素直なところ、まだ可愛げがあっていいよな。チビのくせにあんまりにもガキっぽくないとさ、気持ち悪いし、見ててムカつくんだ」

やがて、吐き捨てるようにイゴルが呟いた。それが誰の事かは、名を言われずともすぐに分かる。視界の端でそっとカルヴァンが瞼を伏せるのが見えた。

（……何だかんだ言っても、結局イゴルさんもあいつの事、やっぱり認めてるんだな。嫌ってはいるんだろうけど……）

エリザの氷のような顔を思い浮かべて、ラトカは憂鬱さに肺の中の息を全て吐き出した。

甘えや隙を兵士達に見出《みいだ》されないように、気を張って過ごしていたというエリザ。それを認めていなければ、『ガキっぽくない』という言葉は決して出て来ない。

（確かに、俺より年下の癖に全然そんな風に思えなかった）

ラトカはエリザの誕生祝の日の事を思い浮かべる。殺そうとした相手に対して、彼女は余りにも冷静過ぎたように思えた。それは明らかに普通の子供のする振る舞いではない筈だ。

その燃えるような瞳まで思い浮かべてしまったラトカは、途端に喉の詰まるような感情に包まれた。

（……あいつは、俺をどうするつもりなんだろう）

――神子《みこ》クシャ・フェマの言葉によれば、罪人に与える罰というのはその罪を償《つぐな》い、魂の穢《けが》れを浄化するためにあるという。それでは、お前にすぐ死罪を与えるわけにはいかないだろう？

ぞっとするほど温度の無い、それでいて聞くだけで焼け落ちてしまいそうな声が耳の奥で蘇り、ラトカの息が苦しくなる。

エリザはラトカの生活を奪い、名を奪った。代わりの名を与えたからには、ラトカとして過ごしているこの兵舎にこのままという事は有り得ない。

自分は、どうなるのか。やはり死ぬよりも酷い苦痛を与えられるのだろうか。

……その苦痛とは、もしかすると今ある僅かな他人との繋がりさえも断ち切って、自分を完全に孤独に追いやるようなものではないだろうか。捕まった後に入れられた地下牢や、鎖に繋がれて閉じ込められた暗い部屋の事を思い出す。次はそのままそこから死ぬまで出して貰えないのかもしれない……そんな考えを抱いた瞬間、巨大な氷を呑み込んだかのように、腹の辺りがぞっと冷える。

「おい、どうした。吐きそうなのか？」

僅かに身震《みぶる》いしたのが伝わったのか、イゴルがそっとラトカの背を叩いた。

「え、あ、いや違う、大丈夫」

ラトカが慌てて否定すると、そうか、とイゴルは頷いた。けれど彼の手はそのままラトカの背をぽんぽんと軽く叩く。

頭の中の温《ぬる》い靄が、ほんの少し温度を増したような気がした。そしてそれが同時に胸の奥の方の、冷たく硬い部分を浮き彫りにさせる。これまでどうとも思わなかった筈のその感情がどうしてか周囲を凍てつかせようとしているように感じられて、ラトカはその小さな痛みにそっと唇を噛んで耐えた。

夏バテを起こして訓練後に食欲を無くすようになったラトカは、気分の悪い中昼食を詰め込むよりも、夕食を狩りに出たほうが良いのではないか、と考えた。

動けなくなる度にイゴルやカルヴァンに食堂まで抱えて戻って貰う訳にもいかないと食堂までは無理矢理にでも戻るようにはしているが、結局殆ど何も食べられずに二人にあれこれと言われてしまう。

(昼を食べない代わりに朝と夜をちゃんとすれば、イゴルさん達もそこまで煩く口出しはしなくなるだろ)

修道女見習いの少女が村に滞在していた間にラトカに教えた事は貴族の悪評だけではない。母親が働けず、自身も労働の宛が無くて常に飢えていたラトカに、少女は野草に関する知識を与えてくれていた。葉や実が食べられずに毒草とされている草や、えぐみの強い果肉のせいで捨て置かれている種子など、『食べられないもの』とされる野草の中には調理法さえ知っていれば食料として利用出来る野草がいくつか存在している。広大なアークシアを旅してきた巡回の修道女達は、滞在した先の食料を巡って諍《いさか》いが起きるのを避けるため、そういった野草の知識を代々受け継いでいた。

(これだけあればまあ、いいだろ。ちょっと疲れてきたし)

ラトカは脇に抱えた編み篭《かご》を見下ろした。中を埋める草や実は予定していた量よりやや少ないが、慣れない行為に暑さも相俟《あいま》って、これ以上続ける気は起きない。別に誰かに分ける訳でもないし、と、ラトカはそのまま兵舎へと戻った。

兵舎の食堂は日も差し込まず、風通しも良いため過ごしやすい。その隅《すみ》に腰を下ろし、水で喉を潤しながら採ってきたものを処理する。野草から食べられない部分を取り除いたり、果肉から種子をくり抜いたりといった作業を黙々と行いながら、ふとラトカはエリーゼの事を思い出した。

(そういえば最近、会いに行ってないな)

訓練量が増やされて体力的に余裕が無くなり、続いて暑さにやられての夏バテで、ここ暫《しばら》くの間訓練後は兵舎で休み続けていた。思い返せば、随分唐突に少女の許《もと》へ行くのを止めてしまった。訓練量が増える事など事前には伝えられなかったし、何日か続いた雨が上がったと思ったら急に気温が高くなって、それっきりラトカはエリーゼを訪ねていない。

(……ぱったり顔を見せなくなったの、どう思われてるかなあ。エリーゼ様なら優しいから、もしかしたら俺に何かあったのかって心配してくれてるかも……)

そう考えると不思議とむず痒《がゆ》いような気分になった。また来て下さい、お話を楽しみにしていますねと笑う少女の声に胸の辺りが温《ぬく》むような。

……けれど、次の瞬間、唐突にラトカは不安の淵《ふち》に突き落とされたような感覚に陥った。野草に処理を施していたラトカの手から、カラリと音を立てて机の上にナイフが滑り落ちる。

エリーゼの言葉に重なるようにして、家に居て頂戴《ちょうだい》、どうか母を一人にしないで……という、震えるような母親の声が耳の奥で蘇る。それはまだラトカが家の中に隠されていた頃、何度も繰り返された母親の願いだった。

――その願いを裏切ってラトカが逃げ出してからは、母親は次第に彼を認識しなくなっていった。

彼が傷を負って帰って来ても、それに気づきもせず。死を迎える前には彼の声にさえ碌に反応をする事も無くなって。自分の身を守るための逃走が間違いでない事も、それが直接母親の心を狂わせた訳ではない事も頭では分かっていたが、消えない裏切りの意識は彼に罪を負わせようとする。

（エリーゼ様は、母さんのような気狂《きぐる》いじゃない）

必死になってラトカはその声を頭から追い出そうとした。

（俺はエリーゼ様の願いを裏切ってない。裏切ったわけじゃない）

必死になって否定するが、頭は勝手にゾッとするような想像を膨《ふく》らませていく。会いに行かなかった事でエリーゼがラトカに裏切りを感じていたら。或いは、ラトカという存在に価値を感じなくなっていたら。……エリーゼは貴族だ。いくら話に聞いていた貴族とは違うと言ったところで、会いに来もしない平民の事などさっさと忘れてしまうのではないか……、何故会いに来いという言葉に従わないのかと怒りを買ってしまうのではないか。

嫌な想像にぞわぞわと恐怖のような不快感が足先から這い登ってくる。頭を振ってその感情を振り払い、ラトカは再びナイフを取り上げた。作業に戻り単純な動きに没頭して、恐怖を忘れようと。

ラトカの頭の内で肥大した恐怖は、一晩経つ頃にはエリーゼに会いに行かねばならない、という強迫観念に変化していた。ラトカは訓練が終わると休憩を挟む事すらせず、吐き気に苛《さいな》まれる疲れて重い体を引き摺ってエリーゼに会いに行った。

（もう一月以上も顔を合わせてないから、きっとエリーゼ様は俺を待ってたりはしないよな）

一向に来ない人間をそんなに長い間待ち続けはしないだろう、と唇を噛み締める。もっと早く時間の流れに気付いて、もっと早く会いに来るべきだった。

――しかし、彼が建物を回って中庭に面した方へと出ると、待ち人は変わらずそこに居た。エリーゼがどこかしょんぼりとした面持《おもも》ちで窓枠に肘《ひじ》をついているのが見えた瞬間、どきり、とラトカの胸が高鳴る。

「っエリーゼ様！」

足早に窓へと駆け寄りながら少女の名を呼ぶと、エリーゼもラトカに気づき、驚きと喜びの入り混じった表情を浮かべた。

「エリーゼ様！」

自分が呼んだものと全く同じ名前で呼び返される。久々だからか酷い違和感を覚えたものの、嬉しそうに顔を緩めたエリーゼの様子に、一瞬でどうでもよくなった。あの領主の娘に勝手につけられた名前は忌々《いまいま》しいが、この少女から名を貰ったのだと思えばそれさえどうでも良い。

同時にあれだけラトカを苛んでいた不安や恐怖が、嘘のように消え失せていった。

「ごめんなさい、何も言わずにずっと……来なくて」

「いいえ、そんな。……暫くの間こちらへいらっしゃらないので、心配しました。何かあったのではないかと……」

でもお元気そうで安心いたしました、と眩しいほどの笑顔を向けられて、ラトカはぎゅっと自分の胸元を押さえた。心臓が痛い程に強く脈打って、鼓動が耳の奥で煩く響く。

（ほら……、やっぱり大丈夫だったじゃないか。エリーゼ様の中で俺は消えてなかった）

何もかもに祝福されたかのような安堵に、ラトカの頭がジンと痺れた。

（エリーゼ様は特別だから、平民を同じ人とも思わないような酷い事はしない……）

その対比のようにふっと思い浮かびそうになった血濡れたような瞳を振り払って、ラトカは手のひらに握り締めていた土産《みやげ》を差し出した。それは昨日のうちに丁寧に処理を施した、一際《ひときわ》栄養価の高く、味の良い種子だった。

「あの、これ。ずっと来れなかったお詫《わ》びに、お土産持って来たんだ。昨日採集したやつなんだけど。今そっち投げ込むね」

どぎまぎしながらそれをもう一度握り込む。エリーゼの部屋は二階にあるので、これを渡すには投げ込んでやる必要があるのだ。

（こんなもの要らない、って思われないかな。エリーゼ様は貴族だし、毎日コックの作った料理を食べてる。こんな、村の連中でさえ見向きもしない種子じゃ、やっぱり喜んでもらえないかも……）

ラトカが緊張しながら見上げた先で、エリーゼはこてりと首を傾げた。そうして彼女は不思議そうに尋ねる。

「サイシュウ？　とは、何ですか？」

それは余りにも予想外の反応だった。ラトカの脳は、あっさりと処理が追いつかなくなり、止まる。

「あ、……っえ？」

間抜けな声を上げて停止したラトカを、きょとんとエリーゼが見下ろした。お互いの間に沈黙が落ちる。さいしゅうとは、なんですか。耳から入ってきたその問い掛けの意味を、ラトカがたっぷり五つ呼吸を数える間、全く理解出来なかったのは仕方の無い事だ。

ラトカにとって子供でも出来る仕事として生活の中に当たり前にあるその行為は、しかし、普段自分で食事を作る事の無い貴族の、それも病弱で殊更に箱入りとして育ったエリーゼにとっては最も日常生活から縁の遠い行為であった。

——突然、くすくすという笑い声が聞こえた。エリーゼの部屋の窓から聞こえたその音に、ラトカは身を強張《こわば》らせた。

兵舎に入れられたラトカは、館に近づいて良いと言われた覚えは無い。かと言って駄目だとも言われてはいないが、この館は貴族の住まいなのだ。平民の自分は基本的に近づいてはいけないのだという事を、ラトカは薄《うっす》らと感じていた。だからここへ来る時はいつも人目を気にして陰を通って来る。エリーゼ以外の人間がここにいるラトカを咎めないという保証は無いからだ。

なのに。

「なぁに、マーヤ。どうして笑っているの？」

「……いえ、お嬢様。ただ、きっとお相手のエリーゼ様が吃驚《びっくり》されているのではと思いまして」

完全に凍りついたラトカを余所《よそ》に、エリーゼは特に気にした様子も無くその声の主と話し始める。

声の主も穏やかな調子でエリーゼに答えた。

「食べられる草花や木の実等を、摘み取って集めたりする事を採集と言うのですよ。エリザ様が兵舎に居た頃のお話で、そういう事をされていたとお話ししていたでしょう？」

「ええ、確かに。……そうなの、採集ってそういう意味なのね」

納得したような、満足げな笑みを浮かべたエリーゼがラトカに向き直る。ラトカは咄嗟《とっさ》に笑みを浮かべたが、頬が引き攣《つ》っているのが自分でも分かった。

(俺の事、知ってるような口振りだった。もしかして、今までもずっとあの部屋に……?)

ずっとエリーゼとの会話を聞かれていたという事なのだろうか。そう思うと、胸のあたりが引き攣れるような感覚がした。

この心安まる遣《や》り取りは、エリーゼと自分の二人きりのものだと思っていた。そして、ラトカはその事に何処か神聖さすら感じていたのだ。

ラトカは――しかし、その頬が引き攣るほどの複雑な感情の一切を頭の片隅に全力で追いやった。

エリーゼは貴族だ。きっと貴族は個人的な遣り取りというものが第三者に聞かれている事に慣れきっていて、それが当たり前なのだろう。採集という言葉を知らなかったように、エリーゼにとってはそれが普通で、つまり彼女に対してラトカが言える事は何一つとして無い。

――ただ、彼女がどんなに自分の思い描く貴族というものと異なっていようと。彼女は紛《まご》う方《かた》なき『貴族』の一員であるのだ、と、突き付けられたような気がした。ラトカの根底に今もその存在を残す、紅碧の瞳の少女が憎んでいた『貴族』の。

「どう致しました?」

エリーゼが不思議そうに首を傾げてラトカを見下ろす。

「――な、にが?　どうもしないよ?」

お互いの立ち位置が、そのまま自分達の関係を示しているように思えて、ラトカはそっと視線をエリーゼから外した。

（お腹のあたりが、なんか、苦しい……）

……深く、遠く沈んだところがゆっくりと凍りついていく。温いものに押し込まれて以前よりずっと深くにあるその感情が、痛みをそのまま伝えている。

久々にエリーゼに会えたというのに、どういう訳か気付けばラトカは「訓練が忙しくなったから来るのは難しい」と告げて、逃げ帰るようにして兵舎へと戻って来てしまった。それからというもの、胸の中に氷塊《ひょうかい》が詰まったように重たくて、痛くてたまらない。

ラトカの脳裏には、三人の少女が代わる代わるに浮かんでは消えてを繰り返していた。

「貴族は酷いのよ。村人を苦しめるだけ苦しめて、自分達は良い暮らしをして、毎日楽しく遊んでいるの」と夜明け色の瞳の少女が薄く笑い、次には儚《はかな》い微笑みを浮かべたエリーゼが悲しそうに首を横に振る。

そして二人の後には、血のように真っ赤な瞳を凍てつかせた領主の娘エリザが、あの日牢の柵越しに言った言葉を繰り返すのだ。

「法は国を、ひいては人を守るためにある。ある者の言葉によれば貴族も同じだ。貴族は民でも人でもなく、国を動かす歯車らしい。法に従い、法に従えられて、法を行使するのが貴族だと。……それを忘れた愚かな者が人を傷付け、国を滅ぼすという。我が父のように」

氷のように頑なな表情でそう言ったかと思えば、突然ほろりと涙を流す。泣いているという自覚が無かったのか、酷く驚き狼狽え――ラトカと同じ、ただの村の子供のように。

それがぐるぐるぐる、延々と続けられて、ラトカは頭がおかしくなりそうだった。

今まで自分の中で絶対的な価値観だった少女。今の自分が一番大切に思っている少女。そして、自分が最も憎く恐ろしく思っている存在。――けれど、何故かその命を狙った自分を生かしたままにしている、少女。

その誰を信じれば良いのか分からずに混乱しているのだという事を、しかしラトカは理解出来ていなかった。感情が追いついていなかったのだ。

生い立ちのせいで歪《いびつ》な発達をした情緒は、ラトカの年の割によく回る頭に対してバランスを欠き過ぎている。それは思考と感情の乖離《かいり》を引き起こし、彼の頭の中の秩序をこの上なく乱していた。ぐちゃぐちゃに引っ掻き回されて逆に真っ白になったような、茫然とした気分のまま、時間だけが風のように過ぎていく。


そうして気付けば夏の盛りは終わり、黄金丘《こがねおか》の館の周辺は秋の色味を帯び始めている。

そんな明くる日の昼、すっかり馴染みとなったイゴルとカルヴァンと昼食を摂っていた時の事であった。

「……出兵?」

カルヴァンに告げられた予想外の言葉に、ラトカは呆然とそれを繰り返す。スープの中に沈めた匙《さじ》の先が、加減を誤ってことんと底にぶつかった。

「そうだ。東のユグフェナ城砦《じょうさい》に、隣国の兵が近付いていてね。領主であるエリザ様に出兵命令が来たらしい。私とイゴルも部隊の中に含まれる。見習い兵士が同行する事になるのかはまだ分からんがね」

穏やかに頷くカルヴァンに、何でそんなにあっさりと、とラトカは些細な反発心を覚えてぽかんと開いていた口をへの字に曲げる。

ユグフェナ城砦といえば国境だ。このアークシアで、最も危険な場所が唯一友好国でないデンゼル国に面するユグフェナ城砦は、死を覚悟して向かわねばならない場所——そんな事まではラトカは知らなかったが、国境に兵として赴《おもむ》くという事がどういう意味を持つのかは何となく分かる。

しかしそれよりも、ラトカにとっては、カルヴァン達がこの兵舎を離れてしまう事の方が重要な事で。

「——戦うの?」

絞り出した言葉は、一番に言いたかったものではない。

ラトカがユグフェナへ共に向かう事は万に一つも無い。この兵舎での生活に終わりがあるという事は事前にはっきりと伝えられていた。それがいつになるかは知らないが、確実に唐突な別れとなるという予想はついている。

その時が近付いているという事を殆ど確信するように察して、ラトカは胸を掻き毟《むし》りたいような衝動に駆られた。出兵で兵舎は殆ど空になるらしい。ラトカが兵舎に入れられたのは何かしらの考えがあっての事だろうから、見張りも居なくなる空っぽの兵舎に置いたままにするとは考え難《にく》い。

「さあな。比較的アークシアに近い地域で反乱騒ぎが起きてるから、それに対する警戒体制を取るだけだとは聞いた。この領で難民を受け入れた話、知らないか?」

やや不機嫌にそう返したイゴルにこくりとラトカは頷いた。難民の受け入れについては聞いている。ラトカを村で取り押さえた兵士や拘束していた兵士といったラトカと接した者が難民の受け入れ地に向かったからこそ、ラトカは何事も無く兵舎に居られるのだ。

「この領は前のクソ領主のせいで兎《と》に角《かく》人手が足りないからな。ジジイとガキのどっちがそれを考えたかは知らないが、難民の受け入れで領の開発を進めて一気に立て直すつもりらしい。それで難民を追っ掛けてくる隣国のやつらに対して兵を出さなきゃならない事になったそうだ」

エリザのやる事なす事全てが気に入らないらしく、イゴルの語気は荒い。カルヴァンがそれに呆れたように眉を顰め、話の足りない部分に補足を入れる。

「聞いた話では、難民の受け入れにはエリザ様が積極的に動いたそうだよ。難民は作物の種や家畜を連れていて、この領に住む代わりにそのうちのいくらかを復興の早い村に渡すという条件をつけたらしい。……それが本当なら、あの子は前の領主のようにはならないのではないかな?」

その諭すような言い方に、ラトカはむすりとしながら「そんなのまだ分からない」とだけ言う。

カルヴァンはうん、と穏やかにそれを肯定した。

「そうだな。将来どんな風にエリザ様がお育ちになるかはまだ分からない。でも今領民のために働いているのは本当だ。……それに、兵舎に来た頃、あの子は毎日一生懸命訓練を熟《こな》していたよ。訓練が辛いのは、君が一番よく知っているだろう?」

苦笑するカルヴァンに、ラトカは頷く事は出来ない。けれど訓練の辛さを思い出すと、首を横に振る事も出来なかった。

◆

難民の受け入れ地から二十名の兵士が戻り、兵も領主も不在となる領の防衛のためにテレジア家の私兵団が到着すると、領軍の兵士達はエリザに連れられてユグフェナ城砦へと発《た》った。

受け入れ地から戻った兵士の中には誕生祝の日にラトカを直接取り押さえた者も含まれている。彼等が基地に到着する前に、ラトカは黄金丘の館へと戻された。予想していた事ではあるが、カルヴァンやイゴル、同室だった兵士達への見送りすら許されぬまま。

ラトカには前と同じように、館の一番奥にある部屋が宛てがわれた。今回はそこへ閉じ込めたままにしておくつもりは無いのか以前ラトカを拘束していた鎖は撤去されていたが、代わりに暇つぶしのために用意されていた玩具やふかふかのクッションなども無くなっていた。

がらんとした部屋に、ラトカ一人。狭苦しい兵舎の部屋とは大違いだった。けれどその広さを、彼は全く喜べない。

(食べる物も服も寝台も、兵舎よりずっと良い物が用意されてはいるけど……)

比べ物にならない程質素な暮らしではあったが、それでも兵舎の方が良かったとラトカは心から思う。少なくとも、そこではイゴルやカルヴァン、その他の兵士達と毎日話が出来た。ラトカという名を名乗り、呼ばれる事も出来た。

けれど館では、そうする事は許されない。

黄金丘の館にはラトカという名の人間は存在しない。シリル村の孤児であった『ラトカ』は既に処刑されて死んだ事になっている。館に戻った今、兵舎で生きたラトカという名の少年も失われた。

そうして、エリーゼ・チェルシュトカという名の、領主の娘の遊び相手として館に招かれた少女という情報だけが、ラトカであった彼を表すものとなった。

(……で、剣の訓練の代わりに貴族みたいな躾《しつけ》か)

部屋には限られた人間だけが忙《せわ》しなく出入りし、毎日ラトカにあれこれと手習いをさせた。貴族用の教育としか思えないそれを一気に叩き込むかのように、午前は文字やら行儀作法を、午後は外に出て細剣を。

二人の教師から出される課題に追われて部屋からも殆ど出られぬまま、孤独を募らせるだけの毎日に、息が詰まりそうだ、とラトカは次第に憂鬱になっていった。教師以外と話をする時間もなく、その時でさえ一々の動作や言葉遣いさえ細かに指摘されて、碌に何も出来ない。

（ホントに、一体何考えてるんだよ）

自分がかつて石を投げつけた相手を思い浮かべて、ラトカは頭を抱える。

処刑する、と言っていた筈だ。なのに当日の朝には髪を切られただけで、代わりに今居る部屋へと監禁された。食事は質素だけれど満足な量を与えられたし、定期的に外にも出して貰えた。毎日身体を拭く布と湯も用意された。お陰で村にいた頃の、髪の伸びた痩せっぽちで汚い小さな子供の面影は一切無くなり、健康的に肉のついた、小綺麗な子供が代わりに出来上がった。

村の人はきっと、今の彼を見ても気付かないに違い無い。皆ラトカを死んだと思っているし、そもそも殆ど接点が無かったのだ。覚えているのは髪と瞳の色だけかもしれない。何しろその色合いが領主を思い起こさせるからと、当の領主は死んだというのにずっと忌避《きひ》されていたのだから。けれど変わった自分の姿を『良し』とする事も出来ない。あの村で母と過ごした姿、母に貰ったラトカという名はそう簡単に捨てられるものではない。

仮令母が狂っていても。仮令母がラトカを傷つけようとした事があっても。

――小汚い姿は母親と過ごした村での日々の象徴で、ラトカという女性名は母親が我が子を愛した事の証明なのだ。汚いから、不健康だからと勝手に変えられて、不都合だからと別の名前をつけられて、勝手に奪ってくれるなと憤る気持ちは確かにラトカの中に存在していた。

(結局……母さん以外は、誰も『俺』なんて必要じゃないんだろ。だから『ラトカ』は殺されたんだ)

三週間もするとラトカはすっかりそんな風に鬱屈した思いを抱えるようになった。無理矢理やらされる意義の見出せない手習いも、それに忙殺され部屋へと孤独に押し込められる生活も、只々《ただただ》苦痛でしかない。

けれどラトカは課題を投げ出す事も出来ずにいた。教師達が口を揃えて「これら全てをエリザ様は努力の末に身につけた」等と言って対抗心を煽るせいだ。

二人の口振りとカルヴァンの言っていた事を信じるならば、あの領主の娘はラトカと同様に何も知らず出来ないところから始めて、それを周囲に認めさせている。同じ事が出来ずに投げ出すという事はラトカの矜持が許さなかった。貴族たるための教養を身につける事が困難なものだと認めれば、ラトカの中にある『貴族は遊び暮らしているもの』という認識が間違いであるとも認めなければならない。だからこそ、ラトカはエリザの後を必死で追うしかなかった。彼女のやってきた事を、「簡単だった、努力なんて必要無い事だった」と言えるように。

――そう思う事自体が相手の努力を認めているという事に薄々勘付いてはいたが、ラトカはその考えを無理矢理意識の外に追い出した。けれど殺意が対抗心にすり替わっている事に、彼はまだ気付いていなかった。

館へと戻ってそろそろ一月が経とうとする頃だった。

「それではエリーゼ様、本日は貴族と法について講義致します」

「……よろしくお願いします」

ラトカの言葉遣いと振る舞いを矯正し文字を叩き込んだ教師、マレシャン夫人が、その日ラトカの目の前の机の上に見た事も無い箱のようなものを置いた。ラトカはそれを恐る恐る手に取る。

「それは本というものです」

箱に似たそれは、文字を習うのに散々見た紙が沢山束ねられたもので、広げたそこには覚えたばかりの文字がびっしりと並んでいた。白いところが無い、というようなそれに目が滑り、文字を追っても言葉の意味は一向に頭に入ってこようとしない。その上その言葉自体も意味の分からないものばかりで、何が書いてあるのか全く分からなかった。

「内容は分かりますか？」

「……いいえ」

「そうでしょうね。それが一人で読めるなら、講義など必要がありませんので」

常に完璧な微笑みを浮かべているマレシャン夫人が、僅かに目元を和ませる。あまりの文量にラトカは目眩《めまい》を覚えつつ、喜々としてその本の概要を話し始めたマレシャン夫人の言葉に聞き入った。

そうして、ラトカは後悔する事となる。やはり講義など受けるべきではなかったと——貴族というものについて、知るべきではなかったと。

アークシアにおいて、法は全ての中心にあるらしい。信仰に基づいたそれは、この国の成り立ちから今に至るまでここで生きる全ての人に関わっている。それ程に大切な『法』の、管理者であり実行者が貴族だという。法によって齎《もたら》されるのは秩序であり、健全な人の営みであるとされる。貴族はその秩序の守り手である、というのが『貴族』という存在の前提となっているそうだ。

最初の神子たるクシャ・フェマは神ミソルアより授かった『法』――クシャ教の経典、『神聖法典』の教えを広め、人々に秩序ある社会を築かせた。その後フェマの子孫である聖アハルは、法の守り手となるアール・クシャ教会を作り、教会の下《もと》教典の教えに従い暮らす者達を守るための国と、その国を守るための戦力である存在としての『貴族』を創り上げた。

その流れの末にあるアークシア王国を国足らしめているもののもまた、『法』だ。であるならば、『国』の管理者であり守護者たる存在もまた、貴族である。

あの夜のエリザの言葉がラトカの中で思い出される。「貴族は民でも人でもなく、国を動かす歯車」……。そしてそれらは、夜明けの空の瞳をした少女の言葉にも肯定されていた。その上で少女は貴族が自分達に課された仕事を忘れて遊び暮らしていると言ったのだ。しかしその言葉が真実であるならば、どうしてラトカは、エリザは、このような教育を受ける必要があるのか。

貴族の教育を身を以《もっ》て知ってしまえば、既に揺らぎ始めていた貴族への――ひいてはエリザへの感情を保ち続ける事は不可能になった。絶対的な存在としてラトカの奥底に根付いた少女の像が、本を読み進める度、厳しい指導を受ける度に、音を立てて崩れていく。

（……こんな事、知るべきじゃなかった。これは貴族の勉強だ。俺が知っているべき事じゃ、ない）

――貴族は、法の実行者だ。真っ当な貴族であろうとするならば、法を曲げる事は逆に立場を危うくする。法を守る事は己を守る手段でもあるというのは、平民だけでなく、貴族、王族にすら通じる事なのだ。

あの領主の娘は――エリザは、それを知っている筈だ。知っていて尚《なお》、法をすり抜けてラトカを生かした。過去に法に則った裁きを受けて、それでも生かされたというエリザがそれを行うのは、どれだけ重大な事なのか。ラトカはその裁きに異を唱えて彼女に死を望み、石を投げて捕らえられた者だ。法に守られたエリザがラトカを生かすのは、害はあっても利は無い筈の事なのだ。

ラトカと同じように前の領主への恨みを唯一生き残ったその娘へと向ける人は少なくないだろう。ラトカを生かすという事は、今後再び誰かに同じように石を投げられても、殺さずにおくという事なのではないか。

そう考えると、憎いと思っていたあの少女の小さな双肩《そうけん》に載るものの大きさが垣間見えたような気がして、鳩尾《みぞおち》のあたりに凝《こご》る重たい感情にラトカは溜息を吐いた。

（ああ、あいつ、嘘は言ってないんだ。あいつは俺を生かすために、『ラトカ』を徹底的に殺すつもりでいる……）

彼がラトカであった頃に持っていた僅かなものたちが死んでいく。名前も、思いも、信じるものも。言葉も振る舞いも、無知という愚かささえ。

◆

エリザの帰還が知らされたのは、それから数日後の事だった。屋敷中が忙しなくざわめき立つ日が暫く続き、エリザから遅れる事七日、ギュンターに連れられて領軍が帰還する。

兵士達が中庭で労《ねぎら》われているのを、見つかれば叱られると承知でラトカは館の窓から見下ろした。円形に色の異なる煉瓦《れんが》が敷かれた庭で、何処か陰のある表情をした兵士達が、口数も少なく振る舞われた食事を食べ、酒を飲む。その殆どがどこかしらに怪我を負っていた。

ユグフェナで戦闘があったのは、何も知らないラトカの目からも明らかだった。酷い怪我を負ったのだろうか、先に戻ったエリザもまだ寝室に篭ったままだという。

そう思いながら、ラトカは兵士全体を見下ろすのをやめて、今度は兵舎で世話になった者達を捜した。次に彼らの姿を見られるのがいつになるのか分からない。もしかするともう二度とその機会は無いかもしれない。見送りが出来なかった分、見納めのつもりでラトカは視線を移していく。

目立つギュンターはすぐに見つかった。豊かに波打つ朽葉《くちば》のような色の頭を囲むように、年齢を問わず兵士が集まっている。あの男には他人を引き付ける何かがあるらしい。珍しくその隣にカルヴァンが座って寛《くつろ》いでいた。他の兵士達が暗い表情をしている中、カルヴァンだけは一人穏やかな顔を崩していなかった。不思議と彼の周りに居る兵士達だけは、どこかほっとしたような様子だ。

……それから、ラトカは暫く地味な見た目の兄貴分を捜して兵士達の中に視線を彷徨わせた。

（イゴルさん、居ないな。酷い怪我じゃないといいけど……）

彼の姿を捜して兵士達を追う度に、ふと違和感を覚えてラトカは眉を顰める。

（……あれ？　何だろ。何か、おかしい……）

その違和感の正体に気付いた瞬間、ぞわりと肌が粟立《あわだ》つ感覚に彼は震えた。

兵士の数が明らかに少ない。ラトカの見知った顔が幾《いく》つか、欠けるようにそこに存在しなかった。

（怪我、してる人でも、参加してるよな……？）

包帯で殆ど全身を覆うような大怪我をしている者でさえ、周りに庇《かば》われながら帰還を祝っているのが見える。

掌にじっとりと汗の滲《にじ》むのが分かった。そのくせ首元にはひやりとしたものを感じる。

彼等は国境を守りに行き、そこで戦いが起こった――つまり、殺し合いがあったという事ではないか。

ラトカは窓の分厚いガラス越しに兵士達を見下ろして、ごくりと唾を呑み込んだ。

そこに居ない兵士の事を思えば思うほど、頭が凍りつくように冷たく痺れていくようだった。


――夜半。ラトカは部屋の扉をそっと押し開ける。火の消された廊下は暗く、光源となるものは分厚い窓ガラスから差し込む歪んだ星明かりだけだった。

兵士の帰還からこの数日の間、ラトカは脱走の機会を窺っていた。今夜は使用人達さえ寝静まる時刻まで待ったおかげで、自分の呼吸音が煩く聞こえるほど辺りがしんと静寂に満ちている。これならば、と判断したラトカは部屋を出ると、息を殺して慎重にその暗い廊下を進み始めた。館の外へと出る事を優先して、一階に降りてすぐにある窓から外へと転がり出る。

秋も半《なか》ばを過ぎて、外の空気はジンと冷えている。寒さに腕を擦《さす》りながら、ラトカは兵舎の南の扉へと向かった。兵舎は館と違って夜でも明かりが灯され、必ず誰か警備当番の兵士が活動している。南側の扉にその当番の兵士が一人立っているというのはイゴルの零した愚痴からラトカも知っていた。こっそり話をするには丁度良さそうな場所だ。

物陰から覗《うかが》って、まずは誰がその場に居るのかを確かめる。難民の村の開拓に向かった兵士が戻っているため、知らない兵が此処に立っているかもしれない可能性があった。

（……えっと……あ、良かった。知ってる奴だ）

幸いにも、今夜の見張り番はラトカが訓練で参加していた班の班員のようだった。脱走は徒労に終わらずに済みそうだ、とほっと息を吐く。イゴルやカルヴァンほど親しくしていた訳ではないが、口汚く揶揄されるような間柄でもないというような相手である。

ラトカは相手を警戒させまいと、ゆっくりと夜の闇から一歩踏み出した。

「誰だ！」

ザリ、と砂を踏みしめる音に、兵士は右手に携えた剣をすぐに構えて誰何《すいか》する。蝋燭《ろうそく》の火の明かりにぼんやりと浮かび上がった小さな影に兵士は驚いて、それがラトカだと分かると数瞬迷ってから剣を下ろした。

「ラトカ……？」

「うん、そう。俺だよ」

「お前、今まで何処に居たんだ？　……ってそれより、こんな時間にどうして……」

困惑を隠さない兵士に、久々に感情豊かな表情を見たとほっとするような気持ちになって、ラトカは肩の力を抜く。最近見た他人の顔はいつも無表情ばかりで彼を辟易させていた。

「その、今は別の所でお世話になってるんだ。でも色々厳しくて、こんな時間じゃないと此処に来られなかった。家の人達、皆がどうしてるのか聞かせてくれなくてさ……」

「俺達の事を聞くためだけにここに来たのか」

ラトカが頷くと、兵士は困ったように頬を掻く。剣こそ下ろしはしたが、最低限の警戒はされているようだ。

「俺、遠くから皆を見かけた事があるんだ。その時見付けられない人達がいて……怪我とかしたのかと思って、心配になって、どうしても気になってさ。俺と同じ部屋だったイゴルさんとか……元気なの？　ちゃんと帰ってきた？」

余計に怪しまれないよう、最低限知りたい事だけを尋ねる。

しかし、兵士はイゴルの名前を聞いただけでさっと顔を青褪《あおざ》めさせた。血の気の引いた兵士の、白い顔を蝋燭の明かりが揺れ照らす。

その反応だけで、イゴルがどうしているかなど殆ど分かったようなものだ。ラトカはぐっと唇を噛み締めた。

そのまま暫く、ラトカと兵士の間に沈黙が落ちる。秋の夜風が何度もラトカを撫でた。体が冷えて、ぶるりと肩が震える。

あんまりにも体が冷えたのか、静寂を最初に破ったのはラトカのクシャミであった。すると漸く兵士が我に返ったように駆け寄ってきた。

「おい、お前風邪なんか引くんじゃないぞ。こんな薄着で……！」

「……俺は平気。帰ったら暖かい布団があるんだ。でも、戻る前にせめてイゴルさんがどうなったかだけは教えて」

ラトカが兵士の目を真っ直ぐに見据《みす》えると、兵士は僅かにたじろぐ。彼は何度か唇を戦慄《わなな》かせ、そうして、とうとうぽつりと小さく、呟くようにして言った。

「イゴルは、あいつは死んだよ。ユグフェナで死んだ。後ろから腹を刺されて……他にもリシャルドやドミニク、ヴォイチェフ、フレデリクやユゼフも死んだ。ツァーリ……エリザ様も大怪我しちまったみたいだな。側近だったカミルってやつがやられちまったらしくて、それからずっと様子がおかしいそうだ。眠ったみたいになっちまったって……」

兵士に次々と知っている名を並べられる度に頭にあの冴えて痺れるような感覚がして、眩暈を覚えたラトカは震える指先で顔を覆った。気不味そうに黙った兵士が扉の前へと戻っていく。

ラトカは何も言えないまま、黙ってその場を後にした。もしかするととは思ってはいたが、はっきりと自分の知る者の死を突きつけられると、あまりの衝撃に目の前がチカチカして見える。

その上、自分の命運を握っているエリザの様子もおかしいと聞かされると、途端に足元がぐらぐらと揺れるような感覚がした。

（俺……、俺は……）

酷い眩暈を堪えながら、館への夜道を辿《たど》る。ふらふらとした足取りで去って行くその小さな背中が夜闇に紛れて消えていく様を、兵士は心配そうに見送った。

――ラトカは、目の前に横たわる少女を静かに見下ろしていた。

艶《つや》を失った長い黒髪が白いシーツの上に散らばっている。夕陽のように赤いのに氷のように冷たい瞳は、今は瞼に隠されて見えない。久々に見た滑《なめ》らかな白皙《はくせき》の肌は血の気を失って青褪めていた。

兵士の言っていた通り、本当にずっと微睡みの淵から戻って来ないままのようだ。ユグフェナから戻ってもう一月近くが経とうというのに。

眩暈に浮かされながら、ラトカは兵舎から戻ったその足で、エリザの部屋へと入り込んだ。

（本当に、眠ったままなのか……）

頬も瞼も落ち窪《くぼ》み始めていて、ゾッとするほど生気の無い顔に身体が怖気だって震える。身体の怪我もそれほど目立たず、目を覚まさない程の重傷にはとても見えなかった。

側仕《そばづか》えだったカミルという男をユグフェナで失って、心の方に負った傷の方が酷いのかもしれない。生きている筈なのに、まるで死体のようだ。もしかすると、眠り続けているという事は心が死んでしまったのかもしれない。――死を迎える少し前の、ラトカの母と同じように。

ラトカは更に寝台に近付いて、エリザの姿を見下ろした。こんなに近くで少女の顔を見たのは、兵舎に入る前以来だった。

傍《かたわ》らに花を活けてある花瓶が死者への弔《とむら》いにすら見える。右手にぎゅっと力が入って、ふとそこに何かを握り締めている事に今更気付いたラトカは、見下ろした先で鈍い光を反射させるナイフにひやりとした。

（あ――、俺、）

頭は未だ痺れたような感覚を残している。それが熱と相まって奇妙な高揚感となっているような気もする。エリザの傍には、今は誰も居ない。そして、エリザ自身も抵抗は出来ない。

殺してやる、と吠えた自分の声が頭の中に木霊《こだま》する。

兵舎で過ごし、また館に戻って過ごし、その間に沢山の事を知った。

貴族という存在の全てが悪なのではないという事。

エリザという幼い少女が、自分の父の罪も、自らの罪も、きちんと受け止めているという事。

――エリザがラトカという存在を生かそうとしているという事。

彼女の生活、覚悟、思いを知って尚、ラトカの右手にナイフが握られているのには理由がある。

（……イゴルさん達が死んだのは、こいつのせいだ。こいつが皆を、連れて行ったから）

ユグフェナに出兵する必要があったのは、隣国の難民を受け入れたからだ。難民の受け入れに積極的に動いたのはエリザだとカルヴァンが言っていたではないか。

昔に聞いた話の貴族のように傲慢でなくても、領民を酷く扱おうとせずとも、結果としてエリザは民を死なせた。そう思う事すら許されないならば、死んでしまった人に対して胸の内側で煮え滾《たぎ》る、この重過ぎる思いを一体どうすれば良いというのか。

（俺は……こいつを……）

ラトカは息を吸った。ゆっくりと憎しみを昂ぶらせ、それに合わせて逆手にナイフを握り締めた手を振り上げる。

彼女を殺せば、今度こそ自分も死ぬだろう。庇ってくれる人はもう誰一人として居なくなる。自分より幼いこの少女ただ一人が自分を明確に生かそうとしている人間だと、今のラトカは充分に理解していた。

ラトカとて死は怖い。けれど、かつてエリザに向かって殺せと喚《わめ》いた言葉は虚勢のつもりで吐いた訳でもなかった。

息が震える。心臓の脈打つ音が徐々に早鐘《はやがね》を打ち始める。

ラトカの胸の内では、今や様々な感情と記憶が凄まじい勢いで飛び交っていた。振り上げたナイフを持つ手まで震えてくる。迷いながらここへ来て、凶器を掲げた今も尚迷っているのだ。

母の顔や、シリル村での事、イゴル達を思い浮かべればすぐにドス黒い感情が膨れ上がるのに、次の瞬間にはここで学んだ事の数々や、脳裏を過る領軍の兵士達の顔がそれを抑え込んでしまう。

「……ッ！」

震える右手を、同じく震える左手で包み込んだ。

迷っていても関係無い。この手を思い切りよく、何度か振り下ろしてしまえばいいのだ。そうするだけで、朝までにはこの子は死ぬだろう。

（許せないんだ……許しちゃいけないんだ……！）

――――けれど、いつまで経ってもラトカは、そのナイフを振り下ろせない。

両の手はただただ震えるだけだった。

息をする事すら忘れて、なのにナイフを下ろす事も出来ず、眠るエリザを涙で滲む視界に収め続けた。この状態が永劫《えいごう》に続くのかとさえ、ラトカは思った。

そうしてやっと息苦しさに、呼吸する事を思い出す。勝手に動きを止めていた喉に息の仕方をどうにか思い出させて、漸く新鮮な空気を肺へと取り込んだ。

その瞬間、ふとエリーゼの穏やかな微笑みが思い浮かんだ。脳裏に突然閃《ひらめ》いたそれに、光を幻視して目が眩む。

（あの、花の匂い――――……）

途端、ラトカの全身は糸の切れた人形のように床へと力無く崩れ落ちた。

カラン、と軽い音を立ててナイフが床に転がる。鼓膜に痛い程、ドッドッドッ……という心臓の音が響いている。悲しくも苦しくもないのに、何故か涙が滂沱《ぼうだ》とあふれては弾けた。

殺意と繋がる憎しみを保つ事は、ラトカには最早《もはや》不可能なようだった。

「くそっ……くそぉおお……っ‼」

悔しさに握り締めた拳を床へ振り下ろす事も出来ず、ラトカはエリザに手を伸ばす。質の良い滑らかな布で作られた寝間着の襟首を加減もせずにぐしゃりと掴んで引き上げる。

「起きろよっこの……畜生っ！　お前、まだ村の人達に何の償いもしてない癖《くせ》にっ……‼　お前はッ‼」

ぼたぼたとラトカの涙がエリザの頬へと落ちて濡らした。

何の表情も浮かんでいない、作り物のように固く目を閉じた顔は、何処までも無機質にそれを弾いていた。

「起きろ、起きろよぉっ！　お前が寝てたら、俺ッ、お前の事殴る事すら出来ないじゃんかよぉッ……‼」

感情のままに怒鳴りつける事も、力一杯に揺する事も、ラトカには出来ない。何一つ満足に出来ないまま、ラトカはただ駄々をこねるように喚くしか無かった。

その無力さと空虚さに、エリザを揺する気力さえ削《そ》がれる。力無く寝台の端に突っ伏したラトカは、声の限りに泣いてしまいたいのを必死に耐えた。

先の見えない不安も、一つも整理のつかないまま増えていく感情も、心を許せるものもなく孤独が続く日々も。何もかもが限界となって、エリザへの怒りと悔しさを捌《は》け口として一気に噴出した。

ラトカはまだ、十年も生きていないような幼い子供だった。それも心を病んだ母親に家の中に匿《かくま》われて、歪な育ち方をした、情緒の未発達な子供だった。

エリザなどよりも、ずっとずっと子供だった。

鬱屈した精神は溜め込んだものの吐き出し方を知らず、かといってそれを力の限りに何かにぶつける事すら、ラトカは知らなかった。

だから、赤ん坊のように疲れて眠ってしまうまで、泣くより他に無かったのだ。

◆

エリザは、薄ぼんやりと靄がかかった意識の中で、次第に弱くなっていくその痛ましい嗚咽に、そっと手を伸ばした——


——いつまで寝ている、と叩き起こされたような気がして、エリザは重たい瞼を無理やり押し上げた。

寝惚けて鈍る頭は只すぐ傍から聞こえてくる幼い子供の泣き声を——押し殺したような泣き声だけを認識している。泣いているのは誰だろうか。領民の子供？　それとも、戦火に巻き込まれたシル族の子供？

頼りない月明かりが差し込むだけの、暗い夜半だった。

泣き声の主をあやそうと半ば無意識に伸ばしていた指先が柔らかい髪に触れる。その黒く柔らかい髪に、はっとエリザは意識を覚醒させた。

「ラ、トカ？」

寝台の縁に縋《すが》るようにして泣き疲れて眠るその子供は、エリザに殺意と恨みを滾らせている筈の村の孤児――ラトカだった。何故お前が此処にと暫くの間呆然となって、ふと視線を移した先、ラトカの傍らの床に銀色のナイフが落ちている事に気付く。

(……ああ、そうか。こいつは……私を殺しに来たのか)

そんな理由に納得してほうと吐き出した息は、安堵するようなものだった。殺意を持った子供が自分を殺しに来た事に安堵するなど。皮肉か自虐か、口の端が歪む。結局彼がそれを断念したようである事は謎であったし、何故彼が此処で泣いていたのかもさっぱり分からないが。

(取り敢えず、此処で彼を寝かせたままにはしておけないな。ラスィウォクに運ばせるか)

そう考えてエリザは身体を起こす。――起こそうとした。だが、身体に力は入らず、それどころか息の詰まるような鈍い痛みが全身に走る。その須臾《しゅゆ》の間の事だった。

脳裏に決壊するかのように溢れ出す記憶。

逃げて来たシル族。静まり返ったユグフェナ城砦。雪崩《なだ》れ込んで来たデンゼル兵。死んだ兵士達。燃え盛る火。火薬の存在。高所から放られた彼女を救い上げたラスィウォクに、――……カミル。自分が今何処で何をしているのかという認識さえ塗り潰される。ガチガチと震える歯が音を立て、腹の中の臓腑《ぞうふ》が全てひっくり返るような強烈な感覚がした。

「う、ぐっ……げ……っ」

何度か嘔吐《えず》くが、何も喉の奥を逆流してくる事は無い。ただ胃が何度も跳ねるような苦しさに、身体の痛みに気を払う事も出来ずに死に掛けた芋虫のようにのた打ち回る。

「…………ん、んん？　……あっ⁉　おい‼」

その騒ぎで目を覚ましたラトカが、慌ててエリザを横向きに寝転がらせるようにひっくり返した。

それでやっと少し呼吸が楽になる。

「……っ、はっ、は、……う、っぐ……ぇ」

「ちょ、ちょっと待ってろ！　今誰か呼んで……！」

立ち上がろうとしたラトカの腕を掴んだのは、ほぼ無意識に近い行為だった。だが、床にはナイフがある。それにこんな暗い時間に彼が私の部屋に居る事は、誰が見ても良くないものである事は確かだろう。

「いい、っから、行くなっ」

弱々しく怒鳴ると、彼はぎゅっと困惑するように顔を顰《しか》めた。それから、おずおずと腕を伸ばして、エリザの背をゆっくりと撫ぜ始める。

その感触がまたいつかのカミルの手を思い出させて、嘔吐く中に嗚咽が混じってゆく。

（カミル。……カミル！　私が死なせた！　どうして、今何処に……あれからどうなった？　カミルはどうした？　他の兵士は、あの時斬られた兵士達は……私は一体今まで何をしていたんだ!!）

「おい！　ちゃんと息しろ！　おいってば！」

ひゅぐ、と喉の奥で奇妙な音が鳴る。鳩尾の間のあたりが痙攣すると共に、息の仕方を忘れて、まるで溺れているかのように苦しさに藻掻《もが》いた。

「吐いて、ほら、息ゆっくり吐いて……それから吸って、ゆっくり……ちゃんと息しろ」

背を撫ぜながらのラトカの声が、迷うような色が混じりながらも優しく聞こえる。彼の声に従って、エリザはそっと息を吐いて、吸った。

いつかの日に、カミルにもこんな風にちゃんと息をしろと言われた声が頭の中で蘇る。今度は嘔

吐く事はなかったが、その代わりに鉛《なまり》を飲み込んだように喉の奥が重たかった。

開け放った窓の外には、冬の入りらしく色彩を無くして寂しくなった景色が広がっている。窓辺の柱に寄りかかり、些細《ささい》な動作でも全身に響くような苦痛を噛み殺しながら、エリザはそれをじっと見下ろした。

◆

朝となってから自分が一月近くの自失状態であった事を知った。回復の知らせはすぐに館中に回り、大人達が入れ替わり立ち替わり、慌ただしく彼女の寝室を出入りしていたが、今は全員が出払っている。

黙したまま見下ろす先では木々からは葉が落ち、金色の海のようだった小麦の穂ももうとっくに刈り取られていた。ただくすんだ茶色ばかりが広がるこの光景も、もう少しすれば雪が降って白く染まる筈だ。

カミルとラスィウォクと共に雪の中を歩いた日の事がつい昨日のように思い出されて、エリザはそっと息を吐いた。あれからもう一年も過ぎているという事実の方が現実感を伴わない。まるで月日が過ぎ去った実感を、一月の眠りの中に置いてきてしまったかのように。

「……エリザ様！」

後ろから声を掛けられて、振り向くと蒼白な顔をしたオルテンシオ夫人が部屋へと戻って来たところだった。どうして一人で寝台から降りたのだ、とやんわりと、だがはっきりと咎められ、寝台へと戻される。

エリザは黙ってそれに従った。一月も動かずにいた身体は窓辺にほんの少しの間立っていただけで疲労と苦痛を訴えていた。

「もう具合は良いのか？」

「テレジア伯爵……」

夫人に続いてテレジア伯爵も部屋に戻って来る。エリザは彼の問いに緩く頭を横に振って答えた。

「どうも、あまり良くはないようですね。万全に動けるとはとても」

「なるほど。では、多少の話はどうだ」

「幸いにも、よく寝たおかげか頭は冴えております」

多少自虐じみた言い回しとなってしまったが、伯爵は気にした様子も無く寝台の横の椅子へと腰を下ろす。万全の体調でなくとも出来る仕事はして欲しいという事なのだろう。

よく見ると伯爵は疲労の濃い表情を浮かべていて、最後に見た時と比べて明確に分かるほどに窶《やつ》れてしまっていた。エリザが不在にしていた一月と、使い物にならなかったもう一月の間、随分な激務をその老いた身一つに負わせてしまったせいに違いない。その上、この一月は開発地を任せていたカミルの分の仕事もあった筈である。

身体を寝台に沈めたまま、エリザはテレジア伯爵からあのユグフェナの戦いの顛末《てんまつ》を聞く事となった。

「……無かった事に、なった？」

「少なくとも、デンゼル公国との交戦の事実は無い、という事になったな」

敵の策が成功して不利を得たものの、辛《から》くも勝利した形で幕を引いたユグフェナの防衛戦。けれどその戦いは、アークシア王国の戦歴を記す年表には記載されない事になったという。

ユグフェナ城砦防衛兵団は重装歩兵と弓兵隊を組織の体《てい》を保てない程に損耗《そんもう》し、騎士団も弓兵隊は壊滅。その上、城砦の最高指揮官であるエインシュバルク王領伯《おうりょうはく》とその息子の一人ウィーグラフが深手を負い、隊列に兵を連ねたカルディア子領《しりょう》軍も十数名を亡くし、全体として四割近くの兵力を削がれた戦《いくさ》となった。更に、進軍してきた兵はアークシアの国境防衛線の破壊を重視していたのか、柵のかなりの部分が打ち壊されていた。城砦やその城壁の自体も穴が空いたりと、損失は激しいものとなってしまった。

対してデンゼル軍はというと、アークシア軍が撤退を許さずこれを撃滅。陣を張った七百名、シル族を追撃した三百名、合わせて千名に及んだ襲撃者のうち、死者六百名余り、捕虜二百名余りという膨大な数の死傷者を出した。

しかしデンゼル公国はこれを流刑に処された自国民の私戦であるとして処理。戦を起こした者達の財産を処分した中から僅かな賠償金を用意し、関係者の類縁を一斉処刑とする事でこれに関する一切を終わらせてしまった。流刑民の罪状は政治争いに敗北した事で着せられた適当なもので、元々その者達はリンダール連合公国成立反対派だったという。

捕虜への尋問で、アークシアとデンゼルの間に戦が起これば他の三公国がリンダール成立から手を引くのではないかと考えた事から襲撃した、という動機が明かされた。リンダール連合公国成立の不安要素としてアークシアとの関係悪化がデンゼル国内では早い段階から大きく話されていたそうだ。デンゼル側は追及を躱《かわ》しているが、これは誘導と見て間違いないだろう。つまり、アークシアはリンダール成立反対派の処分をさせられたという事になる。

当然、そこまで詳しい情報は広まらずとも、アークシア側には不満と憤りが募った。突然の襲撃を仕掛けたデンゼル公国が、襲撃犯である自国民を流刑に処した者として切り捨てたように映ったからだ。

悪い事にその矛先は、アルトラス難民とシル族を保護する切っ掛けとなったカルディア子爵と、その後見であるテレジア伯爵へと向けられる事になる。

デンゼル側の事情を鑑《かんが》みればカルディア領の難民受け入れが無くても襲撃は起こった筈である上、取り決めが無ければユグフェナ城砦での防衛準備も通常のままとなり、更なる被害を受けていたと考えられた。だが北方の貴族達がこの一方的な防衛戦の原因は隣国の反逆者を匿って手を出したせいだと大声で煽ったのが悪く、さも事実がそのようだったと受け止められるようになってしまったのだ。

「国内での動きを認めた貴族院では、あの襲撃をデンゼル公国の侵略ではなく私戦として扱う事に決定した。北方貴族の扇動に踊らされた者達を鎮めるには、腹に据えかねるがデンゼル公国側の言い分に乗ってあの端金《はしたがね》を受け取るより他にあるまい」

「……なるほど。そうですか」

伯爵は珍しくも憤りに語気を強めた。けれどエリザの方はあまりの遣《や》る瀬《せ》無さに、今は怒りさえ感じられなかった。

「カルディア領軍からは、死者が十七名、重傷者はお前を含めて二名となった。他は全て軽傷者だ。無傷で済んだ者は居ない」

「十七名……」

十七人も。死んだのか、あの場所で。

それは多いか少ないかで考えれば、充分に少ない方なのだろう。全員が初陣《ういじん》も同然の、百に満たない小さな軍が急襲を受けて、それだけで済んだのは奇跡に近い。

けれど、数の多寡《たか》など。そんな事を考えられる程、エリザは命を量る事には慣れてはいなかった。慣れたくも、なかった。

領軍の兵士が十七人、永遠に失われた。吐き気がするほど重く、その事実が喉から下を押し潰しているような感覚がする。

「……では、保護されていたシル族やアルトラス人はどうなりましたか」

戦慄く唇を何とか動かして、話の続きを促した。城壁から見下ろした先の悍ましい光景を思い出すと、あまりの嫌悪感にぐっと眉間に皺が寄る。壁の内側に張られた無数の天幕の残骸に折り重なるようにして倒れていた人、人、人――……。

テレジア伯爵は一瞬沈黙し、それから、「酷いものだった、」と珍しくその感情を吐露した。

「生き残りは僅かだった。これについては少し気に掛かる報告がある。後で話そう」

今のエリザに伝えても意味が無いという事なのだろう。明確に国土内に敵の侵入を許した証《あかし》であるあの虐殺の事はエリザも気に掛かっていたが、あの者達の責任はまだユグフェナ城砦側にある。

彼女には殆ど関わりの無い事だ。

「………………ああ、それから。……行方不明者が一人出ているようだ。その他、詳しい事は報告書を読んでおきなさい」

言おうかどうか逡巡した、という気配を隠そうともせず、伯爵は最後にそう一言を付け加えた。

「――え?」

呆然とした声が溢れた。見上げた先の伯爵は緩く首を振ると、そのまま何も口にしないまま、執務に戻るからと部屋を出て行ってしまう。

「エリザ様、お話が終わったのであれば、少しお休みになられては……エリザ様!?」

オルテンシオ夫人が声を掛けるのも聞かず、エリザは焦《あせ》りに震える手で毟り取るかのように左の袖を捲《まく》りあげる。

「無い……」

カミルの腹を突き破り、私の左腕に突き刺さった筈の剣の切っ先。

滑らかな白い腕には、その痕跡は一切残っていなかった。――まるで、ユグフェナでの争いそのものが、無かった事にされたかのように。

◆

やっとオルテンシオ夫人の監視から解放されたのはそれから十日後の事だった。一月近くに渡る眠りは筋力と体力を削いでおり、思うように動かない重い身体に辟易しながら、エリザは館の外へと出る。

こんな時に限って手を貸して欲しいと思う相手は傍に居ない。ラスィウォクの横腹を支えにして、ずるずると這うように進んだ。

そうして彼女がやって来たのは、中庭の先にある小さな池の畔《ほとり》だった。池の対岸には家族を殺した毒葉の緑が陽光を浴びて視界の中で存在を主張している。夏には色鮮やかな小花が池を囲っていたが、秋も半ばを過ぎた今では地味な茶と緑ばかりとなった。

畔に沿って池を回り込む。館の中庭から見て池の右の畔には、水面に影が落ちるように木が一本生えていて、その下には朽ち掛けた石畳が敷かれている。木の根が突き出て既に平坦さを失ったそこに、草臥《くたび》れた身体はぺたりと座り込んだ。この池は単なる貯水池で今は庭師が最低限にしか手を入れていない。嘗《かつ》て黄金丘の館が建つ以前は庭として使われていたらしく、石畳はその頃の名残だった。

水がチャプチャプと僅かに揺れる音と、風が草葉を揺らす音、それから自分の鼓動の音だけが聞こえる。肌を撫でる空気はすっかり冷えたものになっていたが、傍らに寝そべるラスィウォクの体温が肌寒さを忘れさせてくれていた。

ふっと息をついて、ある一所に視線を向ける。視線の先には木の根元に寄りかかるようにして、エリザの背丈の半分程も無い大きさの、磨かれた石がある。墓石だ。名も刻まれておらず、骨がその下に埋められている訳でもないが、その石は確かに墓石だった。

暫く手入れもしていないその石の表面の土埃《つちぼこり》を手で払う。ラスィウォクが館へとやって来て、カミルと過ごすようになってからというもの、エリザは一度も此処を訪れていなかった。墓の主の事を忘れた時こそ無かったが、足が遠のいていた事は認めねばならないだろう。

「――久しぶり。ずっと来なくて、すまない……」

小さく呟くように、墓の主へと話し掛ける。無論、返事など無い。墓の主は死者なのだから、答えがある筈が無いのだ。

「……大事な人を、失ってしまったよ。私が愚かだったばかりに」

それでもぽつり、ぽつりと独り言のように声を落とした。石の表面を撫でる指先が黒く汚れても、気にも留めずにそれを続ける。

「カミル、というんだ。貴女以来の、大切な人だった……」

ざぁ、と秋風が吹き抜けていく。音はそこら中にあるが、静かだな、とエリザは思った。

「人を信じればいつか命を奪われると思っていたのに、人を信じなければ生きていけないのだと漸く思い知ったよ。……少なくとも、こんな思いをまた味わう位ならば死んだ方がマシだと思えた」

何を言いたいのか、考えていないせいで次の言葉を迷う。聞かせている相手が居ないからこそ出来る事だ。陽光の眩しさから、逃れるように瞼を下ろす。

「お陰で夢うつつに忘れていた事も色々と思い出したりはしたけれどね。あんな記憶があったって、一体何になるというのだろう」

力無く言葉が口から零れていく。抑揚の無いのは相変わらずだが、常《つね》よりどこか空虚な声だという事は、誰に言われずとも自覚していた。

文字通り揺さぶり起こしてくれたラトカには大変悪いとは思う。けれど未だ彼女の胸の内側は、寝ていた時と変わらず伽藍堂《がらんどう》のままだった。カミルを失って、空いてしまった大穴から感情や意志が抜け落ちていくかのように。

「……随分、寝こけてしまっていた。子供に揺り起こされて漸く目が覚めたよ。エリーゼ、だなんて。自分と同じ名前を恨まれている相手につけて……傍に置くつもりはないと言いながら簡単に殺されそうなほど近付かれて、愚かしい以上の何物でもないのに、自分でもどうすればいいのかまだ分かってない」

零す声が呻くようなものになる。

そうして彼女が思い出すのは、自分を目覚めさせたラトカの、泣き顔と、そしてその瞳の事だった。

月の下では純粋な赤にも見えた、紅茶色の瞳。そこに映し出されていた、惑うような様々な感情と……様々な感情に惑う、自分自身の幼く頼りない顔。

一月の眠りは、ただ只管《ひたすら》の逃避だった。苦しみも、罪の意識も、恐怖も——他人への疑心も何も感じぬまま、ただ緩やかに死という解放を待つまやかしの安寧への逃避。

そこからエリザを引き摺り出したのがあの子供の怒りと不安とやるせなさによる感情の爆発だったというのは、彼女に現実を見させるという点で理に適《かな》ってはいた。

慰めも励ましも霧に包まれるような昏睡《こんすい》の底には届かず、ただ爆発する怒りだけがそこから彼女を苦しみの渦中へと引き摺り出したのだ。

「……今は、貴女との約束が何よりも苦しい」

ギチリ、と汚れた指先を爪が食い込むほど強く握り込んで、エリザは墓石から目を離し、何とはなしに空を見上げた。

青く抜ける空の色は、カミルが隣に居た頃とも、墓の主が生きていた頃とも、何一つ変わらない。

「人を信じる事も、信じられない事も、どちらも苦しい。私は弱いから、孤独には耐え切れない。けれど殺されるかもしれないと思うと、人を遠ざけずにはいられない。……頭を二つに引き裂かれているみたいだ」

血を吐くような思いで呻いて、歯を噛み締める。

震える腕に合わせて、手首で細い鎖がしゃらしゃらと音を立てる。その音に咎められたような気がして、エリザは全身の力を抜いた。溜息と共に、何もかも吐き出すように。

「——乙女ゲームの世界に生まれて、もう少し気楽に生きていけるかと思えば。一体どうしてこうなった」

どこまでも空虚な思いで呟きながら、ぼすりと身体をラスィウォクの上に投げ出した。

エリザの誰にも聞かせられない独り言を最初から最後まで聞いていた彼は、そうしてやっと、くぉん、と鳴いたのだった。

【第一章】

気がつくと目覚めてから既に二月近くが経とうとしている。書類に日付を示すためにふと暦《こよみ》を確認して、その事実に愕然《がくぜん》とする。

「……まずい」

その瞬間脳裏を過っていったあれやこれやに思わずそう呟くと、隣で私の執務の補助に追われるマレシャン夫人がばさりと手に持つ書類を取り落とした。

「エリザ様、何かその書類に問題が？　ああ……また睡眠時間が……」

「いやそうではありません、落ち着いて下さい」

彼女はこの家の家庭教師であった筈なのだが、いつの間にか私のサポートのような役割を振られている。まあ雇用主はテレジア伯爵なので、私としてはマレシャン夫人が家庭教師だろうが秘書だろうが何でも良い。というより、このところの忙しさではそんな些事《さじ》に構う余裕など一切無い。

というのも、私が一月も寝込む事になった切っ掛けのユグフェナ城砦防衛戦で、難民の受け入れ計画に大幅な狂いが出たせいだ。

貴族院の集会からユグフェナ城砦防衛戦までは春終月の始めから秋の上中月半ばまであったが、その間に流れた月日は僅か六ヶ月程の期間である。

……因《ちな》みにこれは最近思い出した事だが、前世で言うと一つの季節は三ヶ月程だったと思う。ところがこちらは月の満ち欠けが四度巡って一季節であり、一年は十六ヶ月となっている。前世よりも一年の長さがある割に、人の成長と老いには特に違和感は無い。簡単に考えればこの世界の人間が世界に合わせただけ長寿な生き物なのかもしれないし、私の感覚ではもう分からないけれど、前世と比べて一日の長さが短いのかもしれない。

閑話《かんわ》休題。

難民は夏の上半月から一月毎《ごと》に五十人ずつの受け入れが計画されていた。最終的には二千人余りの受け入れを行う筈だったのだが、ユグフェナに残されていた難民が全て殺されてしまったため、カルディア領で引き取れたのは僅か二百五十人という事になる。

同時に一時受け入れを行ってくれていたジューナス辺境伯《へんきょうはく》領に八百人程の難民がまだ残ってはいるが、開拓村が落ち着き次第順次引き取る手筈となっている。難民の感情を考えると受け入れを始めてしまえば途中で制限を掛ける事などは出来ないため、彼らを引き取るのはだいぶ先の話で、これは今のところ考慮に入れずにおく。

次にシル族だが、こちらは想定していたものより大幅に人数が増えている。最初は四十人と聞かされ、氏族《うじぞく》の合流も考えられるだろうと余裕を持ったつもりでその三倍の百二十を予想数としていた。

ところがバンディシア高原奥地や黒の山脈《アモン・ノール》にまで隠れていた氏族連中がこれが最後と覚悟を決めて出て来たらしく、結局三百余名の大所帯に膨れ上がった。デンゼル側が放った三百の追手を相手に一月近く粘ったのも納得の話だ。

合わせておよそ六百人弱だが、元々受け入れる予定だった人数の半数以下である。土木業に一斉従事させてまずは村の体裁を整えて貰わなければならないのだが、この工期が殆ど一から組み直しとなった。

何しろ半数を占めるシル族は遊牧民であり、彼等の住居は移動式のもので、通常の建築技術が無い。その上農業も行わないため耕作技術も無い。唯一バンディシア大陸から更に西奥に引っ込み、黒の山脈《アモン・ノール》で移牧民へと生活様式を変えた幾つかの氏族だけはかなり立派な家を建てられるが、彼らの使い慣れた建材を用意出来ず、その能力を活かす事は出来なかった。

補塡《ほてん》のために領民から移住の希望を募ってはみたものの、案の定希望者は微々たるものだったため、未だにこの問題の対応策は検討中である。

更に、誰が新たに開拓地の指揮をするかという問題も出た。これまでその役目を負っていたのはカミルだった。彼のようにアルトラス語が出来て新入領民の指揮を執れ、こちらとの意思疎通が容易に出来る人材を新たに探すというのは、到底私では無理な話である。そのためこれはテレジア伯爵に頼んで臨時で代官となる者を雇って貰った。しかし、その代わりのように引き継ぎや指示のための書類作成という膨大な仕事が増えてしまっている。

開拓に従事させる領軍の兵も、一時三十人居たが今はたったの十人となってしまっている。これはユグフェナ城砦へ出兵する際に覚悟していた事ではあるが、防衛戦での死傷者や重傷者のために、領軍本拠地から余剰兵力を割《さ》く事が出来なくなったのだ。

その他、私が寝込んでいたために片付けられずにいた書類をどうにかしたり、兎に角やる事が多過ぎて休む暇は疎《おろ》か、まともに食事を摂る時間さえ無かった。

「……とりあえず、そろそろ何か軽食を貰いましょうか。食堂にも降りずに飲まず食わずだと、またクラウディア殿が執務室にカートごと突っ込んで来る恐れがありますし」

マレシャン夫人を促して、書類仕事で凝《こ》り固まった身体を解《ほぐ》すために二人で席を立つ。厨房へ行って戻ってくるだけだが、全く動かないよりは良いだろう。

丁度二週間前にクラウディアが紅茶のカートを執務机に衝突させ、危うく重要書類が紅茶まみれになるところだった悪夢を思い出したのか、マレシャン夫人の顔色は更に悪くなっていた。

◆

──ということ二月ほどの事情を、目の前でじとりと私を睨む子供に説明する事体感時間で三十分程。

目覚めた日以降そのまま放置してしまっていた子供は、むっつりと不機嫌に口を開いた。

「で、忙しさのあまり俺の事はすっかり忘れていたと」

落ち着いた声には怒鳴られるよりも冷たい何かが確実に含まれている。会いに行くだけで怒鳴り散らしていた頃よりはマシになったのだろうと思いたい。

「違う、お前に会うより先に片付けなければいけない仕事が山積みだったと説明している」

今だって事務処理の出来る人手の少なさから、呼びつけた相手に手伝わせてまで日付順に書類を並べ替えるという雑用に励んでいる。仕事は日のあるうちに出来る限り片付けなければならない。夜の明かりは蝋燭に火を灯《とも》すのだが、不自由無く書類の読み書きが出来るほどに蝋燭を使うのはそれなりにコストが嵩《かさ》むのだ。

「それがほぼ半年以上、結果的に放置し続けた相手に言う事か?」

こいつが兵舎に放り込まれる頃から数えてもうそんなに経つのか、と少しだけ驚いた。

私が忙しい間にも子供の教育は続けられていたらしく、言葉遣いが段々と私に似てきている。紅茶色の瞳がすっと細められるその仕草まで私と似ていて、少々面白い。

「……放置も何も、私はお前に用など無かったが」

口をついて出た言葉に、相手の額に青筋がピキッと浮き出たのが分かった。

「それともまさか、年下の私に構ってもらいたいと思っていたのか、お前」

「ぶん殴られてぇのか!」

「おっと、品のない言葉を話すのは謹《つつし》んでくれ、エリーゼ」

怒りと苛立ちで顔を真っ赤にした『エリーゼ』ことラトカを見て、思わずふっと笑いが漏れる。そのストレートな感情表現は領軍の兵士達によく似ていた。

エリーゼ、と呼ばれたラトカはむすりと頬を膨らませて黙り込む。ちらりと目だけを動かして窺うと、訴えるような、戸惑っているような、苛立ちのような、それでいて諦めのような、そんな複雑な感情が彼の瞳の奥に映って見えた。彼が私を目覚めさせたあの夜半に見たものと同じ揺らめきだ。

……カミルとは違って、よく物を語る目だと思う。目を見るだけで相手の思っている事が何となく分かるのは、心情的には楽と言えば楽だ。

「そもそも何か用があったなら、呼ばれるのを待たずにお前から来れば良かっただろう」

「え……俺が?　この館の中を?」

二人で纏《まと》め終えた書類をフォルダー代わりの革の袋に仕舞って、やっと少しばかり手が空く。そうして顔を上げて初めてまともに眺めた半年振りのラトカは、すっかり健康的になった女児のような顔立ちに、信じられないというような表情を浮かべていた。

「…………ああ」

彼の顔を見て自分の失言に気付く。彼にとってはこの館は牢屋でしかないという事を、私は分かっていなかった。

エリーゼにその存在が露見してしまい、屋敷内にラトカの存在を知らぬ者が殆ど居なくなった時点で、兵舎から戻った後のラトカには館内での自由を与えると決めていた。元々、誕生祝での騒ぎのほとぼりが冷め次第彼の行動制限は緩めるつもりでいたのだ。

あからさまに言うならそれは懐柔策《かいじゅうさく》であり、ついでに散々脅《おど》した子供のストレスを軽減出来ればという目論見《もくろみ》でもあり、同時に単にこの館での生活に早く慣れさせたいという考えでもあった。予想以上に『教育』が上手くいったのか、ここまで彼の私への殺意が薄れているとは思わなかったが。

お陰でカミルにいつか吐いた、「寝首を掻かれるほど近くに置いたりするものか」という言葉すら、気付けば自分の中では撤回してしまっている。昏睡中でどうしようもなかったとはいえ、危うく実際に寝首を掻かれかけたというのに、こうして暢気《のんき》に二人で話をしている状況は自分でも奇妙に感じられた。――怒りを表に出さなくなった彼をどう扱えば良いのか、どう扱いたいのか。最初から迷っているようなものではあったが、今は何一つ分からない。自分の事なのに、と内心で自嘲する。

「監禁は解いたんだ。常識的な範囲内で、館の中では好きにしていい。どうせお前一人暴れたところですぐに取り押さえられるが」

「そんな事はしない。あ、その、もうしない」

自分がこの館に入る事になった原因を思い出してか、ラトカはそう言い直す。

「俺だって、少しは利口になったよ……あんなに勉強漬けにされたら誰だってそうなると思うけど」

皮肉げに肩を竦めてそう笑う彼に、私は一瞬瞼を伏せた。利口さとは一体何なのか。……己を曲げずに死に屈するという事は、それほどに愚かしいものなのだろうか。

「でも俺、毎日凄い量の課題と講義で部屋から殆ど自由に出られないんだけどな……」

実質的な監禁状態と変わらないぞ、と付け加え、彼は眉間に皺を寄せた。私は一瞬思索の海に沈みかけた意識を引き上げて、涼しい顔でそれに答える。

「時間とは捻出《ねんしゅつ》するものだ」

「……捻出、出来なかったから俺の事放置してたんじゃなかったっけ？」

おっと、口が滑ったか。じとりと半眼で睨まれるのを、まあ、明日からはその課題地獄からも解放してやるから、と話の方向性を変えて気を逸らさせる。

「え、本当に⁉」

無邪気な喜びを見せたラトカに勿論、と頷いた。表情筋を総動員してほんの僅かに微笑んでやると、彼は一瞬でその表情を引っ込めて、頬を引き攣らせる。……勘の良い奴だな。

「明日からは、お前は私の侍女見習い兼秘書見習い兼護衛見習いとする。館に一生閉じ込められたまま過ごしたいというなら話は別だが、そうでないなら必死になって見習いを卒業する事だな」

突然手伝わせた作業の手際を見て思いついた事ではあるが、兎に角人手が足りない今、相手を選ぶ余裕は無い。元々想定していた彼の使い道からは外れるが、それも仕方のない事だ。

「……はあぁっ⁉」

思わずといった調子で叫んだラトカに、構わず次の書類を用意して、明日は朝食の時間にはこの部屋に来いとだけ一方的に告げる。

彼は頭を抱えて、暫くの間呻いていた。

◆

そうしてラトカにも作業を手伝わせるようになって、やっと仕事が落ち着いてきた頃だった。

「……一体これを、どうしろと？」

呆然自失となったせいか、そんな言葉が勝手に漏れた。これはあんまりではないかと、テレジア伯爵に縋るような視線を向ける。

「遊ぶしかないであろう。エリーゼ殿と共に」

けれどテレジア伯爵の冷静な声が私の儚い逃げ道を押し潰す。

私はまじまじと、手の中にあるものをもう一度見てみた。精巧な作りが美しい少女を象《かたど》った人形が、不気味さを減らすべく絶妙にデフォルメされた顔に何とも言えない微笑みを浮かべている。

実際に存在するならばどれ程の金が掛かるのかというようなきらびやかな衣装を纏っていて、その余りの過剰装飾振りに感心するよりまず引いてしまう。何もこんな、鬼気迫るものを感じさせるほどにフリルを重ねなくても良いではないか……。

屋敷に篭る事の増える冬入り前の贈り物という事なのか、この人形はこの黄金丘の館に滞在している少女、エリーゼの父親であるシェルストーク男爵の名義で贈られてきたものである。男爵はわざわざご丁寧にもデザインの異なる二体をセットにして寄越して下さった。つまりその意味する所は、先程テレジア伯爵が言ったように「エリーゼと二人でこれで遊んで下さい」という事だ。

元々エリーゼは療養を目的としてカルディア領へとやって来たが、名目上は私の遊び相手として招いた客分という扱いである。こちらの思惑としてはラトカの情報を隠蔽《いんぺい》するための隠れ蓑《みの》にする存在でもあるが、そんな事をシェルストーク男爵が知る由《よし》も無い。

「人形……」

人形というのは十歳前の女児への贈り物の中では非常にオーソドックスなものであり、世間一般から見ておかしいのは「人形遊びに興じるのはちょっと」などと思っている私の方だ。

領主貴族のうちの男爵というのは土地の所有権だけを認められた地位である。社交界にも殆ど出てくる事の無い男爵は、私が既に領主としての仕事に携わっていて彼の娘とは碌に会話をする暇も無いという事も知らないし、仮令知っていたとしても幼い少女という括《くく》りに入る私が人形遊びに全く興味が無いなどとは考えもしないだろう。

そんな私の個人的好みなど知るかとばかりにテレジア伯爵はさっさと仕事を再開させる。残された私は、再度げんなりとキラキラしい人形に視線を落とした。

どうするか、これを。遊ぶのか、私がこれで。

頭を抱えて、いやまてまてと考え直す。……要はエリーゼがこれで遊び、その遊びに付き合う者がいれば良いのではないか。その遊び相手というのが私である必要は無いのではないか。

ラトカにこれを押し付……渡して、早速明日にでもエリーゼの見舞いを言いつけよう。いつの間にやら随分と仲良くなっていたらしく、兵舎に居た頃何度かこっそりエリーゼに会いに来ていたという情報は握っている。

思いついた名案に一人頷いて、私はなんとなく手の中にある人形の、布の密集したスカート部分の最初の一枚を摘《つま》んだ。無駄に凝《こ》っている衣装は、布の重なりで見えなくなってしまうところにまで刺繍《ししゅう》が入れてある。一番上の布にびっしりと縫い込まれた金糸の薔薇《ばら》が、光を弾いてチカチカしている。

「……ん?」

よくよく見ると、その刺繍はどうにも不思議な模様を象っている事に気付いた。普通繰り返されるであろう筈の、一部分だけが他と異なっているのだ。

もう一枚布を捲って、やはりそこにも同じような刺繍が施されているのを確認する。これは何の模様なのか、と首を傾げて暫くそれを眺めていると、ふとその奇妙な部分の模様が文字ではないかと思えた。適当なところからそれを文字と捉えて読んでみると、単語の間に空白が無いため非常に読み取り辛いものの、どうやら意味のある文章らしい。

翌日その刺繍の謎を解いた私は、すぐにテレジア伯爵の執務室を訪ねた。

「密書か……ふむ。人形に仕込むとは考えたな」

刺されていた文字を全て書き取った紙に目を落としながら、伯爵がそう呟く。

「エリーゼ殿にお伺《うかが》いしたところ、どうやらこの薔薇が暗号文を示すそうです。部屋から出られないエリーゼ殿のために、シュテーデル子爵が遊びとして謎解きをさせていたらしく、暗号文等には必ずその薔薇が記されていたと」

病弱でベッドから碌に降りられぬまま日々を過ごす事もあるエリーゼを、彼女の伯父《おじ》のシュテーデル子爵は殊《こと》の外《ほか》可愛がっている。姪《めい》が何の楽しみも無く部屋に篭るという状況を避けようと、その場を動かずに遊べるならばあらゆる玩具を用意してくれた、とエリーゼ自身から聞いた。シュテーデル子爵自身に娘が居ないから、その分姪に愛情を注いでいるのかもしれない。そこへ更にエリーゼの体の弱さが周囲の過保護さに拍車を掛けているのだろう。そんな環境でよくもあれほどに純粋無垢《むく》な少女が育ったものだと、妙なところに感心する。

それと暗号文の鍵を聞き出すために結局彼女と人形遊びに興じる必要があったのは、昨年の貴族院のあの集会にもばっちり参加していた子爵の練った策だろうか。そうだとすると完璧に嵌《は》められている。

「それで、何と書いてあったかは分かったのか？」

「はい。単語の区切りさえ注意すれば、それほど難解なものでもありません。内容は北方貴族の動きについての警告でした」

北方貴族、という言葉にテレジア伯爵がほんの少しだけ煩わしそうに顔を歪めた。

「ノルドシュテルム家を中心として、幾つか過激な組織が集《つど》っているそうですね」

「愚かしい事だ。今更何をしようと取り上げられた金が戻ってくる訳ではないというのに……」

伯爵は疲れたように一つ、深く息を吐いた。落ち着いてきたと思えばこれだ。私達が北方貴族に目の敵《かたき》にされていると知って報《しら》せをくれたシュテーデル子爵はありがたいけれど、厄介事は歓迎出来ない。ただでさえカルディア領は人手不足で、私も伯爵も普段から仕事に追われているのだ。

貴族院で相対した北方貴族達の悪意の篭った視線を思い出して、ほんの少し陰鬱な気分になる。密書の内容が事実であるか裏付けを取らねばならないが、間違いは無いという確信があった。

「王都滞在中に少し動かねばならぬな」

伯爵のその言葉にこくりと頷く。冬を越し、播種《はしゅ》を終えたら今年はすぐに王都に向かう。色々と向こうで熟《こな》さねばならない仕事があるのだ。

◆

ノルドシュテルムは北方を代表する大貴族の家系であり、当主は侯爵位を持つ。三代前には王族から降嫁《こうか》があった事もあり、王都との一応の繋がりもある。金貸しでその財力を保っているという事から評判はかなり悪いが、それ故に逆らえない貴族は多い。さらに北方を代表する貴族達は遡《さかのぼ》ると大抵がノルドシュテルム家の分家筋であり、北での影響力は王家よりも大きいという。

随分と面倒な相手に目をつけられたな、と私は内心で溜息を吐いた。

かつてより北の地は、アークシアで最も重要度の低い地として扱われてきた。他国との境には黒の山脈《アモン・ノール》が横たわり、北は波の荒く寒冷な海に面していて凍土が多く、土地が痩せている。海上貿易に出るにも位置が悪い。東に行けば他国があるが、北の大部分は長くデンゼル公国の支配下、或いは対立していたリンダール王国の領土で、彼等の領分をそのまま過ぎる航海技術は未だ無い。産出するものも殆ど無く、国家の交易地としても防衛地としても重視されていない。そのせいか、全体的にあまり活気が無く、貧しい地域が多いと聞く。

そういった理由から、アークシア王国建国当時まで北の地を治めていたのはノルドシュテルム家唯一つであった。細かに治める必要がある地を優先して人を配置していった結果、北方は最後まで一人の貴族も派遣されずにいたのだ。広大な土地を当主一人の身で治めるのは不可能であり、ノルドシュテルム家は分家に土地を分割して治め始め、つい百二十年程前にその統治機構がそのまま王国の諸侯《しょこう》制度に当て嵌められて今に至る。

そんな土地を治めるノルドシュテルム家が王家と関係を結べたのは、単に金銭的な要因だ。周囲の領地との間に多数の金融取引を抱え、その利子だけで領地の経営資金を賄《まかな》っていると噂される程収入を得ているという。

王族からの降嫁は王国の利にならないノルドシュテルム家の財産を中央に戻すための苦肉の策だった、とテレジア伯爵が言っていた事を思い出す。

アークシアの王族は二家からなり、王位継承権が王族の手を離れる事を防いでいる。そのうちの王家ではない一方、メルリアート家の娘一人と引き換えにして、国庫に入ったのはノルドシュテルム家の資産の約三分の一程度であったらしい。

当時それを決定した『宮中』に居たリーテルガウ侯爵から聞いた話だ、とテレジア伯爵が言うので、情報に間違いは無いだろう。

資産は減ったが王族に繋がりのある貴族が、取り巻きを集めて敵意をぶつけてくるのだ。勘弁してほしい。

そもそもその原因は貴族院が北方に出していた防衛費の半分をカルディア・ユグフェナ・ジューナスの三領地に分配する事を決定したためである。使われない費用を確実に使うであろう所へと回した貴族院の判断は間違いではない。

けれど北方貴族達が目の敵にしているのは今のところカルディア領、つまり私だけである。ユグフェナ王領を治めるエインシュバルク王領伯やジューナス辺境伯に対して動こうとしないのは、単なる逆恨み、或いは八つ当たりであると言っているようなものではないだろうか。

そこまで思考を巡らせて、再度溜息を吐いた。冬の間に何度も考えていた事ではあるが、暇があるとその不穏な予兆についてついつい考えてしまう。

「……そう憂鬱そうな顔をせんでも良い」

王都に向かう馬車の中、向かいの席に座るテレジア伯爵がフンと鼻を鳴らす。隣に座るクラウディアも頷いて同意を示した。

「どうせすぐに片が付く。ジューナスやユグフェナにとってもカルディアには早く領内を整えて貰わねばならぬ上、それまでの方針は表向きテレジア伯爵が決めている事になっているのだ。資産しか武器の無いノルドシュテルムが、テレジアとジューナス、エインシュバルクの三家を相手取って動くには利が無いのである」

「それはノルドシュテルムの方も最初から承知している事でしょう。分かっていて尚動くという事は、他に協力する勢力があるのでは？」

私が懸念しているのは、そのノルドシュテルム以外の勢力の方だ。

ノルドシュテルムには、金と取り巻きの北方貴族達以外には何も無い。それだけでは何の脅威も感じない。しかし、協力関係が誰なのかによっては、掻き回される可能性はある。ノルドシュテルムの豊富な資金が如何《いか》にして使われるかというのが問題だと思えるのだ。

「国家の動きをひっくり返す程の何かとノルドシュテルムが繋がっていると思うのか」

テレジア伯爵が片眉を上げて私の懸念を確認する。北方への余剰な出費を廃して西南の領地に費用を出すという事は貴族院でされた決定であり、そこで決まった事は国内の全貴族によって決められたものという扱いになる。つまり、国の方針という事だ。

ちなみに、貴族院は子爵以上の領主貴族と伯爵以上の宮廷貴族で構成されている。それ以下の身分である貴族は参加する貴族を代理として間接的に関わるという事になっており、普段私が貴族院に出席しないのは、後見人であるテレジア伯爵を私の代理として立てる事が出来るためだ。

「しかしそうでなければ、保守的な北方貴族が貴族院の決定に横槍を入れるような真似をするでしょうか？」

質問に質問で返してしまったが、伯爵はふむ、と頷いた。王都の宮廷貴族達とは異なる意味で保守的な北方貴族達は、只でさえ少ない自分達の影響力が薄まるリスクに対して注意深く在ろうとする。

そんな彼等がノルドシュテルム家を中心に一つに集まろうという事は、確実に何かがあると考えた方がいいのではないだろうか。警戒するに越した事は無い。

◆

社会あるところには何かしら通過儀礼というものが存在する事が多いらしい。

王都の王宮を取り囲むように聳《そび》えるアール・クシャ教の総本山、ミソルア大神殿にて。暗闇の中何時間も跪《ひざまず》いている私は、懺悔《ざんげ》する傍らそんな事を考えた。

このアークシア王国の民にとって、七歳というのは人生の一つ目の節目となる。

法による罰を本人が受けるようになるのがこの年齢からなのだ。つまり、クシャ教の法に従い過ごす本格的な誓いを立てると共に、その法を破る事に対し責任を持つ事になる。

領地の平民の子供は自分の誕生祝に近くの礼拝堂に集められて神聖法典の内容を聞かされる程度の儀式となるが、貴族の子弟は別だ。このミソルア大神殿に連絡を取って儀式を行う日時を定めて赴き、禊《みそぎ》のように流水で身を清めてから半日程この真っ暗な部屋で一人孤独に懺悔を行う。その後に神聖法典のある一節を暗唱し、神と神官の前で法への従属を誓う。

同時にこの儀式は、アール・クシャ教会へ正式に入信するためのものでもある。七歳までは仮入信のようなものだ。七歳までに死ぬ子供の割合というのは非常に高く、またその年齢まではやって良い事と悪い事の区別が付きにくい事が関係しているという。

七歳、という区切りが七五三に関する記憶を揺り起こす。そうして色濃く浮かび上がった前世の記憶が、宗教など全て胡散《うさん》臭いものではないかと、神など存在するわけがないのだと、私の頭の片隅で囁《ささや》いた。半日も暗闇に閉じ篭り、懺悔を行うという行動の馬鹿さ加減を訴えるその声を、私自身が黙殺する。

ミソルアが実在するかどうかなど、どうでも良い事なのだ。私がアール・クシャ教に属するのには、真実の信仰など一切必要無い。重要なのは、その教義によって秩序立てられた社会に従うかどうかだ。

……一月近く眠り込んでいる間、私はずっと前世の事を夢見ていた。便宜上『前世の記憶』と呼んでいる、生まれた時から私の頭の中にあった、別世界で生きた女の記憶の夢だ。

この七年の月日の中で、この世界に関する事だけを残して次第に薄れていた記憶は、記憶の主である女を取り巻く些細な日常生活に関する事がその大半を占めていた。世の成り立ちも生活の様式も全く異なる以上、私には不要なものとして忘れるに任せていた記憶だ。

……その記憶を、まるで鮮明な映画のように、夢の中で延々と見せられていたのである。必然、今まで全く気にも留めなかったようなこの世界の常識に、いちいち思い出した前世の記憶が違和感として付き纏うようになった。

それはやはり自分自身の過去の事として受け入れる事は出来ず、まるで読み込んだ小説の主人公か、或いは亡霊の囁きのように感じられている。

だがそれ故に、恐怖も感じる。人の人格は記憶に依《よ》るところが大きい。私という存在があの前世の女に知らぬ間に塗り潰されてはいないかと、記憶が脳裏を過る度に背筋に冷たいものを感じるのだ。

――私はアークシア王国に生きるエリザ・カルディアだ。日本に生きていた、年若い女ではない。

今この暗闇の中、態々《わざわざ》私が跪謝請礼《きしゃせいれい》という、罪人が処刑時に取らされる体勢で真面目に今までの自分の罪に塗れた短い人生を振り返っているのは、半分以上、前世の自分に決別を告げる意図あっての事だった。

予定通りに儀式を終えると、私はテレジア伯爵を待つ間に暫く大神殿の聖堂等を見て回る事になった。

伯爵は私の付き添いではあるが、彼は彼でここに用事がある。我が領にもやっとクシャ教の儀式を執り行う事が出来る司教がやって来る事になったのだ。その司教の移動について、書類を纏めたり、条件を詰めたりといった事が今回の伯爵の用件である。

因みに司教、というと前世の記憶から高位の聖職者を思い浮かべるが、アール・クシャ教会においては教職者を指す。文字通り、信徒への教えを司る者という訳だ。

神官の案内に従って聖堂に入る。その瞬間、造りの細かさと壮麗な景色に目が回るほど魅入られた。

精緻な石像彫刻と木枠が何処に視線を向けてもこの上無い美しさで組まれ、正面の教壇から二筋の水が流れ出ている。天井に大きく開けられた丸い窓は花のような形をしていて、嵌め込まれたステンドグラスが聖堂内に幻想的な光を落としていた。石像彫刻の瞳に嵌められた宝玉がその光を受けて輝くのが、殊更に聖堂内部の非現実的な光景を強めている。

教壇の更に上部には聖アハルの遺骸《いがい》を祀《まつ》る祭壇があり、驚いた事に、それは泉であった。水の湧き立つ泉が石で円に縁取られ、その中央に遺骸を入れた金と硝子《ガラス》の棺が立ててある。

「素晴らしいでしょう」

案内役の神官が、ほんのりと自慢気にそう言った。

私は頷くしかない。これ程までに美しい建造物を、前世の記憶を漁《あさ》ってさえ、他には知らないからだ。余りの見事さに目を離せず、暫く興味を引かれた方から順に視線を遊ばせた。傍らの神官は黙って私の様子を見ている。どうやら飽きるまで見させてくれるらしい。

そうして天井から床、壁から教壇と飾られた細工を眺めていると、ふと後ろから声を掛けられた。

「おや、其方《そなた》……カルディアの娘ではないか」

老人のようでもあり若者のようでもある、女性のようでもあり男性のようでもある、そんな不思議な声だった。特徴的なそれには聞き覚えがある。

振り返ると、白い法衣《ほうい》に身を包んだ人がそこに居た。

「ファリス神官――」

「宣誓《せんせい》の儀を行ったようだな。禊と懺悔を行ったにしては酷い顔をしているが……」

昨年の春、私の誕生祝の典礼を執り行ったその神官が、何とも言えない薄ら笑いを浮かべている。

一年振りに見たが記憶の中の姿と寸分違《たが》わぬその姿にひくりと頬が引き攣った。

「……よくもまぁ、幼き身でありながらそこまで業を背負い込むものよ」

何が面白いというのか、私の顔を覗き込むようにしてどこか楽しげに呟かれたそれに、勝手に肩が跳ねる。

この得体の知れない神官にはすっかり苦手意識を抱いていた。何を考えているのかまるで判らず、それでいて心を見透かされているような言動を取るため、どうにも不安定な気分にさせられる。

「宮司《みやつかさ》様、カルディア子爵をあまりからかいませぬよう……」

案内役の神官が、困ったような声音でファリス神官を諫《いさ》める。ファリス神官は軽く肩を竦めると、そのまま祭壇の方へと行ってしまった。

【第二章】

「これか……」

大神殿からの帰りの馬車は王都の貴族街の一番外れ、塀の一画は平民街と接しているような、安価な土地へと入り込み、程なくして目的地へと辿り着いた。

小さく古ぼけた屋敷の前に降り立つなり、テレジア伯爵が溜息混じりにそう零してちらりと私を横目で見る。二階建てのそれは黄金丘の館よりも圧倒的に屋根が低く、見上げるほどもない。

「お前、本当にこれで良いのか？」

「どうせ王都にいる間しか滞在しませんので」

肩を竦めると、伯爵は再度嫌そうに屋敷へと視線を戻した。

私の人生初の買い物であるカルディア家の町屋敷は、つまり、それほど見窄《みすぼ》らしいものであった。

隣国から亡命した元アルトラスのシル族と農耕民族セルリオン人の受け入れに際して、王都への出入りが圧倒的に増える事は予想されていた。理由は単純、商談のための顔繋ぎである。

特にこれから迎える夏から秋にかけては貴族院の常設集会があり、王都が社交シーズンに突入する。普段領地にいる貴族達が王都の町屋敷に生活拠点を移し、人脈を広め深めるべく様々な会を開くのだ。夏の半ばから晩夏までは新成人の社交界デビューやクシャ教の一大祭儀である降臨祭《こうりんさい》等、人々を寄せ集めるのに十分なイベントもかなりある。

勿論、宮廷貴族として大成したテレジア伯爵は兎も角、まだ社交界デビューどころか学習院へと入学する準成人の歳すら迎えていない私には、社交シーズンなど後十年近く先の話題の筈だった。

その筈を裏切って、我が家の執務室に貴族達からの様々な会への招待状が山と積まれる事になったのは、カルディア領が新たな大規模経済活動の舞台となったためである。

リンダール成立の動きに加え、襲撃を掛けてきたデンゼル公国に対する警戒は極限まで高まった。当然、国内の注目は国境であるユグフェナ、ジューナスとその領の両方に面するカルディアに集中している。

貴族院で三領へのバックアップ、それも金銭の支給という具体的な支援体制が整えられた今、その金の回る先に入り込もうと様々な領の領主貴族達が動いているのだ。元々から注目度が高く、取引先も殆ど固まっているユグフェナ、ジューナスに対し、此度《こたび》から新たに東方防衛線に含まれるようになったカルディア領はそれらの貴族にとって新しい市場そのものだ。

軍事的な設備の他にも新入領民のために賄わねばならない物が多岐に渡って膨大にあるというのも、多くの貴族達がこぞって招待状を送ってくる理由の一つか。要するに、何処の領も新規顧客の獲得に忙しいという事だ。

蛇足ではあるが、アークシアでは原則的に準成人以下の年齢の子供はホスト役以外での夜会への参加はマナー違反である。但《ただ》し私は子供である前に子爵であるとの事なので、招待状は容赦なく送られてくるのだ。普通、逆ではないのか。

——以上の経緯から、連日夜会や昼食会が続くというスケジュールが立てられた。未だ小さな身体にはかなりハードなのだが、文句を言ってもいられない。……愚痴を言える相手も、もう隣には居ない。

まあそういう訳で、王都滞在中ずっとテレジア伯爵の屋敷に泊まる訳にもいかず、この貴族街の外れにある小さな屋敷を購入した。

大分朽《く》ちているように見えるが、まあ、それほどに長く滞在するわけでもないので問題は無いだろう。外観はともかく内装は業者を手配して調《ととの》えてある。

ブランド価値が付いていないだけ安いが仕立ての良いアルバス牛皮のソファに身を沈めて居間を見回すと、赤煉瓦とウッドの露出が漆喰《しっくい》塗りの壁に温かみを与えていて、そこそこ気に入った。

私の傍らに立つ侍女のお仕着せを着せられたラトカをせっつくと、彼はしどろもどろになりながらもスケジュールを読み上げる。

「エリーゼ、今夜から明後日までの予定を」

「え、……ああ。今夜は執務室を整えてもらって……明日は昼に……仕立屋が来るから、採寸。夜は、ええと、モードン辺境伯邸の夜会に参加」

最近の彼はベルワイエに連れられて、その秘書を飛び越えて家令のようにまでなった膨大で高度な仕事を教えられている。言いつけた事を何故か素直に受け入れたラトカは、冬の間にかなり事務仕事は出来るようになっており、どうやらそれが却《かえ》って教師陣のやる気に火を付けてしまったらしい。やってもやっても課題が増える、と優秀な学び手らしいラトカは毎日がっくりと肩を落としている。

私としては使える人間が手元にいるのは大歓迎だ。それにこうしていると嫌でもやり取りが増えるので、少しずつではあるが、打ち解けてきたような感じがあった。

「明後日は神殿の法典拝読会があるだけみたいだ。執務室にはもう荷物を運び入れてあるけれど、どうする？」

「茶を飲み終えたら行こう」

「……お茶なんて、メイドに言いつけたっけ？」

「察しの悪い奴だな。お前が今から申し付けに行くんだ」

「ああ……そういう」

ラトカは頷いたが、何だか納得のいかないといった風な表情をしていた。

彼が踵《きびす》を返し、慣れない様子でロングスカートの裾を捌《さば》きながらリビングから出て行くと、暖炉の横の壁に黙って寄り掛かっていたクラウディアが堪え切れないとばかりに小さく吹き出す。

取り繕《つくろ》う気も無いのかそのままケラケラと笑いだした彼女に視線を流すと、彼女は軽く肩を竦めた。

「……何ですか」

「いやぁ、随分楽しそうにあの子とやり取りをしていると思ってな」

引き続き私の護衛を務めているクラウディアだが、黄金丘の館に居た時は警備があるので四六時中側に居させた訳ではない。ラトカと私の遣り取りを見たのも今回が初めてらしい。

「あの子と話している時のエルシア殿は不思議と活き活きしている。やはり歳が近いと、そうなるものなのか？」

「さぁ……どうでしょう。あと、エルシアではなくエリザです」

「む、また間違えたか。申し訳無い」

歳が近いからあのような気安い態度になるかといえば、おそらくそれは違うだろう。かと言ってどうしてラトカにだけあんなに砕けた態度を取れるようになったのか、それを上手く言葉にする事も出来ずに首を傾げて返した。

「だが、やはり見ている側としては不思議とこう、面白いような、どこかホッとするような気分になるのだ。なんと言えば良いかな……」

クラウディアは言葉に詰まったらしく、そのまま唸《うな》り始めた。話はもう続かないだろうと、私は彼女から視線を外して窓の方へと向ける。

硝子の向こう側では、もう空が赤色を帯び始めている。王都はカルディア領よりも日の入りは遅いが、完全に暗くなる前には夕食を終えてしまいたい。王都だろうと変わらず、灯りとなるのは蝋燭なのだ。日が落ちてからあれこれとやるにはコストが掛かり過ぎる。

宣言した通り、お茶を飲んだら執務室の片付けに取り掛かろう。とは言っても、私がやるべきところなど、机の上を使いやすいように整えるくらいで、すぐに終わるのだが。

ふとクラウディアの唸り声が聞こえなくなってそちらに視線を戻した。

彼女は空色の瞳をじっと私に向けて、酷く形容のし難《がた》い、何処か不思議そうな表情をしていた。どう反応をしていいのか分からず、思わず固まる。

そうしたまま何度か瞬きをした。

「ああ、そうか！　エリザ殿が心を開いているような感じがして、落ち着くのである。護衛対象が警戒していると、私も警戒してしまうのでな」

突然得心《とくしん》がいったというように、満足気な表情でクラウディアが言った言葉に、私は胸のあたりが凍りついたような錯覚を起こした。

「……エリザ殿、どうかしたのか？　まさかまた私は名前を間違っただろうか」

「……いえ、そうではありません」

硬直した筋肉を軋《きし》ませながら、どうにかそう絞り出して首を横に振る。彼女の言葉に今更分かった自分の内情に、今度は私が呻き声を上げたいほどだった。

そうじゃない。けれどどう違うのかは、やはり言葉には出来なかった。

◆

初めて身に纏った王都式のドレスに悪戦苦闘しつつ、侍女姿のクラウディアを伴って夜会の席の主催者に挨拶に向かう。大食堂の奥に立っていた、昨年顔見知りとなった絶世の美貌の辺境伯は、私の姿を認めるなり、随分と砕けた調子で朗らかに声を掛けてきた。

「やぁ、久しぶりだねカルディア子爵。今日は来てくれてありがとう」

「こちらこそ、本日はお招き頂きまして誠にありがとうございます、モードン卿《きょう》」

王国の北西に位置するフォーシュバリ地方最大の領地、モードン辺境伯領の年若い領主である彼は、昨年の私の誕生祝の際に出会い、その後僅かな王都の滞在中にたまたま縁があって知人となった非常に奇特な貴族である。

近年領地で産出するようになった宝飾品の取引のために王都に頻繁に出て来るようになったらし

く、関わりも無い彼が私の誕生祝に来てくれたのも、テレジア伯爵との繋ぎを取るのが目的だった。しかし何故か私の方が彼の友人となってしまい、こうして夜会にもお招き頂く程の関係となっている。

「今回はドレスを纏っているのだね。よく似合っている。騎士の礼装も凛々《りり》しくて好ましいが、時に女性らしい姿で印象付ける事が出来るというのは君の強みになるだろう」

モードン辺境伯は穏やかにそう私のドレス姿を評する。大した回数ではないが、今まで公式の場に出た時は全て騎士礼装だった事もあり、話題性と併せて会場にいる貴族達の視線が確かに集中してくるのが感じられた。資金の都合上既製品のドレスではあるが、効果としては充分だろう。

「そう思って頂ければ何よりです」

「悪い気はしないよ。君のそれは侮《あなど》りではなく、信認の証なのだろうから」

彼が嬉しそうに笑うのに合わせて、その銀の髪が小さく揺れる。誤解無くこちらの意図を読み取って貰えた事に安堵した。

「小さな友人に心を許して貰えたと思うと、ミソルアから直々に祝福を賜《たまわ》るような安らぎと喜びを感じるね」

歯の浮くような台詞《せりふ》だが、別に彼は幼い女児に邪《よこしま》な考えを抱いている訳ではない。

「近頃は折角領地に帰っても息子達が拗《す》ねてしまって。まあ一日も経てば戻るけれど、時間が無い時は殆ど構ってやれなくてね。いっそ王都に呼び寄せようかとも思うが、学習院へ入るまでに充分に領地の産業に触れていて欲しいから、どうにも踏ん切りがつかない」

「御子息《ごしそく》方は寂しい思いをされているのでしょうね。しかし確かに、貴卿《きけい》の領地の産業は国内でも素晴らしい規模ですから、次代の領主としてその側に居て欲しいというお気持ちもよく分かります」

王都から馬車で一月近くも掛かる領地で、彼は私と同年代の息子二人に留守を任せているのである。私の事をあれこれ気に掛けてくれているのも、何となく機嫌良さげなのも、偏《ひとえ》に彼が子煩悩が高じた子供好きであるためだ。

最初は空恐ろしいほどの美貌を持った彼が私に微笑みかける度にその視線に緊張したり警戒したりした。勿論それは単に子供を微笑ましく眺めるもので、そうと分かった瞬間には酷く脱力させられたが。

「今日は、テレジア伯爵は如何《いかが》されたのだろう?」

「それが、どうも少々体調を崩してしまったようで……。疲れが出ただけだと仰《おっしゃ》ってはいたのですが」

王都へ行く前に、と領内の膨大な執務を前倒しにして終わらせた直後の二日間の馬車移動は流石に老体に堪えたらしい。

明らかに働かせ過ぎているのは自覚しているのだが、何せ彼にしか出来ない仕事はまだまだ多い。人手を増やす決断の時期は過ぎ、誰を人手として取り込むかを決めなければならない時期になったらしかった。本人に働きすぎの自覚があまり無いようなのも問題ではある。

モードン辺境伯は背後のテーブルを振り返り、ワインの杯を二つ引き寄せた。そこに別々の瓶から白ワインに似た液体を注ぐ。差し出された杯を受け取ると、私の分はどうやら林檎《りんご》ジュースであるらしいという事が分かった。思わず見上げた先で、辺境伯は上品に微笑んでみせる。山のような招待状の中で、わざわざ子供用の――つまり、私専用の――飲み物が用意されていたのは初めての事だった。

やはり奇特な人だ、と思う。息子と同い年の子供であるというだけで、カルディアの娘である私に偏見どころか親切をもって接するのだ。

父と家族の残した悪名の面影は未だ濃い。彼等は背教者であり、貴族の面汚《つらよご》しでもあったのだから。貴族院の決定があるからこそ表立っては聞こえてこないが、カルディア家の醜聞《しゅうぶん》を理由に北方貴族に共感している貴族は確実に存在している筈なのだ。

お互いに杯を軽く掲げてから一口目を含んだ。爽やかだが濃い甘さと、ほんの少しの酸味に、前世の女もよく林檎のジュースを飲んでいた事を思い出す。味の好みが似ているらしい事は、癪《しゃく》だが認めるしかない。

モードン辺境伯は私とクラウディアのために椅子を引き、側に控えていた給仕にクラウディアの分の飲み物も用意させた。晩餐《ばんさん》の時間にはまだ少し早いが、軽食は並んでいる。ホールで踊る者達の休憩所を兼ねているのだ。辺境伯直々に席を勧められては、断る事は失礼に当たる。私とクラウディアは辺境伯と向かい合うようにして着席した。

「……そう言えば、今夜は従者は連れていないね。装いに合わせているの？」

これまで何度か会った時の事を思い出してか、辺境伯はクラウディアに視線を一瞬滑らせてから、そう切り出す。

カミルの事を聞かれているのだ。そう思った瞬間、血濡れたカミルの姿が瞼の裏を過る。

隣でクラウディアがテーブルに杯を置く音が、小さく、だが鮮明に聴こえた。モードン辺境伯の美しく完璧な微笑みが、一瞬で掻き消える。

「いえ。その……ユグフェナで戦死を」

声が震えそうになって、抑え込んだら酷く端的な言葉になった。唇が少しだけ戦慄いた。

「それは、……」

恐らく正確にこちらの感情を読み取られた。辺境伯の声が、痛まし気に戸惑う。

「……お気の毒に。済まない、悪い事を聞いた」

哀れと思っている事が充分に伝わる、純粋な言葉と声色だった。伏せられた視線の先では、恐らく私と彼の息子を重ねている。

手元の杯を持ち上げて、一口分を喉へと滑り込ませた。いつの間にか喉が渇いていたらしく、二口、三口と嚥下《えんか》が続く。

ふと、唐突に、辺境伯へと逆に同情心が込み上げてきた。

彼はこれから先も、自分の息子と近い年頃の子供の全てにこうして心を痛めるのだろうか。もしそうであるならば、彼は何と哀しみの多い人生を送る事だろう。

「彼の善なる魂が、ミソルアの口付けを得られる事を祈る」

「……ありがとうございます」

辺境伯が静かに杯を持ち上げる。彼はそのまま少しの間、言葉を交わした事も無い私の従者のために、その魂の安寧を祈っていた。


帰りの馬車の中、言葉も無く窓の外を見ていた。

手の中には、焼き菓子詰め合わせの箱がある。モードン辺境伯が土産として持たせてくれたものだった。

「……貴族のやり取りは暗号や密書が一般的なのでしょうか」

「そうなのか？」

「いえ……、何でもありません」

思わず尋《たず》ねた問いに対して、キョトンとした表情で応じるクラウディアに、聞くだけ無駄だったと思いながら再び口を噤《つぐ》む。

焼き菓子の箱を包む飾り紙は数枚重ねになっていて、一番内側の紙にはモードン辺境伯からのメッセージが仕込まれていた。

美しい文様《もんよう》の飾り紙は、折り目を付けずに利用し、後日手紙やメッセージカードに再利用して送り返されるのが慣例となっている。遅かれ早かれ気付くところであり、また慣例のせいで先にメッセージを書いて送るのは盲点となり、気付かれ難《にく》い。

内容は、ここ最近モードン辺境伯領を通り北方貴族の領土へと行き来を繰り返す者達の事だった。留まらず戻らぬ筈の巡回の修道女達が、領地を通って南と東に何度も出入りするらしい。

フォーシュバリ地方の東側は、ノルドシュテルムの勢力下である北方貴族の領土だ。

王都に着いて早々、齎《もたら》された不穏な情報に息を吐いて、窓の外を通り過ぎていく景色に意識を戻す。向かいの席では辺境伯邸で食べた美食に上機嫌なクラウディアが、陽気に鼻歌を口ずさみ始めていた。

【第三章】

――連日予定満載のスケジュールが続き、やっと何の予定も無い休日を取れたのは夏も半ばとなった頃だった。社交シーズンのピークとなる降臨祭が目前に迫り、その準備のために貴族達はほんの僅かな間、外出を控えるようになる。伝統的な社交界の小休止期間である。

けれど悲しいかな、この一年の間にすっかり見習い領主業が骨の髄《ずい》まで染み込んでしまったようで、折角の休みだというのにどうにも領地の事についての思考だけはやめられない。リビングのソファに身を沈めてゆっくりと紅茶を啜《すす》りながら、考えるのは領地の教育水準――即《すなわ》ち、領と教会の関わりについてである。

アークシア王国におけるアール・クシャ教会の教えとは、平民から家畜に至るまで全ての者に関わりのあるほど影響力が強いものだ。王国内の規範と道徳そのものと言っても過言ではないだろう。単に国が国教として定めた宗教というだけでは収まらず、法律、建国、社会構造や国家運営から、村の人間の冠婚葬祭教育、或いは農業や畜産業といった生活にまで、密接に関わっている。

領主としての法律の勉強をするようになってからはその事をよく承知しているつもりではあったが、神殿の法典拝読会に参加するようになり、ついでにカルディア領へと招く事になった司教と話をした事で、その重要性を再認識した。

カルディア領内の教会は父の代に入ってすぐに全て取り壊しとなり、司教達は追い出されてしまっていた。つまり、領民には三十年近く教会による最低限の教育さえも与えられていなかったという事だ。

普遍的な社会のルール、つまり道徳を教化する教育は宗教と密接に関係する。貴族の子女が必ず通わねばならないと定められている学習院も元は修道会だったというし、前世の例を鑑みても、教育機関の起源が宗教に由来するものは多々存在した。

変わった特徴だとは思うが、アール・クシャ教会は基金を殆ど持たず、大抵の事は国家予算によって運営される団体である。そのため、領内に教会を運営するための費用の大半は領主持ちとなる。やっと一人司祭を招く事が出来たが、領内全体への教育の普及には遠く及ばない。

……父による損失の穴は、一向に埋まりそうにない。本当に、不甲斐《ふがい》ないものだ。

「――ぁ、おい、聞いてるのか？」

肩を掴まれてはっと顔を上げると、いつの間にやらラトカに顔を覗き込まれていた。感情的な思考に浸《つ》かり過ぎて注意力散漫になっていたか、と一つ瞬きをして気持ちを入れ替える。

「……具合でも悪いのか？」

「いや、考え事をしていたらぼうっとしてしまっていたようだ」

目の前の子供の気遣わしげな表情に、思わず少し笑ってしまう。それを見咎《みとが》めたのか、ラトカは僅かに眉根を寄せた。

「しっかりしろよ。それで暗殺でもされたら、俺はどうなる」

「王都滞在中に暗殺される程の事はまだしてない筈だ」

「ふぅん……って、する予定があるのかよ！」

自分から各方に喧嘩を吹っ掛けるつもりは無いが、領地を立て直して本格的に国境防衛線の一角に数えられるようになれば、自然とそういう危険性も出てくるだろう。何しろ国家の防衛費を少し動かしただけで敵対的な行動に出る者達がいるくらいなのだ。

それにしても、とラトカを改めて眺める。

「何だよ？」

「私が死ぬと困るのか、と思ってな。一年前には、殺してやると叫んでいた気がしたが」

「おっ……前なぁ！　意地が悪いにも程があるだろ！」

呆れたような声を出してラトカは一気にぶすくれた。そのストレートな感情表現に、やはり何処かホッとする。そしてまた、彼から殺気を感じない事に安堵と同時に不安が渦を巻いた。

「……悪い、冗談にしては過ぎた事を言った」

「全くだ。……あぁ、そうだ。本題なんだが、神殿から手紙が届いた」

「手紙？」

ラトカが差し出した封筒を受け取り、くるりと返すと、そこには見覚えの無い封蝋《ふうろう》がされている。

私の知る神殿の紋章に、別の印が絡む璽《しるし》――Fを模した紋章に思い浮かぶのは今の所一人だけ、あのファリス神官しかいない。

もう一度手紙をひっくり返してみると、表側にははっきりとエリザ・カルディア殿へ、と書かれた宛名が目に入る。どうやら、届け間違いではなさそうだ。

「ペーパーナイフを取ってくれ」

それほど親しい訳でもない間柄の神官から手紙が届く。一体何用なのかと椅子の背凭《せもた》れに身体を投げ出して、手の中のそれを睥睨《へいげい》した。

豪奢《ごうしゃ》な白亜の神殿を見上げて、隣で疲労に肩を落としたラトカの背を叩く。

シャナク神殿——王宮のすぐ真横に立つ真っ白な神殿は、貴族街から少し離れた所にあるミソルア大神殿よりも優美で潔癖な印象を感じさせる。大神殿には平民もやって来るが、貴族街の中心に立つこの神殿の主な利用者は貴族達、或いは王族だ。

「行くぞ」

「……痛いんだけど？」

横目で睨む視線を黙殺すると、数歩後ろに控える侍女姿のクラウディアがくつくつと喉の奥を鳴らして笑うのが聞こえてくる。

ラトカとクラウディア、最近外へ出る時はよく連れ歩いている二人だが、何故なのか今回はわざわざ名指しで招待されていた。

「どうしてこの三人なんだか……」

眩しさすら感じる大理石の神殿に足を踏み込んで、独りごちる。特にラトカの事などあの神官には教えてすらいない。何処から何時の間に知り及んだのか、テレジア伯爵に親しげだった事から察するにそこからだろうか。

「宮司ファリス殿は神の目を持つと言われていてな」

ぼそりと呟いたそれを耳聡《みみざと》く聞いたのか、私などより余程王都事情に詳しいクラウディアが、得体の知れないあの神官について喋り始める。

「母方はメルリアート家の出身で、ファリス殿自身も公爵家のご令嬢であったらしいぞ。一説によればテレジア伯爵の元婚約者だか、奥方だったたという話だ」

「……は？」

メルリアート家という、アークシアに存在する王族の家系のうちの一つが出て来た事にも驚きではあるが、それよりも驚きなのはファリス神官その個人の年齢だ。元公爵令嬢で、しかもあのテレジア伯爵の元婚約者？　という事は年齢は伯爵と十も変わらない筈だ。あの若々しさで、七十歳過ぎ……？

「へぇ、何だか変な経歴だな。修道会に入るような身分ではないだろうに」

「神の目を持つと謳われる程、現世離れした方のようだからな。もしかすると本当に神通力を持っていて教会へ入ったのやもしれぬな」

ファリス神官を直接見た事があるのはどうやら私だけのようで、ラトカとクラウディアはこれから会う神官の年齢には何の衝撃も受けないらしい。

ラトカはともかく、クラウディアも知らないのであれば、あの神官は実はあまり表に出てくるような存在ではないのかもしれない。……まあ、貴族の社交界に顔を出す修道士や神官はごく一部に限られており、大部分の聖職者は教会や神殿に篭ったきりなのだが。

——それにしても、神の目か。

六歳の誕生祝の日の典礼で、かの神官が指し示した功罪の天秤《てんびん》の皿の事が思い浮かぶ。

誰にも知られていなかった筈の私の全てがあっさりと暴かれてそこにあった。あの場に居た残りの二人、テレジア伯爵とカミルはおそらくその意味を知らなかった筈だ。

死の間際でさえカミルは私が彼の父に罪を擦《なす》り付けた事を知らなかった素振りを見せた。

伯爵に関しては、もしかすると全て知っているかもしれないとも思う。よく考えれば、天秤の皿に載せられたあの羊皮紙等は彼以外に用意出来る者は無い。これまで何も言われた事は無いが、少なくともあの典礼の内容からある程度は推測しているだろう。

ここまで来いと指定された聖堂まで、後は無言で歩く。何を言われるのかと緊張はしていても、弱みを握られている事に関しては、不思議と去年のような恐怖は感じていなかった。


「早いな。少し迷うかと思ったが」

神殿の最奥《さいおう》にある、普段は外部の者には開けないという小さな聖堂。そこで待っていたファリス神官は、やはり老若男女のどれとも分からぬような声で私達を迎え入れる。

神殿の内部は、今までに見たどんな建物よりも複雑な構造をしていた。迷わなかったのは、驚くべき事に、クラウディアの先導によるものであった。

「……野性的な勘の持ち主がいまして」

背後でクラウディアが微かに笑った気配がした。褒めている訳ではないのだが。

「それは重畳《ちょうじょう》。さて、掛けて寛いでくれ。今日は老人の長話を聞いて貰いたくて呼んだのだ」

ファリス神官は感情の読めないような妖しい微笑みを浮かべて、椅子を指し示した。侍女役であるクラウディアが進み出て椅子を引き、私はそこに腰を下ろす。

ラトカとクラウディアが部屋の端に置かれたソファに腰を下ろしたところで、漸くファリスはその不気味な笑みをふつりと掻き消した。

――疲れているのだろうか？　表情を無くすと、不思議な事に彼女がテレジア伯爵と同い年と言われても違和感が無いくらいに老け込んで見える。いや、先程のクラウディアの話が本当ならば、それが実年齢の筈だ。

「其方と見《まみ》えるのは、三度目か」

「ええ、そうですね」

取り留めなく尋ねられた事に頷くと、彼女は私の瞳をじっとのぞき込んだ。何だ、と思わず身を引いてしまう。今日の彼女は、あからさまに不気味に見える。

ファリスは暫く目を細めて、何を見ようとしているのか、黙って私の瞳の奥を探っているようだった。

「……同化が早いな。殆ど見えない。加速しているのか」

そうして唐突に、そうぼそりと呟く。

「――え？」

全く何の事か分からなくて聞き返すが、ファリスは今の呟きを無かった事にしたようだった。前に乗り出すようにしていた身体をゆっくりと戻し、今度は初めて会った時のような泰然《たいぜん》とした笑みを浮かべて、真っ直ぐに私を見据えてくる。

そうすると、先程見えたような気がした老いは何処かへと消えてしまっていた。年齢不詳の性別不明という、理不尽ささえ感じさせる浮世離れした存在へと、瞬く間に印象が一変してしまう。

「ジークムントの体調はどうだろう？　最近になって無茶の皺寄せが急に来たと聞いたが」

何事も無かったかのように話を始めたファリスに、はぁ……と気の抜けた声が喉から零れる。

「まだ良くなってはいないようですね。早く元気を取り戻してくれれば良いのですが」

「どうしたところで歳には勝てぬさ、人間である限りはな。それにあ奴は今尚無理を押している。あれでは良くなる筈もあるまいよ」

ファリスは喉の奥をクッと鳴らして、皮肉げに唇を歪めさせた。この神官がテレジア伯爵の元妻だか婚約者だという話はその真偽《しんぎ》は分からないが、今でも腐れ縁だけはしっかりと繋がっているらしい。

「仕事は溜まる一方ですからね。私としてはきっちり治して、早く完全復帰して頂きたいところですが」

「さて、それもどうなるかな。……我々はいつ死んでも可笑《おか》しくない歳までもう生きた」

どこかしみじみとした言い方だった。我々、という言葉に、ふっと肺から息が抜けていく。

きっとこの神官は、死を覚悟しているのだろう。如何に外見が若く見えようとも、自分が年老いている事を自覚し、受け入れている——死と共に。

「疲れましたか?」

「いいや。ただ、満足はとうにしている。私はな。あ奴にはまだ、気掛かりな事が多過ぎるようではあるが」

「今はまだ、未練無く突然永眠されても困りますがね」

「であろうな」

笑えるような事も無く、心揺さぶられる事も無く、ただただしんみりとした話だ、と思う。死についての話をしているのに、不思議と暗く重い雰囲気にならないのは、この神官が話の相手だからだ

ろうか。

「……神は、必ず私の魂に安息の眠りを与えて下さるであろう。それは楽しみでもある」

ファリスの瞳が、私の目を再び射貫《いぬ》いた。

その言葉は急速に私の耳から脳へと染み入って、ひとつの感情も揺さぶる事無く、心の中央へと落ちる。

「もし……もしもの話ですが。死後に魂の安息が与えられず、現世に送り返されたとしたら、それはファリス殿にとってはどのような事なのでしょう？」

気がつくとぽろり、とそんな問いかけが口から零れていた。

ファリスは一瞬、きょとんと子供のようにあどけない表情で私を見返し、それから力の抜けるように微笑む。慈愛の篭った笑みであり、また憐憫《れんびん》の篭った笑みでもあった。まるで聖母シャナクのような美しい微笑みに、そんな顔も出来るのかと内心驚く。

「ミソルア神には、魂に再び命を吹き込む力は無いのだよ。故にそれは幸でも不幸でも無く、宿命でもない、ただの偶然。己の力で再び一生を切り拓き、選び取り、足掻《あが》くより他に無い。命ある限り」

老人の言葉は、重い。しかし、やはりすとんと素直に心へと落ちてくる。

……もしそれが本当なら、私の中にある前世の記憶は必然ではなく、偶然のものなのだろう。そう思うと少しだけ、記憶に関する鬱屈とした思いが軽くなったような気がした。

そうしてコクリと頷くと、ファリスはその聖母のような笑みを一変させる。

同じように微笑んでいる筈が、あまりの変貌に一瞬ギョッとする。後ろの方で今の今まで黙っていたラトカの、うへっという小さな呻き声が微かに聞こえた。

「さて、そろそろ本題に入るとしよう。何も今日其方を呼び付けたのは、信心を深めさせるためでも、ましてジークムントの近況を聞くためでもない」

「そうでしょうとも」

お互いに暇な身でもないだろう。それなりの用があって招かれ、それなりの用があって応じたのだ。

「どんな組織といえど、人が集まれば意見が割れ、派閥が出来る。巨大になればなる程それは顕著なものへとなっていく。人は三人集まるだけで派閥が生まれると言われるからな」

……貴族院の話だろうか。目が覚めてからというもの、ずっと北方貴族との不和から生じる不穏な知らせに神経を張り詰めさせられている。不思議とテレジア伯爵そっくりな口調で、講義のような事を喋りだしたファリスに、こちらも聴く姿勢を変える。

「神殿も同じ事よ」

しかし、ファリスの話の内容は、予想を遥かに超えて衝撃的な内容で、思わず愕然とする羽目になる。

「嘗て、アークシア王国がこの世に生まれる以前。王とその従者達は神殿から配偶者を娶《めと》り、子やその親族に次々と土地や人民を任せていった」

「……本当ですか」

「如何にも、本当だとも。教会は古来、国の歴史を記録する役割を果たして来た。……王国の歴史書に載らぬ事も、我々の歴史書にはしかと記される。誰も改竄《かいざん》出来来ぬ、最も事実に近い歴史を我々は幾つも守り続けているのだ」

鷹揚《おうよう》に頷いたファリスに、私はマレシャン夫人から学んだ歴史を思い返した。貴族の始まりは、王に認められてその補佐をした者達だと言われている。考え直せばそれは曖昧な表現であるし、その者達が神殿の者達であったとしても間違いという訳ではない。

ただ、貴族の祖となった筈の教会の今の権力を考えるに、一瞬信じられないと思ったのは確かだ。教会の立場は確固たるもので、この国とは一蓮托生《いちれんたくしょう》。その割には、彼等がこの国へと及ぼせる力は本当に少ない。影響力があるのは、彼等が番人を務める『神聖法典』その物だけであり、幾ら教会の要職についた所で国政を左右するような権力を持つ事は出来ないのである。

「無論、それで良い。法典はそれを禁じていない。秩序も守られている」

しかし、とファリスはここで初めて眉を顰《ひそ》めて見せた。そんな表情を見たのも初めてだ。

「今、教会の中には愚かしい者達がいる。秩序を乱し、国を破滅に導かんとする、法の神へ偽りの忠誠を口にする愚か者共よ」

力強い糾弾《きゅうだん》を含めた声でそう断じたファリスは、次の瞬間ぱっと視線を私からその後ろへと移した。

釣られてそれを辿り振り返ると、ラトカが固まっているのが目に入る。ファリスが見ているのはラトカだと、一目で分かった。

「……私の侍女が、何か?」

「何をという事ではない。しかし、あの従者は今の話に心当たりがあるのではないかと思ってな」

凄惨とさえ感じる笑みを浮かべたファリスに、ラトカは狼狽《うろた》え怯《おび》える。

「ファリス殿、私の従者は我が領の村で生まれ育った者です。王都でも一時も目を離さずに側においております。国を破滅させるような企《くわだ》てに、関与などしている筈もありません」

流石にそんな事をそのまま受け入れ、ラトカに詰問《きつもん》する訳にもいかない。しかし、私が庇うと同時にラトカは更に顔色を青くさせた。

本当にファリスの言う通りに何か思い当たる事があるのか。焦りに手汗で掌《てのひら》が滑る。駄目だ、冷静になれ。誰にも気づかれないよう、そっと一つ深呼吸をした。

「勿論だとも、カルディア子爵。其方の従者がそのような事に加担しているとは、私も考えてはいない。だが、そうでなくとも心当たりくらいはあるだろう？」

ファリスはラトカから視線を外そうともせず、こちらの焦りとは対照的な余裕ある声でそう繰り返す。それは最早、確信を持っての問い掛けだ。いや、確認と言った方が合っているだろうか。

「カルディア領のシリル村、という所にて、国内でよからぬ思想を撒き散らす修道女が布教活動を行った記録を掴んだ。生まれ育った領内の事だ。何か、知っている事は無いかな？　『エリーゼ殿』」

……肌が粟立《あわだ》つ。一体この神官は、何をどこまで知りおいているのかと。

『エリーゼ』がどの村の出身であるか、かなり気を遣ってその情報が出回らないようにしてきた。テレジア伯爵とて幾ら付き合いが長いとはいえ、完全にカルディア領の部外者であるファリスにそれを話したりはしない筈だ。

どうやってそれをこの神官は知ったのか。

神の目を持つというのは、この事を指しているのだろうか。

「……っ」

ラトカが何かを言いかけて、その息を詰まらせた。凍り付いた瞳が私とファリスの上を何度も行き来している。

ごくん、と喉が鳴った。指先を握り締めて、体と頭を正面へと戻す。まっすぐにファリスへと向けて。

「――生まれ育った領内というのであれば、それは私も同様ですが」

ファリスが僅かに驚いたような表情で、ラトカから私へと視線を戻した。その顔に笑みは浮かばない。少し新鮮な気分で言葉を続ける。

「既にファリス神官は、その危険思想を持つ修道女がシリル村で布教活動を行った事をご存じなのでしょう。私と同じ年頃の子供に、それ以上のどんな情報をお求めになっていらっしゃるのですか？」

「……ふむ。随分とあの従者に信を置いておいでのようだな、カルディア子爵」

「如何にも。あの者は私の領の民です。領主である私が信を置かずにどうするのですか？」

ファリスは何度かパチパチと瞬きをして、それからニヤリと口の端を吊り上げた。そうか、と頷いて、肩の力を抜くようにしてその威圧的な凄みを霧散させる。

「其方の言う事は尤《もっと》もではある。だが、その者を側に置いておくのはやめるべきだと忠告しよう」

……忠告しよう、だって？　言われた言葉にもその言い回しにも、不快さと、そして猜疑《さいぎ》を感じた。それらの嫌悪を滲ませて眉を僅かに顰めて見せても、ファリス神官は表情を動かそうともしない。

「弱みを作るな。其方の行く手には敵が多過ぎる。手放せぬのならば、もっと厳重に囲ってしまえ」

歌うような声だった。なのに、胃の辺りがぐっと重くなったような気がする。

「……お言葉、心に留めておきます」

絞り出した声は地を這っていた。言い返せる言葉は一つも無い。どうしてこの神官は、こうにも私の感情を揺さぶるのが上手いのか。

「そう怖い顔をするな。今の其方には、これまで以上の注意と警戒が必要なのだ」

注意と警戒。テレジア伯爵と見解を擦り合わせて、この王都へと来る前からずっと絶やしたつもりの無いそれが、更に必要だというのか。

「それは、どういう意味でしょうか?」

尋ね返した瞬間、ファリス神官の顔から笑みが抜け落ちるように消え失せる。

「……シリル村で布教活動をした事がある修道女共。今は、ノルドシュテルムに頻繁に出入りしておるようだ」

その名前を聞いた途端、背筋にピンと嫌な緊張が走った。

「これは警告だ、カルディア子爵。己の身の回りに今まで以上に気を払え。必要があれば何もかもを遠ざけ、或いは誰の手も届かぬほど深く仕舞い込みなさい。――――苦しみたくないのであれば、独りで立つのだ」

「待てよ、待てってば……!」

馬車を降りた瞬間、ラトカの手首を掴んで町屋敷の中へと足早に入り込む。

お帰りなさいませ、と慌てて頭を下げる使用人達に目もくれず、最奥の部屋を目指した。丁度部屋の掃除をしていたメイドに、侍女と話をするから出て行くように、誰も部屋には近付けぬようにと言いつけて追い出す。

そうして二人きりになってから、私はラトカに詰め寄った。

「修道女について知っている事を全て話せ。今此処で」

ノルドシュテルムに出入りを繰り返す修道女。モードン辺境伯から伝えられた情報と一致するそれが、反貴族体制を取る教会の危険な一派であると判じた。北方貴族の動きが分からない以上、得られる情報はすぐにでも知っておきたい。

――そう理屈立てる思考の裏で、火のような感情が吹き荒れる。燃え上がっているのに恐ろしく冷たくて、心の奥底は痛いほどに凍てついていく。

「……大した事は、知らない」

その感情を読み取ってか、ラトカの瞳が狼狽えるように揺れている。私が何故感情を昂ぶらせているのか分からず戸惑っているのだ――当たり前だ。私だってそれが何なのか、言葉に表す事はとても出来そうにない。

「知らないだと？」

ギリ、とラトカの手首を掴んだままの手に力が篭る。荒れ狂う感情がどんどん外へと滲んでいく。

「なあ、ちょっと落ち着けよ。彼女達が村に居たのはほんの短い間だったし、もう二年も前の事だ」

そんなに息巻くような事じゃないだろう？　と私に言い聞かせながら、ラトカは私からジリ、と半歩距離を取った。手首の痛みにか、僅かに眉根を寄せながら。

「それに、確かに貴族は悪い、みたいな話は聞かされたけど、別に村にいる間、怪しい事は何も……」

「では憶えている事の全てを話せ。お前の主観で歪められた情報などいらない。これは領主の命令だ」

「…………は？」

ラトカの表情が一気に、険を帯びる。

「修道女と話はしたんだろう？　相手はどんな人間だった。何を話した。お前はそれで何を感じ、何を考えた」

氷柱のような言葉と分かっていて、それでも私はそれを口から放った。握り込んだ指先の爪が手の平に突き刺さる。

「……なんだよ、それ」

ぽつり、と呟いて、それから掴んでいた腕が思い切り振り払われた。

「エリーゼ」

「俺はそんな名前じゃないッ‼」

爆発するかのように怒鳴って、ダン、と彼は床を蹴る。いい加減にしろ、と彼の首元へと手を伸ばすより一瞬早く、逆に彼の方が私の襟を両手で掴んで引き寄せる。

「いい加減にするのはお前の方だろ！　俺は、お前に何もかも好き勝手にされるために生きてるわけじゃない‼」

紅茶色の瞳が怒りで苛烈《かれつ》にギラついて見えた。それは彼と初めて出会った時に見たものと同じくらい激しく、けれどあの頃の濁《にご》った瞳とはまるで異なっていた。

「お前は……私に、生かされてる身だ」

「だから何だよ！　そんな事頼んでない‼　誰かに生かされていたって、そいつに全てを明け渡したりはしない‼」

その言葉を聞いた途端、頭の中がカッと熱く煮え滾った。考えるより早く手が動く。胸倉を掴むラトカの腕ごと彼を払い除け、手の甲は思い切りその頬を打った。たたらを踏んだラトカがギッと前髪の陰から私を睨む。爪が掠めたのか、口の端のあたりからは血が滲んでいる。

「あ……」

ハッとその事に気付いた瞬間、頭から血の気と共に熱が一気に引いていく。

「……気に入らないなら、俺を捨てるなり殺すなりすればいい。どうせ『ラトカ』はもう死んでる事になってるんだ。だけど、『俺』は死んでもお前のものにはならない」

低く剣呑《けんのん》に言い放って、ラトカはふらりと私の横をすり抜けて部屋を出て行った。

バタン、と乱暴に閉じられた扉の音に、いつの間にか止めていた息を吐き出して、ずるりと扉に背を凭れさせる。

そうして再度、深く溜息を吐く。私は一体何をしているのか。……八つ当たりじみた癇癪を起こして。自分でも訳が分からないほどに気が昂ぶって。挙句、ただでさえこちらの勝手な都合で振り回し気味の子供に当たり散らすなど。

これでは駄目だ、と握り込んでいた掌を開く。感情の支配をしなければならない。抑制の仕方を覚えなければいけない。

「……エレノイア殿。大丈夫か？」

コツ、コツ、と控えめに扉が向こう側から叩かれる。

「私の名前はエレノイアではなくエリザです、クラウディア殿」

殆ど反射的にお決まりの言葉を口にした。けれど大丈夫か、という問いには答えられず、唇を無《む》為《い》に開いて、閉じる。

「あっ、すまぬエリザ殿。ええと、それで、……用が済んだならお茶にでもしないか。喉が渇いたのである」

「分かりました。リビングで待っていて頂けますか。上着を脱いでから向かいますので」

言外にもう少し独りにしてくれ、と告げると、了承の意なのかコンともう一度だけ扉を叩く音がして、クラウディアの遠ざかる足音がした。

……充分にその音が遠のいてから、私は後頭部を軽く扉にぶつけた。そうして彼女にあんな気の遣わせ方をするなど、と自分を叱《しっ》咤《た》する。

冷静になれ。血の滲むほど握り締めた指先を、解いてくれる人間はもう居ないのだ。

【第四章】


静まり返った貴族街を駆ける馬の足音に、私の意識はふっと覚醒した。

月はもう沈み始めている。こんな夜更けに一体何だ、と思いながら寝返りをうち、その足音がこの屋敷の前で止まったのにハッと飛び起きた。

薄掛けを肩に巻いて、窓から外を見下ろす。月明かりにぼんやりと照らされて、小柄な馬の操り手が馬上から飛び降りる影が見えた。

――あの馬はカルディア領軍の戦馬《せんば》だ。ルクトフェルドで品種改良された戦馬は、一目で分かるほど日常利用される馬とはそのシルエットが異なっている。

領地で何かあったのか。

考えるより先に、私は部屋の外へと飛び出した。

「待つのだエルージュ殿。流石にその格好で出るのはまずいのである」

飛び出した瞬間クラウディアにぽんと肩を掴まれて、ぎょっとして飛び上がる。彼女は下ろしたままの私の髪を一梳《す》きすると、ふふんと笑って私を部屋へと押し戻した。

「今の私は侍女兼任なので、主人のそのような格好を他の者へ晒す事は看過出来ぬな。玄関の者は私が出迎えておくので、少し身支度を」

そう言う彼女の格好は、何故か寝衣《しんい》ではなく稽古着のように動きやすそうなシャツとズボンである。

「……クラウディア殿、いつ起きたのですか？」

「目が覚めたのはエレイア殿が起きるより少し前だな。ああ、騎士としていつでも動けるよう、私は寝衣は身に着けぬ主義だ」

貴族の娘としては全く呆れるような主義だった。寝起きだというのに頭を抱えたい気持ちになった私は、黙って彼女の言い分に従って、身支度をある程度整えてから階下へ下りる事にする。髪を下ろしたまま領民の前に姿を現す事にならずに済んだ事だけは、彼女に感謝した。

領軍の兵士、パウロの早馬が齎《もたら》した知らせは、隣国から盗賊団が領内に侵入したというものだった。

賊はユグフェナ王領の魔物の森の縁沿いに身を隠し、ジューナス辺境伯領との間を繰り返し出入りしながら侵入したという。二領の軍は領地の境界線が仇となって賊を取り逃がした。現在位置は不明だが、ユグフェナ、ジューナス両軍に挟まれた盗賊団が逃げ込む先は地理的にカルディア領唯一つしかない。

エルグナードが先手を打って知らせをくれたため、領内には既に領軍が散り、有志のシル族が捜索に出ているという。領民に被害が出る前に捕まれば良いが……。

知らせを受けた私はその場で領地へ戻る事を決めた。領軍の指揮は私が執らねばならないものだ。盗賊団を捕獲した場合は、その後の処理も必要になる。

最低限の支度を整えて、パウロとクラウディア、それからラトカを連れ、日の出の前に王都を出て東へと街道を駆ける。

考え得る中で最悪の部類のタイミングだ、と内心舌打ちする。目前に控えていた降臨祭は、唯一王家が主催する、最大規模の社交の場なのだ。欠席による損失はかなりの痛手となる。

そうでなくとも、なるべくなら今年のシーズン中は王都を離れたくなかった。昨日あのような警告を受けてすぐにラトカを動かしたくもなかったし、何より間の悪い事にテレジア伯爵の体調が悪い。

今はシーズン中、つまり王都に国中から貴族が集まる時期なのだ。不審な動きを繰り返す北方貴族達の多くも当然王都に居る。私も伯爵も動けない間に、社交界に些細な噂話を流布されるだけでも随分な痛手となりかねない。即時に対応が出来ないという事は、それだけで不利となってしまう。


黄金丘の館を通り過ぎて、領の丁度中央部、新しい領主の住居が建とうとしている地へと馬が脚を止めたのは、もう夜も更けた時間だった。

建物の基礎だけが出来ている、周囲より一際高い丘の上。東側には黒の山脈《アモン・ノール》から流れる川が通っている。西の領境線となっているルクタ川と対を成すセラ川だ。上流にはシリル村があり、そして川の向こうには平べったい湖水地帯が広がっている。

「着いたか、お館《やかた》様」

馬から飛び降りた瞬間、アルトラス語が背後から聞こえた。振り向けば独特の文様が織り込まれたチュニックに身を包んだ、シル族の男が走り寄ってくるところだった。

「ああ、今戻った。領内はどうだ、テオ」

テオ――テオメルという名のその青年は、私と直接やり取りを行うよう、シル族側から選出された者だ。年若い戦士の一団を率いている事もあり、話す機会は必然的に、シル族の中では最も多くなっている。

「今は俺達が中心になって、セラ川から東を捜索してる。だが連中が川を渡るのは時間の問題だ。領軍の兵士達はギュンターさんの指示で村と川沿いを守ってる」

「そうか。……湖水地帯は痕跡が残り易い。それでもまだ見つからないという事は、恐らく領内から一度出ている。王領の追手を巻いた時と同様、ジューナス辺境伯領の領境線を跨《また》いでいるのかもしれない。……向こうの領軍と連携が取れれば……、」

言いながらもそれは不可能だな、と私は顔を顰めた。シーズンで領地を留守にしているジューナス辺境伯に代わり、その代理を務める夫人はカルディア嫌いで有名だ。

父の悪行や私にも受け継がれた容姿を取り上げて、かの夫人は全く隠す気も無くカルディア家を『悪魔の一族』として蔑《さげす》んでいる。その一方で父母の最大の犠牲者であるカルディアの領民にまで嫌悪感を顕《あら》わにしているので、カルディア領そのものが嫌いなのだろう。詳しい事は知らないが、彼女の父と私の祖父の間柄は犬猿の仲と称されていたという話だ。

頭を振って思考を切り替え、別の手を用いる事にする。一応連絡は送っておくにせよ、断られた時の事を考えて動いた方が確実だろう。

「テオ、まだシル族に動ける戦士はいるだろうか？」

「……ああ、工事のために半分は残してる」

答えつつも、彼の表情は俄《にわか》に厳しいものとなった。私の言おうとしている事からすればそれも当然だった。

それでも、私はそれを口にする。

「工事は後回しだ。動かせる者をすべて動かす」

テオメルは頷かなかった。一歩前へと踏み出すと、跪いて私の肩を掴む。彼は恐らくそれほど力を込めはしなかっただろうが、小さな私の肩はミシリと軋む音を立てた。

痛みを噛み殺す。頬の筋肉すら、ほんの少しも動くのを私は自分に許さなかった。テオメルの睨むような眼光を真正面から受け止める。

「俺達の住む場所が整うのが、これ以上遅くなるのは了承出来ない。それとも何か、新入領民である俺達の事より、元からいる領民が大事か？　同じように扱うと俺達に語った言葉は嘘だったのか」

険を帯びた低い声でテオメルが問う。彼の言い分は尤もであった。そして彼が激しい憤りを見せる理由も、私は知っていた。

テオメルは、シル族の氏長《うじおさ》の一人だ。デンゼルでの逃亡で失われた長《おさ》達に代わり、他の氏族が立てたのは一世代前の老人ばかりだった。この領へと移り住んだ八つの氏族の長の中で唯一年若い彼には、氏族の枠を超えてシル族全ての期待が寄せられている。老いも若きも関係無しに、だ。

そしてその氏長達の前で、私は確かに彼らを自分の領民として——元よりこの地に済む領民と同じように扱うと宣言した。

……ただでさえ、予定していたものよりも大幅に工事は遅れている。監督者であったカミルの死、人手となる筈だった農耕民達の死、新たな監督者である私の外出。慣れない建材を使う作業に、こ

れまでとは全く異なる環境と生活様式。

私は肩に置かれたテオメルの手の上に、自分の小さな掌を重ねた。

「約束は違えない。テオメル・ティーリット、お前達の住居が何時までも整わないで困るのは、私の方も同じだ。……何も、私は王都で遊び歩いている訳じゃない。作業を止めても問題は無いように手を打った」

テオメルは一つ、ゆっくりと瞼を閉じて、開く。石のようなグレーの瞳に、あちこちに焚《た》かれた松明《たいまつ》の炎が踊り揺れている。

「木工で名の知られたカールソンの領主に話をつけてきた。一月後には六十人、工房が丸ごとここへ来る。難航していた船や桟橋、家具は彼等が作る。建材の材木も彼等が加工を。機織《はたお》り機や糸車も頼んでおいた」

そう、私は何も、王都で遊んでいる訳ではない。そんな暇も、権利も、私には無いのだ。

「分かってくれ。受け入れておいて勝手な話だが、元からいる領民達の私に対する感情は良くない。私はその上で彼らを守らねばならないし、そのために戦える力のあるお前達を戦いに駆り出す。お前達から戦士としての生き方を取り上げないのは、単にその矜持《きょうじ》を尊んでいるだけではないと知っていてくれ」

肩に置かれたテオメルの手から完全に力が抜けた。彼は私の瞳を見ている。テレジア伯爵のように私の意思を見透かす目ではない。私の思いを知ろうとする目だ。

「けれど、その働きには報いる」

彼の瞳に、火の灯りと共に私の血のように赤い瞳が見える。私の罪の証のように、父と全く同じ色の。

後ろで成り行きを見守っていたクラウディアに促されて、テオメルは立ち上がった。そうして私に向かって、深く頭《こうべ》を垂れる。

「……失礼な事をした。お館様の指示通り、戦士達を全て動かす。彼等を西へ」

「助かる。協力に感謝する」

そう一言を付け加えると、テオメルは少し首を傾げてから、もの言いたげな微笑みを薄らと浮かべてみせた。けれど何も言わずに身を翻して馬に飛び乗り、向こうに控えて待っていたシル族の戦士達を連れて丘を軽々と駆け下りていく。

それを見送る背後で、一瞬だけ軽い子供の足音が苛立たしげに砂利を踏み躙《にじ》るのが聞こえた。


夜闇に松明の火が幾つも揺れる。それに紛れて燐蛾《りんが》と呼ばれる小さな魔物がいくつも燐光を引きながら飛んでいる。小高い丘からはその灯りの動きだけはよく見えた。今年は随分、その尾を引く燐光が多いように思う。

テオメルが戦士達を引き連れて盗賊団の捜索に向かってから、そろそろ一刻半が過ぎる。

簡易天幕の一つを借りて、ラトカは先に眠らせた。彼とは昨日の一件以降、一言も会話をしていないままだ。私もそろそろ眠いが、一次報告があるまでは起きていたくて、天幕の外で立っている。

ふと空から矢鱈と重そうな羽ばたきの音がするのに気付いて視線を上げると、どうやって私の帰還を知ったのか、ラスィウォクがその竜の翼を広げてこちらへ向かって来るのが見えた。

滑空と共にすぐ目の前に着地したその巨大な狼竜《ドラカニス》の体躯《たいく》は、最早領軍の馬より大きい。成熟にはまだ早いが、身体は既に成長を終えようとしていた。

ラスィウォクは私の前でその優美な身体をゆっくりと伏せた。くぉん、と甘えた声で鳴くのは、ここ暫く黄金丘の館を留守にしている事が多かったからか。

「出迎えありがとう、ラスィウォク。今年は秋の終わりまでは戻る予定は無かったのだが」

犬と同じように耳の付け根を撫でてやる。鱗《うろこ》が剥がれないようにそっと指先を滑らせると、ラスィウォクは心地好《よ》さそうに目を細めた。

「デンゼル公国から、盗賊団が侵入したらしい。……隣国はなかなか休ませてくれないな。テレジア伯爵の齢《よわい》も少しは慮《おもんぱか》ってくれれば良いのだが」

皮肉を言えば、まるで人間のようにラスィウォクは軽く鼻を鳴らして返事とした。

盗賊団。頭に浮かべたその単語に、ゆっくりと息を吐き出す。この世界にはよくある存在だ。しかし、このアークシアだけはその例外となっている。

盗賊というのは、基本的にはそれ一つで生計を立てるようなものではない。普段は畑を作ったりしている者が、飢えや貧困から余所者《よそもの》や近隣の土地を襲うのだ。

かつて、ギュンター達領軍の兵士達がそうであったように、人から奪わなければ金どころか食料も着るものも無い状態になって初めて盗賊団は余所の領地まで出ていくようになる。

今回領に侵入したとされる盗賊団は、国境を越えてやって来た。それも態々《わざわざ》、デンゼルよりも遥かに治安の良いアークシアに侵入したのだ。単に略奪を目的としているとは思えず、また、彼らが独力でそれを行っているとも思えない。

するとと目的は何かという話になるが、それは分からない。上手く捕まえられれば良いが。

――地下牢の奥に仕舞い込んだ道具を、引っ張り出しておこうか。眼下で揺れる松明の灯りを無造作に目で追いながら、そんな事を考えた。

態々関係の悪化している隣国から、我が領へと侵入した盗賊団だ。ユグフェナは被害も無いまま通過された。ジューナスは、協力を向こうから突っぱねてきた。捕らえさえすれば、盗賊達の身柄と情報をどう扱うかは基本的に私とテレジア伯爵の権利となる。

二度と領民の前に出すものかと地下牢の最奥に叩き込んだ、趣味の悪い父親の形見である尋問用の道具達を、誰が使えるかといえば恐らくそれは私自身だった。

散々その使用方法を見せつけられた一年間の記憶は、未だ色濃く残っている。

人の命と精神の玩《もてあそ》び方を、私は知っている。どんなに悍ましく、疎ましく思おうとも、私はあのカルディア家で生まれ育った娘なのだから。

ラスィウォクの耳がぴくんと揺れたのを指先に感じて、丘の下から登ってくる道に向き直った。

何騎かが坂を登ってくる。その先頭を率いているのはギュンターだった。

「お館様！」

丘を駆け上ってきたギュンター率いる領軍の兵士達は、私の前まで来ると、馬から降りて跪いた。

ギュンターは私の横に侍《はべ》るラスィウォクに少し笑ったが、すぐに表情を改めて「報告がある」と声を張る。

「ご苦労、何か見つかったか？」

「領境線沿いを行ったシル族の戦士達が、ジューナス側から侵入した蹄跡《ていせき》を見つけたそうだ。近場にあるのはロークス村とネザ村、ネザの自警団からはネザの外れに住んでいる娘が二人程行方知れずになったという報告が入った」

やはり盗賊団はカルディア領に侵入してから、もう一度ジューナスに出ていたらしい。領境線を越えられてしまえば、領内から出る事の出来ない兵士達はそれ以上の追跡が出来ない。小賢《こざか》しくも、相手はその警備の穴を抜け目なく突いてきているらしい。

「探せ。追跡に長けたものに蹄跡を徹底して追わせろ。……そうだな、ラスィウォクも連れて行け。何よりも力になってくれる筈だ。私とクラウディアはネザ村に移動する。娘二人の保護を優先しろ」

「了解。護衛に三人残していくからな」

一方的にそう言うと、聞くべき事は聞いたとばかりにギュンターはさっさと馬に飛び乗った。馬の蹄《ひづめ》の重い音が加速と共に遠ざかる。ラスィウォクも私の手に自分の頭を擦り付けると、殆ど音も無くその後に続いて夜の闇へと紛れていった。

残された三人の兵士と、傍らに控えていたクラウディアに指示を出し、私も馬に跨がった。眠っているラトカは起こさずに置いていく。捜索範囲を領の南西側へと少しずつ狭めるよう、その場に待機していたシル族の戦士にも命令を下して、ネザ村への道へと手綱《たづな》を繰る。

――遊牧の民は、群れを追い込むのに天性の才を持っている。一度包囲したものは決して外へは逃さない。そして私も、領民に手を出した者をそう易々と取り逃がしてやるつもりは無かった。

ネザの村で漸く身体を少しばかり休ませた。意識としてはまだ起きていたいのだが、如何せんまだ幼い体は無茶は出来るが無理は効かない。夜も更けると耐え難い睡魔に襲われる。村の長を兼ねる名主《なぬし》の家に一室借りて横たわった瞬間からもう記憶は無かった。その代わり、目が覚めるのも早い。夜明けと共に勝手に体が起きようとする。

荷を漁って服を着替え、昨晩の内に置いてもらった水桶で布を絞って顔と首を拭《ぬぐ》った。安い木綿の布を使って歯も磨く。支度を終えて部屋を出ると、戸の前で座っていたクラウディアがおはよう、と声を掛けてきた。

「少しは休めたかな、エルリシア殿」

「エリザです、クラウディア殿。おはようございます。体は大丈夫です、妙な疲れはありません」

「それはよかった、エリザ殿」

警護のために夜通し起きて過ごしたクラウディアの声には、普段と比べてほんの少し覇気が無かった。王都を出てから、護衛役である彼女は碌な休息を取れていない。

この騒ぎが収まったら早々に休ませてやらないといけないだろう。――そもそも、彼女一人に私の護衛を任せるのは酷なのだ。館に篭っていた頃ならばまだしも、今はこうして動き回る事の方が多いのだから。

階下へ下りると名主の夫人が朝食を用意していた。夫人は私を見るなり、きゃっと小さく悲鳴を上げてその場に平伏《ひれふ》そうとする。

「やめなさい」

心苦しい物を見る前にと、素早くそれを制止した。三十以上も年上の女性に額《ぬか》づかれるのは出来れば見たくない。夫人をきちんと立ち上がらせて一宿一飯《いっしゅくいっぱん》の礼を述べたが、彼女は哀れにもその間ずっと震えていた。

逃げるように夫人が去って行った後のダイニング・キッチンで態々《わざわざ》用意してくれた朝食を頂く。

毒や異物が入っていない、普通の黒麦パンと卵のスープ、それと腸詰め肉だった。……腸詰めは保存食の筈で、牧畜産業が未だに取り戻せていないカルディア領では高級品の扱いだ。

気を遣わせてしまった――いや、歓待の姿勢を見せねばどうされるかと思われた可能性の方が高いか。苦々しい思いが喉のあたりに広がった。何にせよ、善意には善意と誠意で返さねばならない。

「随分と――落ち着いているのだな」

「はい？」

「いや、エナ殿……じゃないな、エリザ殿は、私の目から見ても分かるほど、よく領民に心を砕いていたのでな」

ああ、と珍しく途中で名前の言い間違いに気づいたクラウディアの言葉に頷いて返した。つまり、彼女はもっと私が焦るなり、憤るなりをしていると予想していたらしい。

確かにそうなってもおかしくはない。それは自覚している事だった。自覚して、延々と頭の中で「冷静になれ」と繰り返しているのだ。感情を支配せねばならないと思ってから、まだたったの二晩しか経っていない。

弱みになるぞ、とファリス神官の忠告が胸の奥にずしりと突き刺さっている。そうなるものは仕舞い込むか遠ざけるようにという言葉も、ずっと重たく凝ったままだ。

「……取り乱す姿を領民や兵士達に見せるのは、あまり良くないでしょうから」

私の答えにクラウディアは一つ瞬きをして、それからふと寂しげな微笑みを浮かべてみせた。

名主の家から出た先ではパウロと、昨晩から私の護衛についている領軍兵三人が待っていた。

「おはようございます、お館様」

「おはよう。何か報告は？」

「ラスィウォクが痕跡を見つけたようですよ。現在追跡中だそうです」

はきはきとした声でパウロが答える。去年領軍入りしたばかりの見習い兵士だが、こういうところはユグフェナ城砦から戻った兵士として大きく成長したと感じる。

成長といえば、今や馬より大きくなってしまったラスィウォクに、未だ身丈の小さい私はその背に満足に跨がる事は出来なくなった。賢いあの狼竜《ドラカニス》は、それを承知してその他の能力を役立てようとしてくれている。

……意識を報告に戻してパウロに「それから？」と続きを促す。彼はほんの少し躊躇いを見せた後、口を開いた。

「それと……道中に、行方不明の女性の物と思われる髪束が」

「………………」

女性の髪の束が、目に見えるように道に落ちていたというのか。そこから想像出来る女達の境遇に酷く不愉快な気分になる。盗賊団を追跡する道中に彼女達の痕跡があったという事は、行方不明者は奴らに誘拐されたという事だ。

目の前が赤く染まったような気がした。昨晩はまだ疑惑だった事がこうして確定すると、はっきりとした怒りが湧いてくるのを感じた。苛立ちでも憤りでもなく、身体の内側が燃え盛るようなその感情を、怒りと表す以外私は知らない。

「……お館様？」

パウロが戸惑ったような、脅えるような調子で私の名前を呼ぶ。

「なんだ」

あまりの怒りにぐらつきそうになる頭を押さえて返事をすると、パウロは「いえ……その、」と口篭《くちご》もる。

そんなに私は強張った顔をしているのだろうか。たかが七歳の子供がどんな表情を浮かべたところで、それほど迫力が出るとは思えないのだが。仕方なく目尻の辺りを揉むと、パウロは少々ほっとしたような表情を見せる。

「分かった、報告ご苦労。引き続き追跡を急げと伝えてくれ」

「はいっ！」

元気よく返事をするパウロを見送って、私はクラウディアに向き直った。

ベルトに下げたポーチからメモ束と、布に包んだ細い木炭を取り出して、簡潔に指示を書く。

「クラウディア殿、一時私の護衛の任を解きます。セラ川の館に居るエリーゼを連れて黄金丘の館のマレシャン夫人の許へ送ってやってほしいのですが。それから、ついでに用意しておいて頂きたいものもあります」

ラトカをこれ以上外に置いておきたくなかった。本音を言えば目の届く所に置いておきたいが、お互い傍にいるだけでピリピリしている。こんな状況下でいつ爆発するか分からない癇癪の種が傍にあるのは宜《よろ》しくない。

……その上、今からクラウディアに頼む物の事を考えると、爆発程度では済まない可能性もある。

書き終えたものを引き千切って渡すと、クラウディアは文字に視線を滑らし、唇をへの字に曲げた。メモには館で待機している領軍の兵士達と共に地下牢の奥にある鞭《むち》を出して使える状態にしておいて欲しい、とだけ書いてある。

「兵士に見せるのか？　良いのか？」

「必要な事です。この先尋問の機会がある度に私は同じ事をするでしょうから」

「父上の再来と言われぬよう、使い方は考えねばならぬぞ」

「……承知しています」

「ならば、良いが。エリーゼ殿の事は、そうだな、お互い一時的に少し距離を離すのは良いかもしれないな」

クラウディアは小さく頷くと、残る護衛の三人に端的な指示を出して、厩舎《きゅうしゃ》へと踵を返した。

視界は未だ赤く煮え滾ったままだ。それでも頭は不思議と氷のように冷えていた。フツフツと沸騰する湯を抱えたまま氷の中に居るような気さえする。

その感情をより濃く、鋭く、腹の底の方に押し込めた。それをぶつける瞬間と、相手に与える苦痛を思いながら。

【第五章】

まだ二十にも満たないような若い女が二人、半狂乱になって泣き叫ぶのを担《かつ》いで運んできた兵士に、言ってやれる言葉はこれだけだった。

「ご苦労、悪いが今すぐ部屋から出ていけ」

地を這うような声が出たのは自分でもよく分かった。兵士は敬礼もそこそこに、逃げるように部屋から駆け出して行く。

確かに保護した女達について、その扱いには詳しい指示を出さずにいたが、それにしたってこれは無い。盗賊団の外道共に捕まって散々嬲《なぶ》られたのだと一目で分かるような状態の女を、問答無用で似たような体格の男に担がせてどうする。恐怖心を倍増させるだけだろうに。

村の若い女達を先《さき》んじて集めておいて良かった、と数刻前の自分を評価する。彼女達に湯を張った桶と清潔な布を持たせて二人の女を託した。

「体を拭いてあげてくれ。終わったら食事にしよう。質素なものだが、全員分を用意させた」

「はい、領主様」

気の強そうな村娘が一人、私に視線を据えて返事をする。他の女達は恐々《こわごわ》と頷くか、露骨に私から視線を逸らした。

ネザ村から北へ離れた樵《きこり》小屋のあたりで盗賊団の痕跡が見つかったのは昼前だった。追跡に費やした時間は長く、盗賊団を発見したと連絡が入ったのが二刻前。そこから何とか領軍の者達によって女達が保護されて、夏の日照時間は長いが、既に夕食の頃となっている。

大体の食事は名主の夫人が用意してくれたが、攫《さら》われていた女達が何を食せるのか分からなかったため、黄金丘の館からパンや果物等を持ってこさせておいた。持ってきたのはクラウディアと彼女に同行させた三人の兵士で、忙しなく行き来させてしまった彼らに労いとして果物の幾つかを与える。

「むう……果物……」

「肉料理はちょっと……流石に用意させませんでした。盗賊団の件が完全に片付いた後でまた改めてそういった食事を用意させますので」

肩を竦めてそうクラウディアを宥《なだ》め、周辺の女性に食事の準備を指示してから、未だに泣きじゃくる二人の女に視線を戻した。

まだ少女と言ってもいいほど若い二人の女は、どちらも酷く痛ましい姿だった。領軍が髪を発見したという事から予想は出来ていたが、女は二人ともざんばらに髪を切り刻まれている。暴力を振るわれたのが一目で分かるほど、その体中に青痣《あおあざ》が散らばっており、手足にはところどころ切り傷や歯型さえあった。身に纏っていた服はボロボロで、胸元は破かれ、スカート部分も引き裂かれている。

村の女達によって体を拭き清められると、その痛ましさは一層浮き彫りになる。

傷だらけの体に、カルディア領の民の服装がゆったりとした被りのもので良かったとしみじみ思う。内々地《ないないち》のようにコルセットを付けたり手足に布をまいて紐《ひも》で締め上げる格好であれば、衣服を身に纏うだけで苦痛だったはずだ。村の女達が領主の前だから、と二人に帯《おび》を巻こうとするのを留め、運ばれてきた料理を分け与えた。

「食べなさい。食事をとると人の体は温まるものだ」

体を清め、満足するまで物を食べると、見知った女達ばかりに囲まれている状況にやっと被害にあった二人の女は落ち着いたようだった。不安気に揺れる瞳は周囲ではなく私やクラウディア、つまり彼女達にとって見知らぬもののみに向けられるようになり、その体の震えも収まっている。

これから自分が行おうとしている事に、少しだけ憂鬱な気持ちになった。盗賊団が何を目的として彼女達を連れ去ったのか、それを聞きださなければならない。それがやっと落ち着きを取り戻した彼女達の恐怖心を掘り起こすような真似だと知っていても、私にはその義務があるのだ。

「……少しは、安心出来ただろうか」

二人の女に何も出来る事など無いのに、ずっと同じ部屋に留まっていたのは単に彼女達に私の存在に慣れてもらうための行動だった。その事にも少し、自己嫌悪を感じた。感じながらも、メモ束と木炭を取り出す。

二人の女は緊張も顕わに頷く。二人を含め女達の全員が、とうとう話が始まった、といった表情を浮かべている。ただ、女のすぐ横にいる母親達だけは、少々非難めいた視線を私に向けてきた。視線を意識から引き剥がすように無視して、話を切り出す。

「貴女方に暴行を働いた者共が何をしていて、何を言っていたか、覚えている限りの事を聞きたいと思う」

良いか、とは聞かなかった。何としても今聞きださねばならない情報であるからだ。

見つめる先で、二人の女はみるみるうちに真っ青になっていった。今にも泣きだしそうな表情を噛み殺して、おそらくその地獄のような記憶を掘り起こしているのだろう。

その瞬間、手の中の木炭が崩れた。いつの間にか握り締めてしまっていたらしい。新しい木炭に布を巻きながら、冷静になれ、と自分に数度言い聞かせた。

そんな私の様を、村の女達は目を見開いて見つめていた。

盗賊団の数はおよそ二十人。全員が騎獣に乗って移動している。

女の話によると、リーダー格らしき壮年の男が二人居て、団員とよく進路の事で揉めていたらしい。他にも食事の量や、いつまでも村を襲撃しようとしない事に対して、鬱憤《うっぷん》を溜めている者も多く居たようだ。

盗賊団は女達にネザ村の北西にあるレシュノー村への案内をさせようとしたそうだ。しかし、レシュノーとネザの間には道が無い。そのため女達はレシュノー村を訪れた事が無く、そのまま嬲りものにされたという。

――どうにも不審過ぎる。盗賊団はあえて人目に付くように移動を行っているように思える。捕まらないように退路を保持しつつ、敢えて一処《ひとところ》に留まったり、村に接近したり――女を誘拐したり。カルディア領に入るまではほぼ直線的な動きでアークシア王国の内部に向かって進み続けていた軌道が、此処へ来て停滞した動きを見せていた。動きが鈍った理由として考えられるのは、領内の警戒に対して迂回のルートが見出せないのか、或いは食料が尽きて略奪の品定めをしているのか。

それだけではない気がする。

国境を突破し、領境線を巧みに利用して追手を振り切り続けている事からして、相手がただの盗賊団でない事は明らかであり、その意図はあまりに……

「陽動《ようどう》のような動きであるな」

ユグフェナ地方の地図に盗賊団の動きを書き込んでいたクラウディアが、ふむ、と一人頷きながらそう零す。

「陽動……」

その言葉を拾うと、彼女は「ん？」と私の方へ顔を向けた。

「ああ、陽動といって、機動力に優れた隊が敵の軍を引き付け、別の動きをする隊から注意を逸らすという戦術があってな。要するに、囮《おとり》である。その囮の隊の動きと盗賊団の足取りが似ていると思ってな」

「……なるほど。つまり、これは戦なのですね」

隣国から侵入し、こちらを撹乱《かくらん》する目的で突出してきた陽動部隊。陽動という事は、その裏で息を潜めて動く存在が必ずあるという訳だ。盗賊団そのものが目的をもって侵入して来た事は分かっていたが、その目的を読む取っ掛かりが一向に無いのが引っかかっていた。けれどそれが囮だと分かれば、相手の策を読む手掛かりとなる。

「……、戦か。然《しか》り。ならば、敵の戦の目的を考えよう！」

「この作戦における敵の勝利条件を、ですか？」

「分かるのか？」

私は目を伏せて、今自分の持つ情報に思考を巡らせる。

……国内でもコソコソと動いている者達が居たな。北へと出入りを繰り返している現行の貴族制度に不満を持つ教会の一派に、国内での決定に異議を唱える北方貴族。国の動きをひっくり返すだけの力は、権力を持たない教会にも、資金しか無いノルドシュテルムにも存在しないが――リンダールならば？

「相手の目的を読むには情報が少な過ぎます」

「そうか……」

手持ちの情報は国内のものだけだ。予測が正しければ、国内の者達は国外の者達に呼応して動く。どこまで利害が一致しているかは分からないが、主導者の目的は私の手の届く範囲から大きく逸脱している。

「まずは陽動の部隊を捕まえましょう。放っておけばこちらの注意を引こうと派手に動こうとする。捕らえれば尋問で足りない情報も得られるかもしれない」

「さて、陽動の隊が尋問で情報を吐くかは分からんが……。しかし、実際問題として連中はこれまで上手く逃げ遂《おお》せている。どうやって捕まえるのだ？」

「彼らは遠からず村を襲う筈です。そこを叩く。逃さないように、罠を張る」

食料が無ければ人も獣も動けない。陽動だと分かれば相手の動きも読める。……私が読めずとも、戦に関する事に天性の才覚を持つクラウディアならば読める。

「敵はどの村を狙うでしょうか、クラウディア殿」

問い掛けると、彼女はスッと表情を改めた。少女の無邪気さが消え失せて、普段からは想像もつかないほどの思慮に深く瞳の色が沈む。

「……彼らはこの地を知っている。だが、おそらくそれほど仔細《しさい》に情報を得ているわけではない。彼らの進路には、道を通れずに迂回した跡が幾つもあった。女達にレシュノーへの案内をさせようとした事もその証拠だ」

「おそらく、知っているのは領境線と村の大まかな位置と名前くらいでしょうか」

「村も全てを知り得ているとは思えぬな。……となると、レシュノーか、ミルダのどちらかか」

クラウディアが名前を挙げたのは、ネザの北西側にある二つの村だった。

「流石にそろそろ南側から包囲を縮められている事は相手も分かっているだろうから、南には行かぬだろう。ミルダより東は丘ばかりで、見晴らしが良すぎる。恐らく統率者が一人ではないのでどちらになるかは絞れぬが……相手がその存在を知っているかどうかにも関わるが、慎重を期すのであればミルダ村。士気を優先させるならばより近いレシュノーだろう。より可能性が高いのはレシュノーだな」

なるほど、と頷いて、私は地図を巻き留めた。

「では行きましょうか。捜索、追跡はシル族に任せ、開拓地で設営に慣れた兵とギュンターを中心に罠を仕掛ける部隊を編成して頂けますか？」

「勿論だとも、エルジュ殿！」

「……私の名はエリザです、クラウディア殿」

「あ、すまぬ、エリザ殿」

敵の動きを読むその能力に頼もしいものだ、と思ったのも束の間、いつものように名を間違えられて、私はがくりと脱力した。

◆

レシュノー村は先手を打って封鎖し、盗賊団はミルダ村の方へ誘導する事になった。ネザの隣村であるレシュノー村では、盗賊団を取り押さえるための準備をする時間が無い。

テオメルの率いるシル族の戦士、それからラスィウォクには盗賊団のミルダ村への追い込みを任せ、領軍とシル族からレシュノー、ネザ、カロン村に人数を割いて、編成した少数の選抜兵と共に私とクラウディアはミルダ村へと移動した。

……ここで確実に取り押さえなければならない。向こうにも余裕が無くなってきているのだ。追い詰められている事をこれ以上に認識されれば、人数を割いて追手を撒き、無秩序に村からの略奪を始める可能性がある。

ミルダ村は誕生祝に来た時から変わらず、私への不信と警戒心に満ちていた。去年の夏頃自警団の編成を命じた他には全く接触を図っていなかったのだから変わらないのも当然だ。村人達の突き刺すような視線が集まってくるのを感じつつ、罠の用意をさせる前に移動してきたばかりの兵士達に小休憩を取らせる。

ミルダ村には用水路が張り巡らされている。運良く父の悪政時代にも殆ど破壊されぬまま残り、テレジア伯爵によって早急に修繕されたものだ。その存在は知っていたが、実際にそれをじっくりと見るのは初めてである。昨年の誕生祝の際には村の中央通りだけを通ったので、用水路までは見られなかったのだ。

水源となるのは北に位置する黒の山脈《アモン・ノール》から流れ出した地下水で、流水路の途中に幾層も浄化層を挟んでいるため、流れる水はそのまま飲めるほど清い。感心しつつも早速水を飲み、乗ってきた馬にも水を飲ませて、汗を拭って餌《えさ》をやる。

村のすぐ横で、小休憩を終えた兵士達が畏となる溝を掘り始めたのが見えた。受け入れた新入領民のために周囲の領地から集めた大量の天幕を張り、野営地を整えた者達を中心として兵士を選んだおかげで、目論見通り作業の段取りが良い。予想より早く工作が進んでいるようだ。

――そして、その様子を遠巻きに眺める、さり気なく農具を手に持った村の者達の姿も見えてしまった。夏の熱気でうねる陽炎《かげろう》の中に、敵意と害意が見え隠れする視線が紛れる。

父が領主であった頃、その第一の手先であった領軍の兵士は領民にとって憎悪と恐怖の対象だった。テレジア伯爵と私が真っ先に処分した者達だ。今の領軍には、一人も当時の兵士は残っていない。

にもかかわらず、ミルダ村の人々の領軍の兵士への視線は昏い。

……私に向けられるそれと同等に、昏い。

いつの間にか握り締めていた手先を用水路の流水の中へ落とした。ぱしゃんと跳ねた水音を聞きつけてか、近くに立っていた少年兵が傍へと寄って来る。ユグフェナで伝令兵をしてくれたパウロだ。ユグフェナ城砦から戻った後に見習い兵士から正式な兵士になった彼は開拓地への派遣を経験した事は無いが、その身軽さをクラウディアに評価され、またしても連絡用の兵士として私につけられているらしい。

彼は興味深そうに用水路へと視線を落とし込んで、人懐っこい口調で「お館様、何してるんですか？」と尋ねてきた。癖の強い金色の髪が微風にふわふわと揺れる。春の綿毛のようだな、と思うと、少しだけ気分も和《なご》んだ。

「水で手を冷やしているんだ。手袋の中で汗に濡れて、どうにも気持ちが悪かったからな……」

じっとりと汗で濡れて火照《ほて》った手が、夏の熱気の中でも冷たいままの流水の中で少しずつ熱を無くしていく。同時にそれが、村人達へと滲み出していた重く濁った罪悪感を冷ましていくようだった。

パウロは私の真似をして手を水の中に沈めた。あ、本当に冷たい、などと呟いて、楽しそうな笑みを口元に浮かべる。

「水浴びしてしまいたいくらいですね」

「この暑さではそう思うのも仕方ないが、流水路じゃそうもいかないだろう。一応身体を拭えるように村の者に盥《たらい》を用意して貰っておいたから、それで我慢してくれ」

「はい。――前から思っていたんですけど、お館様はやっぱり僕より年下には思えませんね。寧ろ年上みたい」

感心するようにそう言う少年にどう言葉を返せば良いか分からず、私は水面に視線を落とした。くすくすと隣でパウロは笑う。緊張の張り詰めた村の中心で、少年ののんびりとした笑い声は酷く場違いなのに、聞いていると不思議とほっと息が緩む。まるで穏やかな雰囲気を周囲にまで振り撒いているかのようだ。

「……村の人、怖い顔ですね、お館様」

「ああ」

何でも無いような口調で、パウロはこちらを遠巻きにする村の住民に小さく首を傾げる。苦笑交じりのそれに、私は頷く以外に何も出来ない。

「僕は昔、この村に住んでいたんです。今はクラリア村に家がありますけど」

「あ、ああ、そうなのか？　一応言っておくが、知り合いに顔を見せる時間は取ってやれないぞ」

やや唐突なカミングアウトに困惑しつつもそう釘《くぎ》を刺すと、パウロは小さく吹き出した。おい、何だその反応は。

「あはは、勿論、分かってますよ。そうじゃなくって……僕に村の人達の説得を頼んだりしないんですか？　村の人も僕の事、それなりに覚えてると思いますよ」

言われて、私はぱちりと瞬きをした。説得。そういえば、考えた事も無かったな。

「僕は領軍に入る前、お館様の事を怖い人だと思っていました。村の人は今もお館様を怖がってますし。お館様はちっとも笑わないから、領軍に入ってからもそうでした」

せめてもっとニコニコしてたら怖くないと思うんですけどね……、と小さくパウロが呟くのを、私の耳はきっちりと拾った。

「でもシル族を助けようとしているお姿を見たら、怖い人だとは思えなくって。今話してみても拍子抜けするほど普通の会話してるじゃないですか。僕の両親はそれほど前の領主様の治世で苦しめられた訳じゃないから、そう感じるのは僕だけかもしれないですけど……。でもお館様の事を知らないままで怖がってるのって、ちょっと勿体《もったい》無い気がするんですよね。お互いに無駄に疲れるし」

パウロが脈絡も無く語り始めたのは独り善《よ》がりで、しかも随分とお節介な内容だ。それでも不思議と心は穏やかなまま、口を挟む気も起きずにただそれを聞いていた。

説得……。領軍の者達は最早領主の手先ではないと村人達に説得させた方が良いだろうか。

領軍の者達は寧ろ、私が道を誤ればすぐにでもこの首を刎《は》ね飛ばすだろう。私とテレジア伯爵にとって領民の兵士とは民意を映し出す一つの指針であり、私にとっては内部監査に近い存在だ。そんな彼等が領民から『領主の手先』として警戒心を抱かれているという状況を放置する事は全く望ましいものではない。領民の不安を増大させるだけだからだ。

纏わりつくような夏の熱気を、山から吹き下ろす涼やかな風が搦《から》め捕《と》って飛ばす。お互いにそのまま沈黙して、風の音と水のせせらぎを暫く聞いた。

説得をさせるにせよ、今の『領軍』という団体は各村に対して何の説得力も持たない。私の答えを待つパウロには悪いが、彼一人の言葉で村民の猜疑心と警戒が解けるとは思えない。彼を放ってどうするべきかと一人思索に耽《ふけ》った。

俄に村の中が騒がしくなったのは、それから半刻ほど経った後だった。

「エリザ殿、緊急事態である」

珍しく名前を間違っていない上、見た事も無いほど真剣な瞳をしたクラウディアがそっと私にそう囁いた。

パウロが不安そうにクラウディアを見上げる。

「何事ですか?」

「魔物が村近くの林で発見されたのだ。異様に大きい土竜《リソール》に似たものであるそうだ。私も周囲の警戒中に魔物の痕跡らしきものを見つけたので、出来れば確認して頂きたい」

報告をしながらクラウディアは私を抱き上げて馬に乗せた。それから後ろにひょいと飛び乗った彼女は、手綱を引いて馬の首を回しながらパウロに声を掛ける。

「村人に詳しい話を聴き込んできてくれないか。広間の方で魔物を発見した者がまだ休んでいる筈だ」

「はい」

頷いて、早速駆け出そうとしたパウロの背に私はもう一つ指示を飛ばした。

「パウロ、ついでに自警団とギュンターに声を掛けてくれ。村長の家に集まるように」

「はい、お館様」

今度こそ走り出したパウロの背を見送って、クラウディアは手綱を引いた。

◆

村長の家の大部屋で、私とクラウディアは用意されていた椅子へと腰を下ろした。先に集まっていた者達も、様々な感情を顔に浮かべつつも無言でそれぞれの席へと座る。人が多く集まってはいるが、天井の窓板が半分上げられているお陰で部屋にはそれほど篭った空気は無い。傍らに座るクラウディアが差し出した杯を受け取って中の水を呷《あお》る。

椅子は円を描くように並べられていた。クラウディアの逆側にはギュンターが、その隣にはアジールという兵士ががちがちに緊張した表情で座っている。

クラウディアの向こう側には薄汚れた服を着た男女が一組、酷く不安気に視線を彷徨わせていた。

彼らはシリル村の自警団の取り纏め役だ。男手が足りないこの領では、女も自警団に組み込まれている。更にその奥に腰を下ろしているのはこの村の村長で、彼は怯えた表情で私を見ていた。最後に一番離れた所に座るのが、戸惑った様子で周囲を見回すパウロである。

「パウロ、村人が見たという魔物について報告しろ」

「は、はい！」

流石にこのような場に同席するのには慣れていないようで、パウロは上擦《うわず》った声で返事をする。彼はギュンターの鋭い眼光にひぇっと小さく呻いた後、何度かつばを飲み込んで漸く落ち着けた声で話し始めた。

「村人の話によれば、薪《まき》拾いに出た者が、村を北に出てすぐの所にある林の中で、大型の土竜《リゾール》に似た見た事も無い生き物を見つけたそうです。野生の森羊を捕食していたそうなので、このまま放置しては村に被害が出る可能性があります」

「その生き物はどのようなものだったか聞いたか？」

「はい。土竜《リゾール》とは違って、その生き物は鱗の代わりに岩と氷のような結晶で覆われているように見えたそうです」

なるほど、と私とクラウディアは顔を見合わせて頷いた。

彼女が見つけたその痕跡らしきものと目撃された巨大な生物の情報を組み合わせれば、当て嵌まる魔物は絞られる。

「ほぼ確実に氷蜥蜴《ラドシシルカ》だな。爪に触れたものを凍らせる魔法を持った、主に黒の山脈《アモン・ノール》の山麓《さんろく》に生息する魔物だ。クラウディアが発見した魔物の痕跡を見てきたが、それらしき爪痕が北の林の東外れにあった」

年中雲に覆われた黒の山脈《アモン・ノール》に生息するが故の性質なのか、氷斷蜴《ラドシシルカ》は日光を避け、日中は洞窟や森といった日陰になる場所へと移動する。自警団の話によると北の林は西側の方が木々が密集しているとの事で、日の光を避けて氷斷蜴《ラドシシルカ》は西進したと考えられる。

「爪で触れたものを凍らせる、ねえ……んじゃ、そいつ捕まえたら夏でも肉の保存がきくな」

ギュンターが軽口を叩くが、残念ながらそう上手くもいかない。

「いや、駄目だ。氷斷蜴《ラドシシルカ》の爪は人には毒となる液体を含んでいて、凍らせたものもその毒に冒される。村に入る前に始末しなければならない」

私がそう答えると、そこに居た者達は一様に顔を青くさせた。命を脅かす程の魔物など、普段の生活ではそうそう遭遇しないものだ。その脅威が村のすぐ傍に存在するのだと実感したのだろう。

林の中の生き物を実際に見てやはり氷斷蜴《ラドシシルカ》であると断定し、村の自警団には松明を持たせて林を囲ませる。氷斷蜴《ラドシシルカ》は熱に弱く、火を嫌う。どうしてそんな生き物が夏に雪山から降りてきたのかが不思議でならない。

……そう言えば、と私は空を見上げた。準備を整えるうちに日は完全に黒の山脈《アモン・ノール》の向こうへと沈んでいる。すっかり暗くなった夜空には、火の粉のように小さな光を引いて燐蛾がいくつも舞っていた。思えば今年は燐蛾の数も随分と多いような気がする。

「魔物に異常行動が見られる、か」

呟きながら、眉間には自然と険しく皺が寄った。思い出すのは一月の眠りから目覚めた後の、テレジア伯爵が寄越したユグフェナ城砦防衛戦に関する情報を纏めた書類だ。

城砦の内側で殺されていた、隣国から保護した旧アルトラスの難民達。その死体には、大型の獣の牙や爪で引き裂かれた跡が残されていたという。

「お館様、準備出来たぞ」

魔物について考えていたところにギュンターに声を掛けられて、私は意識を目の前の林へと戻した。

「ご苦労。私とクラウディア殿は林の外に控える。……いいか、攻撃の際は火桶で武器を熱するのを忘れるな」

三人の兵士に真っ赤な炭が盛られた桶を持たせ、五人の兵士に武器を持たせる。盗賊団への警戒や罠の準備をする兵士達から何とか引き抜けた数がそれだった。魔物退治をするには心許《こころもと》ない数だが、ギュンターに任せて無事を祈るしかない。

「一応命じておくが、何よりも自分達の命を優先しろ。今お前達に斃《たお》れられる方が、魔物の排除の失敗よりも痛手になる。いいな？　……よし、行け」

「応！」

一斉に返事をして、槍を手にしたギュンターを先頭に、兵士達がぞろぞろと林の中へ入っていく。木々が徐々に彼等を覆い隠し、やがて完全にその影を見失った。

「無事に終わればいいんですけど……」

私の後ろに控えたパウロが小さく呟く。彼は林ではなく、松明を持って林を囲む村人達を不安そうに窺っている。

「武に生きるものであるなら、仲間を信じ胸を張って、狼狽えずに待つものだ」

普段より随分と落ち着いた声音でクラウディアがそれを窘《たしな》めると、パウロは慌ててピンと背を伸ばして林の方へと向き直った。

緊張感を孕んだ沈黙があたり一面に広がる。

そして――兵士達の雄叫《おたけ》びが林の中から響いた。

全員が食い入るように林を見つめる。中の緊迫感が音だけで伝わってくる。誰かがゴクリと喉を鳴らした。

兵士達の声には悲鳴のようなものも混じり、ギュンターの怒号が飛ぶ。手こずっているのがそれだけで分かり、私はぐっと袖を握りしめた。

「……なぁ、何か寒くないか」

最初にそれを言ったのは、誰だったのだろうか。

いつの間にかひやりとする冷気があたりには満ちていて、気がついた者が寒そうに腕を摩《さす》り始める。夏物の薄く袖裾の短い服では覆われない部分を、氷を近づけた時のようなひんやりした空気が不快さを植え付けて撫でていく。

そのとき、林の方から怪音が響いた。

それはピシッというような小さな音だった。それが幾つも重なって聴こえるようになると、林の中の兵士達が戸惑いと驚愕に満ちた声を上げ始める。継いで悲鳴とともに、何か硬質なものがぶつかり合うような音がした。

何が異様な事が起こっている。今や林の外側は静まり返っていた。私を含めて全員が林の中で何が起こっているのかと目を凝らしている。

「あ、あれを見ろ！　林が凍っていってる‼」

村人の一人が慌てたように叫んだ。どよめきが周囲に感染するように一気に広まった。

叫んだ村人が指差す方を見ると、本当に林の木が白く凍っている。その上尚ゆっくりとその白い面積は広がっていた。凍る範囲が増えているのだ。

「林を凍らすほどの魔法なのか……」

先程からの冷気の正体はこれだ。林の中のギュンター達が無事なのか、流石に不安を感じる。

氷蜥蜴《ラドシシルカ》の周囲は完全に凍りついているはずだ。

金属鎧ではなく革鎧である事が逆に助けとなった。夏の薄い服の上から金属鎧を着ていたら、凍傷での被害がどれほど甚大《じんだい》なものになったか。

林の中から聞こえてくる声に悲痛なものが混じらないか、ただ耳を澄ませる事しか出来ない。

すると、唐突にクラウディアが私の前に飛び出した。

木々を薙《な》ぎ倒すようにして進む巨大な蜥蜴《とかげ》がクラウディアの背中越しに見える。全身に矢の刺さった氷蜥蜴《ラドシシルカ》が、銀色の血を撒き散らしてこちらに向かって物凄い勢いで這い出て来ていた。

「うわぁ！　出てきた⁉」

背後の村人が一斉に悲鳴を上げる。

「パウロ殿、退避せよ‼」

クラウディアの声に弾かれたように動き出したパウロが私を抱き上げるのと同時に、クラウディアが腰に佩《は》いていた剣を抜いた。それほど長くないその剣を、彼女はその細腕の何処にそんな力があるのかという勢いで氷蜥蜴《ラドシシルカ》にぶん投げる。

ドッ、という音を立ててその刃《やいば》は氷蜥蜴《ラドシシルカ》の額に突き刺さる。だがそれでもその巨大な蜥蜴は絶命しない。凶悪なほど鋭い歯の並ぶ巨大な口をがばりと開けて、目の前に立つ障害であるクラウディアに喰《く》らいつこうと前方に向かって跳ねる。

「クラウディア‼」

思わず叫び声を上げた。

クラウディアの金色の長い髪が空中に美しく広がる。翻るそれに彩られて、場違いなほど優雅にクラウディアが跳躍するのが見えた。ひらりと氷蜥蜴《ラドシシルカ》の噛みつきから逃れた彼女は、両手に持った槍先を蜥蜴の首元に差し込んだ。

先程剣が刺さった時よりも鈍く大きな音が響く。クラウディアが落下する自分の重さと勢いを利用して穿《うが》った穂先は氷蜥蜴《ラドシシルカ》の肉を貫き割り開く。

私はすぐ側にいた村人から松明をひったくった。

「クラウディア殿、火を！」

放り投げた松明を危なげなくクラウディアは片手で掴む。彼女はその火を槍の刺さる根本へと押し付けた。

氷蜥蜴《ラドシシルカ》が激しくのたうつ。炎を押し付けた所からは、まるで水蒸気のような白い煙が噴出する。

「そのまま押さえとけ！」

林の中からギュンターが飛び出し、右手に持った幅広の剣を蜥蜴の首に振り下ろす。

続いて出てきた兵士達も同じように蜥蜴を取り囲み、剣を振り下ろした。

彼らの足元から銀色の血がみるみるうちに広がっていく。

――やがて、氷蜥蜴《ラドシシルカ》は仰向《あおむ》けにひっくり返ったまま、その動きを止めた。

剣や矢、槍を何本も身体に差し込まれて漸く絶命した氷蜥蜴《ラドシシルカ》の死体は自身の血で銀色に染まり、壮絶なものとなっていた。

【第六章】

別の作業をしていた兵士を急遽《きゅうきょ》呼び出して、早急に氷蜥蜴《ラドシシルカ》の死体の始末を行う。

戦闘に参加した兵士達は残らず手足が凍瘡《とうそう》になっていたが、それほど重度のものでもなく、お湯と水に交互に浸らせる事で適度に回復した。兵士達が殆ど無事で済んだ事にほっとする。氷蜥蜴《ラドシシルカ》については書物からの知識しか無く、あれほどの冷気を操るとは知らなかった。ギュンターやクラウディアが上手くやってくれなければ、死傷者が出ていた可能性もあったのだ。

一晩の休息を取って、盗賊団への罠の様子を見る。馬に乗って試してみたが、溝の作りと深さに問題は無さそうだった。後は長さだけで、この分だと今日の昼には出来そうか。

「おおい、誰か、そこの側面をもう少し固めてくれ！　崩れるぞ！」

見回っていると溝の中から怒鳴り声が聞こえた。私とクラウディアは顔を見合わせると、土を固めるための水と鋤《すき》を持ってそこへ近付く。中では一人の兵士が慌ただしく土を固める作業をしていた。

「どこだ？」

「そこのひび割れがある所だ。悪いが俺も手を離せん。どうもこの辺は固めが甘かったらしい。手伝ってくれ」

「了解」

本当に手が離せないらしく、兵士はこちらに顔を向けさえしない。私とクラウディアは慣れない作業を慎重に進めていった。


「おい、お館様、テオメルが来たぞ……って、何やってんだ。嬢ちゃんも」

頼まれた箇所の固め作業が丁度終わった頃、ギュンターが声を掛けてきた。まさか私達が工事に手を出しているとは思わなかったのか、驚きと呆れの混じったような顔で溝を見下ろしている。

「お、お館様だって⁉」

その声を聞きつけた、後ろで作業をしていた兵士が勢いよく振り向く。彼は私とクラウディアの姿を認めると、かぱっと顎《あご》を落とした。

「おおおおお館様に土いじりを俺は」

「落ち着け。手が足りないようだったから手伝っただけだ。他にも緊急の所があれば、他の兵士を呼んで来るが」

「い……いや、もう大丈夫だ。崩れそうな所はもう無い筈だ」

「分かった」

手伝い完了だと判断して、ギュンターにロープで引き上げて貰う。一体どんな身体能力をしているのか、クラウディアは自分の身長ほどもある溝から自力で軽々と飛び出して来た。捕獲装置の役割も果たす罠が機能していない様子を実際に見せられると不安になるので止めて欲しい。そんな事が出来るのは常識はずれの彼女くらいなので溝の高さは充分だと分かってはいるが。

テオメルは十人程の戦士を引き連れ、物珍しげにミルダ村の建物を遠目に眺めていた。立ち並ぶ屋根を眺めるその目に羨望《せんぼう》のようなものが見えて、鳩尾の辺りがちくりと痛む。

「テオ」

「……ああ、おはよう、お館様。報告に来たぞ」

「聞かせてくれ」

テオメルの話によると、慎重に動いている盗賊団は昨日の夜にレシュノーの外縁まで接近したらしい。しかしレシュノー村の警備が固められているのを見て、襲撃は諦めた様子だったという。その後奴等は進路を更に西に取った。こちらの思惑通り、ミルダ村を目指しているのだろう。

「レシュノーの様子を見て、連中は速度を速めた。進路上の戦士達の数も減らしていくから、遅くとも夕方にはこの村の付近に到着する筈だ」

「時間にあまり余裕が無いな……」

「迂回させるか？　やるなら今のうちだぞ」

「いや、……それよりも、悪いが人手を貸してくれ」

私の提案に、ぱちりとテオメルは瞬きをした。態《わざ》と皮肉げに「穴掘りにもすっかり慣れたからな」と言って私を見下ろす。

「良いではないか。馬に乗れて穴も掘れる人材は領軍では精鋭中の精鋭だぞ」

クラウディアが涼しい顔でそう口を挟み、手に持っていた鋤を肩に担ぐ。テオメルが呆気《あっけ》に取られた顔で彼女を見るのと、私が額を押さえたのは殆ど同時だった。

「……くく、あははっ！　……成る程な。よし分かった。若い戦士に経験を積ませようじゃないか」

テオメルが貸してくれたシル族の戦士達の協力で、午前のうちに溝を完成させる事が出来た。後は土や砂を撒いて不自然さを無くすだけだ。

作業の指揮を執っていると、然《さ》りげ無くクラウディアとギュンターが私の傍に立つ。何事かと周囲に視線を走らせると、村の方から数人、こちらへ向かってくる人影が見えた。

村からやって来たのは村長と、それから見知らぬ女が二人。女のうち片方はまだ若く、村長と目鼻立ちがそっくりで、血縁だという事が分かる。

「止まれ、何用だ！」

ギュンターが静止の声を上げる。村の外れとはいえ、ここは今、領軍が軍事的な目的で専有している場所だ。民間人である村人には立ち入りを認めていない。

「お、おはようございます。領主様と領軍の皆様方に魔物退治の御礼を申し上げたく……」

深々と頭を下げた三人に、口の中に薄らと苦味を感じた。

「不要だ。魔物の排除は元より領主の仕事である」

何事か、と周囲の兵士達がこちらを窺っているのを感じて、手の平が汗で湿る。昨日と同じように遠巻きにこちらを観察している村人達の視線が、突き刺さるように鋭くなっている事が分かった。

「……し、しかし、領主様への御礼を欠いたままでは……」

私に突っぱねられた村長は、焦るような、困惑するかのような声を上げる。彼の視線は私とその周囲を忙しなく動いた。

村長達を咎めるかのようにギュンターが右手に持っていた槍を両の手で握り締める。少し戸惑ったようなクラウディアでさえも僅かに剣を鞘《さや》から浮かした。

その瞬間、村長の娘と思《おぼ》しき女の方がぐっと顔を上げた。毅然《きぜん》とした表情で、視線がギュンターとクラウディアに匿われた私にひたりと合わされる。女の考えている事が分からずに、その目に感情が映るかとそれを見返す。目があったのはほんの二秒にも満たない間だった。

突然、女はがばりと地に膝をついて頭を下げた。

「⁉」

女の意図が読めない動きに兵士達に動揺が走る。もう一人の女も、その動きに倣《なら》うようにして跪いた。そうして女二人は、真っ直ぐ私に向かって平伏した。

「な、何を……」

「お聞き下さい兵士様、この二人は……」

「御前《ごぜん》での失礼は承知の事でございます。ですが、どうか領主様、この女二人の許し乞いをお許し下さいませ」

村長の声を遮って、跪いた村長の娘が直接私に向かって大声を上げた。

不敬な、と言ってしまう事は出来た。村の平民は貴族から許されるまで、直《じか》に話しかけてはいけない事になっている。それをしなかったのは女の声がどうしてか必死であったからかもしれないし、どこか悲壮さが含まれていたからかもしれない。

なんという事を、という顔で村長が二人を見下ろす。女の行動は村長にとっても予想外の事のようだ。勝手に事を仕出かした娘に憤るような表情がじりじりと苦味とともに浮かんできている。

私は二人の下げられた頭をじっと見つめた。あの女達はどうしてあのように必死なのか。二人の表情も見えず、先程の一言以降言葉も発さないので声色も窺えない。

「ギュンター、」

「馬鹿な事言い出すんじゃねえぞ」

「……まだ何も言ってないだろう」

緊張に張り詰めた顔をしたギュンターが私の呼び掛けに却下を出す。それほど考え無しに命令を出そうとしてる訳ではないのだが。

「ギュンター、あの女二人を捕らえて私の前に引きずり出せ」

「だから……、は？」

「先程の不敬を咎めるから、捕らえろと言った」

声が震えないように抑えてそう命令を下すと、それは酷く淡々と冷めたものに聞こえた。子供の甲高い声はよく通るのか、跪いた女達がびくりと肩を跳ねさせるのが見える。

ギュンターが呆然とした顔で私を見下ろす。私を取り囲む兵士も、その向こうに立ち竦んだ村人達も、悍ましいものを見るかのように。

穏やかな風が吹き抜けて野の草を揺らす。ざぁ、という音が辺りを包んだ。

「何をしている、ギュンター。主《あるじ》の命だぞ」

私を見下ろしたまま立ち尽くしたギュンターにそう声を掛けたのは、クラウディアだった。彼女は愛用の槍を右手に、金色の髪を微風に遊ばせてすたすたと兵士の間を通り抜けていく。慌ててそれをギュンターが追った。二人は跪いた女二人の腕を後ろで組ませ、それぞれを押さえて立ち上がらせる。クラウディアは躊躇いなく押さえた女を私の前まで歩かせた。対してギュンターは、戸惑いを隠せずにクラウディアの後に続くようにして彼女に倣う。

そうして今度は私の足元に跪かせられた女二人は、それでも呻き声一つ上げずにじっとしていた。

「お前達は貴族に対する不敬罪を知らないのか？　赤い髪の女の方、答えてみろ」

村長の娘を示して喋らせると、女からはすぐにいいえ！　と答えが返ってくる。女の声は、今度は震えていた。

「そこまでして私の耳に入れたい事があったのだろう。手短に話せ。お前達への罰を決める前に聞いておく。頭を上げさせろ」

自分でも大分乱暴な言い方だな、とは口に出してから思った。しかし、奇跡的にもクラウディアは私の意図を理解したようで、取り押さえている女を無理矢理引き上げるような事はせず、その肩を軽く叩いて自分で起きるよう促す。

犯した罪を罰するという建前で目の前へ呼び、罰を決めるためという建前で女二人の用件を聞く。もしも二人が本当に私に逆心を持っていても、領軍で最も腕の立つ二人に押さえさせる事によって危険度を下げる。

貴族として育ったクラウディアがこういった事に対してギュンターよりも理解が早いのは道理だろうか。クラウディアの普段が普段なので、こういう時に突如として有能になられてもギャップについていけない。

二人の女は頭を上げると、まじまじと私を見つめた。そうして、顔を真っ青にする。

「……、領主、様……」

酷く震えた声で零れ落ちた呟きに、思わず眉根が寄る。呆然と私を見上げる表情、その目が恐怖で満たされて、二人は唇を噛み締めた。

「――そうだ。私はエリザ・カルディア、お前達の領主だ」

きっと二人には、私に重なるようにして父が見えているに違いない。玉色に光を反射する真っ直ぐな黒髪も、血のように赤い瞳も、私の容姿は何もかも父の生き写しなのだから。

女達は震えたまま口を噤んでいる。

「どうした？　不敬を犯して尚私に何かの許しを乞いたかったのだろう」

一体何の許しが乞えるというのか。そもそも、一体何の罪を負ったというのか。民の愚かさと無知を目の前に突き付けられて、最早私の頭の中では足元に膝を付いた二人の女の話など殆どどうでもよくなっていた。

カルディア領には現在、アール・クシャ教会の聖殿が無い。法を教え秩序を与えるのは教会の仕事であり、教師を雇えない村人は普通、村の聖殿で行われる祭事を通して違う身分の者との付き合い方を覚えていく。

ところが、教会がカルディア領で活動する拠点となる村の聖殿の全てを父が打ち壊してしまった。

理由は『豪華だから』。

当時の父は領内に財政危機を広め、贅沢禁止法を打ち出していた。領民は元々質素な住居でそれに見合う生活をしていたが、教会の者は生活はともかく住居は石造りの立派なもので、服も支給されるので小奇麗なものを着ていたらしい。貧しい生活に住居を保つ余力もなく、ボロ切れを何年も纏わなければならない領民からの反感を買うのも、それを煽動《せんどう》して教会を追い出すのも容易かっただろう。

父は領内の立て直しを理由に領民から金品、食糧、人手を奪い、外から入ってくるために領内の異常に気付きやすい教会の人間を排除して、最低限度の学さえ取り上げてしまった。その理由だって丸きりでっち上げのもので、つまるところ詐欺だ。

それがもう、二十年以上前の話になる。

「そ、その……昨日の魔物を見つけたのは、私達なのです。ですから、どうかお願いします。『謝礼料』は私達がお払いしますので、どうか他の村の男や子を『労役』に連れ出すのは……！」

私を思考の海から浮上させたのは悲痛なその叫び声だった。

ぱちりと一つ瞬きをして、目の前に跪く女二人を見下ろす。今、何と言ったか。労役……？

「……なるほど、そういう事か。よく分かった」

女の肩がびくんと跳ねる。思ったよりも冷たい声が出ていたらしい。しかし、この二人の悲壮なまでの必死さが何なのか理解してしまった今、失望に似た感情を覚えるのも仕方がないだろうと思う。

本当に、この身に流れる血が呪わしい。父は領主の義務に対して、領民から『謝礼料』なるものを『労役』として搾取《さくしゅ》していたというわけだ……。

「……いい加減、私と前領主を、同一視するのはやめて貰おうか」

次には力無い声が出た。眼前が眩む。父への怒りと憎しみという、最早ぶつける宛ての無い感情で身体の内側が焼けていくようだ。

「もう一度だけ言う。魔物の排除は領主の義務であり、如何なる謝礼も不要だ——分かったのならば今すぐに下がれ」

ヒィ、と村から来た三人が悲鳴を上げる。這《ほ》う這《ほ》うの体《てい》で逃げるように村へと戻って行った。領民を脅して散らしたという事実に、更に胸の内が激しい熱で痛んだが、どうしようもない事だった。

◆

夜闇に乗じて影が動く。周囲を見回すには僅かな月と星の明かりで充分だと判断したのか、或いは種火を持たないためか、火を持つ人影は見当たらない。

遮断された空気が篭って、吹き出した汗の粒が顎の先からぽたぽたと地面に落ちる。

逃走の事を考えているのか、村に忍び寄って来た者達は馬から降りようとしない。クラウディアが巧みに追手を使ってそう誘導したのだ。

後は仕掛けに囲い落として捕まえるだけ。狩りと同じだ。――その仕掛けに獲物を追い落とす役目も、私は普段の狩りと同じように、最も信頼出来る相棒に任せた。

あと八、九歩も馬が歩けば溝というあたりで、東の空から高く伸びる遠吠えが響き渡る。

合図だ。

盗賊団の来た道を辿り、ラスィウォクとシル族の騎馬戦士が塊《かたまり》となって飛び出してくる。

「追手だ‼　走れッ‼」

必然、盗賊団はその反対方向へと逃げようと馬を走らせ――突如現れたように見えたであろう、溝の中へと一斉に馬ごと転げ落ちる事となった。最後尾の者達は溝の存在に気付くが、ラスィウォクという肉食獣に追い立てられた馬を止める事は出来ない。

怒号と悲鳴、馬の嘶《いなな》きが夜天《やてん》を劈《つんざ》く。

「行け！　今だ‼」

号令をかける。私と共に暗い陰の中に紛れて溝のすぐ傍に伏せていた兵士達が、弾かれたように立ち上がる。身体に被せていた古い絨毯《じゅうたん》を全員の力で持ち上げて運び、それを混乱と苦痛の坩堝《るつぼ》と化した溝の中へと放り込んだ。さらにその上から、水が被せられる。

突如として被せられたその重みに、溝に落ちた者達が悲鳴を上げる。水を吸ってこれ以上無い程重たくなった絨毯に、視界を塞《ふさ》がれ体勢を整える事さえ出来なくなるのだ。

「第二隊、行け‼」

盥を持った者達が、慎重にその絨毯の上から盥の中の液体を垂らした。

それは、昨晩仕留めたあの氷蜥蜴《ラドシシルカ》の銀の血だった。水に触れた血は瞬く間に絨毯ごとその水を凍らせていく。絨毯の下から悲鳴が上がった。

「捕縛《ほばく》‼」

建物の陰に隠れていた者達が、ギュンターに率いられて武器や縄を手に駆け出して行く。

「き、貴様等ああああああッ‼」

溝の手前で馬から振り落とされた男が、怒りに吠えた。状況判断が早い。男は俊敏《しゅんびん》な動きで身を起こすと、すぐ後ろまで迫っていたシル族の手を掻い潜《くぐ》り、溝に落ちた仲間に掛かる絨毯を踏み台にして私の方へと向かって来る。

傍に子供が一人で立っている、と見ての事だろう。やはり状況判断が早い。

「――だが、情報不足だな。領主である私が戦闘時に一人で立っている訳が無いだろう」

飛び掛かってきた男の更に上空から、木の梢《こずえ》から飛び降りたクラウディアが引き倒す。

「ぐあッ‼　こ、このッ……」

「動くな。さすれば命までは奪わん」

流石は槍の扱いに高度な棒術を組み込んでいると言うべきか、彼女は槍一本でその男を完全に押さえ込んでみせた。

——こうして、領軍は誰一人怪我をする事も無く、また盗賊団を誰一人と逃す事もなく、侵入者捕獲作戦は完璧な成功に終わった。

【第七章】

捕獲した盗賊団にまずやった事と言えば、舌を噛めないよう布で口を塞ぎ、武器を隠せないよう裸に剥いて、両手足を拘束してあの暗い地下牢に閉じ込める事だった。

湿気が多く、日の光も入らぬ暗く寒い地下牢は、そこに閉じ込められるだけで人間の精神を不安定にさせる。

幼いラトカがそこへ入ったのも三日の間だったが、それでも出てすぐはかなり憔悴していた。ものの数日で元に戻ったが。明かりを灯しておいたとはいえ牢の中でも普通に眠っていたし、あの子供は案外図太い神経をしているのかもしれないと今更認識を改める。

盗賊達には水を入れた桶を一つ与えただけで、後は丸二日放置した。這うしかない彼等は排泄《はいせつ》も思うように出来ず、飢餓感に襲われ、口を塞ぐ布のせいで唯一与えられた水さえ満足に飲む事も出来ない。精神的な消耗を加速させるための手だ。

三日目の朝、適当な一人だけを牢から出させた。碌な休眠すらも取れなかったのだろう、領軍基地の尋問室に引き立てられて来た男の顔色は、青白く窶れている。二日間一切の食事を与えずにいたので、恐らく眩暈と吐き気も酷い筈だ。

「先に聞いておく。言いたい事はあるか？」

乱暴に水を被せられ、取り上げていた検分済の服を着せられた男は、汚らしく伸びた髪と髭《ひげ》で覆われた顔を皮肉げに歪めた。

「……野蛮で残忍なアークシアの貴族の、虜囚《りょしゅう》の扱いというものがよく分かった。貴重な体験だ」

気丈なものだ。そして勘も良い。

態々《わざわざ》アークシア語で話し、第一声で私を子供と侮らず、『アークシアの貴族』と呼んだその男に最初に下した評価はそれだった。

「アークシアで最も残忍無道と名高い我が父の残した地下牢だ。文化の遅れた国外の者に休んで貰うのに、それ以上に寛げる場所が思い浮かばなくてね。柔らかな寝台は慣れぬだろう？」

皮肉は笑って流してやる。野蛮で残忍、等と貶《おとし》められても、今更思う所は無い。カルディアに対しては、誰もがそう思っている筈だ。

男を取り押さえている領軍の兵士達が一斉に笑った。卑俗な育ち方をしたと公言して憚《はばか》らない彼等は、他人の感情を逆撫でする言動に私より詳しい。尋問では相手の冷静さを崩す必要があると、幾つかの振る舞いに許可を出してはいたが、その判断はどうやら正しかったようだ。

盗賊の男は、兵士達の嘲《あざけ》りに顔色を僅かに赤くした。

「ほう、そんな寝台があるのか。てっきり貴族も平民連中と同じように、藁の中で眠るものかと思っていた」

「デンゼルでは未だに藁で眠る者がいるのか。やはり文明が遅れていると、色々と不便なところが多いようだ。お前達に地下牢を与えたのは正解だったな。平民の寝ている質素な寝台ですら、お前達には身分違いのもののようだから」

せせら笑いを浮かべてみせると、言い返す言葉が見つからなくなったのか、男はリングワレーヌ語で「クソガキが」と吐き捨てる。

兵士達がまたその様子を囃し立てる。本当に楽しんでいる訳ではないだろう。「下劣極まるカルディアの領軍」を装って振る舞うよう、という私の指示を忠実に果たしているのだ……と思いたい。

さて、ここまでの皮肉のやり取りだけで、この男の身分が少しずつ見えてきた。

訛《なま》りは強いが、アークシア語を話す事が出来る――つまり、教養を得られる生活を送ってきた者だ。

悪態をついた言葉はデンゼルやプラナテスで話されるリングワレーヌ語だった。俗語を発した割に、発音は滑らかで、上流階級の者のそれに聞こえた。

どう考えても、盗賊風情《ふぜい》の話す言葉ではない。だが、ユグフェナから知らされた情報は「盗賊団が国内に侵入した」というものだった。何を根拠にユグフェナの人達がこの一団を『盗賊団』として認識したのか、確認する必要があるかもしれない。

一先《ひとま》ず得た情報をざっくりと整理して、そろそろ本格的な尋問に入ろうと部屋の隅に控えた兵士に声を掛ける。

「用意したものをここへ」

「はい」

兵士は前に進み出ると、怖々とした様子で鞭を広げ、態《わざ》と男へ見せつける。細い鎖と縄とが数本束ねられたその鞭は、縄に幾つかの結び目があり、血を吸って汚れている。

私の兄だった子供が父から最初に与えられた玩具がこれだったらしい。兄の六歳の誕生祝の時のものなので、今の私には丁度良いだろう。

その情報を、そっくりそのまま驚いた目で鞭を見ている男に教えてやった。男の顔がこの部屋に入って初めて、僅かに歪められる。

「これから幾つか質問させてもらう。答えても、答えなくても構いはしないけれど……何せ、地下牢には十一人もお前の代わりがいるからな」

但しお前への尋問が一通り終わるまで、次の者は出さない。

そう告げると、男は更に顔を歪めた。

「最後の一人は、出される時には餓死してんじゃねえのか」

領軍の兵士が下卑た笑い声を上げる。それが良い追い打ちになったのか、盗賊の男の顔がざっと青褪めた。仲間思いなのか、それともあの中に死なせてはならない者でもいるのか。

「こ……この、悪逆の異教徒共めっ……！」

男が怨嗟《えんさ》を込めて罵《のの》り声を上げた。

成る程、異教徒共と来たか。それは是非とも、彼の信仰するものの事を聞かせてもらいたいところだ。思ったよりも簡単に吐き出される情報に、ほんの少し、仄暗《ほのぐら》い愉悦感が心の隅で浮き上がる。

「さて、大雑把《おおざっぱ》な質問にはなるが、先《ま》ずはお前達がアークシアへとやって来た理由を聞こうか」

盗賊団の男は黙して私を睨み付ける。言葉を尽くしてやる必要は最早無く、両側から男を押さえつける兵士に命じて男を跪かせ、その背に鞭を振り下ろした。

バシッという、非常に痛々しい音が尋問室内に響き渡る。

服は脱がせていないのでそれ程ダメージにはなっていない筈だ。それを考慮した上で、更に五回

程鞭を振った。

歯を食いしばって痛みに耐える男は、呻き声すら上げない。やはり、単なる盗賊などではない。アークシアの豊かさに目を眩ませて侵入した盗賊ならば、拷問紛いの事をされてまで黙ろうとする強い意志など無い筈だ。

「質問を変えよう。何処へ向かっていた？」

「……アークシアの地理など、分からぬわ」

黙っていると鞭を食らうと思い知ったのか、男は吐き出すようにそう言った。

嘘の供述は感心しない。鞭を振り下ろす。男の纏う麻のシャツに、赤黒い染みが浮かび上がった。蚯蚓《みみず》腫れの上から更に鞭打たれて、肉が裂け始めたようだ。

あれだけ領境線を巧みに利用して、ユグフェナの騎士団から逃げおおせてみせておいて、地理など分からぬ等という戯言《ざれごと》が通じると思ったのか。鞭を利《き》き手である左手に持ち替えて、全力を篭めて振り下ろす。肉を叩く音と共に、鞭の先が空気を叩く音が鋭く鳴るのが聞こえた。鎖の当たった部分に一気に裂傷が刻まれ、シャツがみるみるうちに真っ赤に染まった。

男の歯の隙間から、とうとう呻き声が洩れる。何人かの兵士が顔を顰めるのが見えた。

「う、ぎ、……き、北だ……北を目指していた……」

「北？」

「そ、そうだ。アークシアの東や南は他国への警戒から、強力な軍隊を持つ領ばかりだろうと、北へ……」

理由はさておき、北へ向かっていたというのは真実味がある。

ユグフェナ王領とカルディア領の東半分の北には黒の山脈《アモン・ノール》がある。夏といえど、あの山脈を踏破《とうは》するのは非常に難しい事だ。

盗賊団の足跡は、最後のジューナス辺境伯領への逸脱から戻ると、それまでと一転して村を避けるように北上をし始めていた。ジューナス辺境伯領から戻ったのは丁度カルディア領の中央辺り、つまり黒の山脈《アモン・ノール》を過ぎた辺りだ。盗賊団は北への最短距離を走ろうとしていた事になる。

――随分とアークシアの地理に明るいではないか。

男の背に、鞭ではなく足を振り下ろす。腫れた背中を体重を掛けて踏み躙る。鞭を振られた時の焼けるような鋭い痛みとは全く異なる、継続する苦痛。人は継続する苦痛には酷く弱いのだ。

「うっ……ぐ……！」

子供に足蹴《あしげ》にされているというのは、それだけで屈辱的だろう。足を振り下ろすたび、男の喉が低く鳴った。

「女達を攫ったのは、何のためだ？」

「村の……位置を、知るためだ……」

「それだけにしては、随分と手酷く扱ったようだが」

「使い物にならなかった……憤った若い何人かが、慰み者に……――ッ‼」

靴の踵《かかと》をめり込ませるようにして足を振り下ろした。裂けた肉が丁度上手い具合に抉れたのか、男から声にならない悲鳴が上がる。

痛みに緩急をつけると、苦痛の度合いは跳ね上がるんだよ、と、愉悦を含んで囁いた父の声が頭の中で蘇る。鞭の扱い方も、人の痛めつけ方も、何もかも父が残した知識だった。

急激に痛みを与え過ぎたのか、男はふっと意識を飛ばした。苦痛が過ぎるとこういう事が起こる。何しろ男は既に二日、精神を削られてからここへ来ているのだ。

「酒を」

誰でも良いから取ってくれと指示を出すと、部屋の壁際にある机の上に置かれた安酒の瓶を、弾かれたように兵士の一人が引っ掴んだ。尋問の異様な空気に呑まれてしまっていたらしい。兵士はぎくしゃくとした動きで私に瓶を差し出す。

私はその瓶を、男の背の上でひっくり返した。酒が血塗《ちまみ》れの背中に垂れていく。男は絶叫と共に意識を取り戻した。

「尋問を続けよう。その前に、眠気覚ましをくれてやる」

意識が朦朧《もうろう》とする程、人は思考が働かなくなり嘘が言えなくなっていく。追い詰め、傷付けられれば痛みで人の意識は遠のいていく。

鞭を振り下ろすと、男の口からははっきりと悲鳴が迸《ほとばし》った。

全員の尋問が終わったのはそれから四日後の事だった。

折角の情報源を本当に餓死させる訳にもいかず、僅かな食事を与えたが、そうするとより飢餓感に苛まれて憔悴の度合いは大きくなっていく。

父によって記憶の根底に刻み込まれた知識を総動員して盗賊団を痛めつけた甲斐あって、情報はかなり引き出せた。尋問二周目で新たに出てくる事柄もあるかもしれないが、分かった事は紙に纏め、テレジア伯爵と、ついでにファリス神官にすぐに報告出来るようにしておく。

――疑ってはいたが、やはり奴等は単なる盗賊団等ではない。団員の数人には教養が感じられた。

アークシアより文化的に劣るデンゼルと言えど、貴族崩れの盗賊が出現する程とは考えられない。

つまり、奴等の裏側では少なくともデンゼルの貴族か、それ以上が動いている事になる。最初に尋問していた男の「異教徒」という言葉から考えると、何らかの宗教団体の可能性もあるだろう。

デンゼル公国で信仰されている宗教は、どれもこれもがレヴァと呼ばれる主神と、それに纏《まつ》わる神々を崇《あが》めるものだ。故にそれはアークシアにおけるクシャ教と対比して、レヴァ教と呼ばれている。

あの男がレヴァ教のどの宗派に信仰を見出しているのかは結局聞き出せずにいるが……それは逆に考えると、盗賊達のアークシアへの侵入にその宗派が絡んでいる可能性が高いという事ではないだろうか。

次に奴等の目的地である『北』。ノルドシュテルム、教会の反貴族派、それと国外の人間がつながっている事はほぼ確定だ。

次の尋問では囮に隠れて動いた筈の、奴等の『本隊』についても聞き出さねばならない。

情報を書き込み終えたメモを机の鍵付きの引き出しに放り込んで、背筋を解すべくぐっと伸びをした。

◆

鞭の使用による筋肉痛に盛大に呻く事になった。

盗賊団への二周目の尋問が終わるか、という頃だった。

王都は貴族院より鳩《はと》が飛んできた。曰《いわ》く、国内に侵入を果たした盗賊団を国家的な警戒対象として定め、王軍により身柄を預かるという。

「十日以上も時間があった事を幸いと言うべきか……」

「奴等が国に取り上げられると分かってたのか？」

手紙に対して呟いた言葉に、クラウディアの代わりの護衛として隣に控えていたギュンターが反応する。私はそれにこくりと頷いて、何故そうなるのか説明を付け加えた。

仕事が詰まってはいるものの、季節は夏、暑さに集中力が切れる。少しギュンターとのお喋りに興じて気分転換を図るべきだと判断したのだ。

「捕まったとはいえ、奴等は国境防衛のための領を抜けて内地にまで入り込んでいるからな。アルトラスが滅びた大戦からこれまで一度も無かった事だ。王領の守りはそれ程甘くない。少なくとも、『単なる』盗賊団が入り込むのは不可能だ」

「……だが、実際に奴等は入り込んでるな」

「アークシアの国内情報は、国外、特に友好関係に無いデンゼルでは希少なものだとマレシャン夫人から教わった。平民なら尚更アークシアについての情報は少ない筈だ。デンゼルの中でアークシアとの繋がりを保っているのは、アークシアからの外交官が訪れるデンゼルの首都の宮廷だけ……アークシアの領境線についてかなり詳しく把握していたあの盗賊団は、デンゼルの宮廷と繋がりがあるという事だ。特にあの流暢《りゅうちょう》にアークシア語を話した男、あれは貴族の可能性がある」

一つずつ情報を紐解《ひもと》いて話すと、ギュンターの表情はみるみる渋くなっていった。平民である彼には国際関係に関する教養は無いが、それでもあの盗賊団が如何に『マズい』存在であるかは簡単に理解出来たらしい。

それほどまでにあの盗賊団の零した様々な情報は重大なものであった。だからこそ、手の届かない所へ連れ出される前に、情報を絞れるだけ絞っておきたかったのだ。

私は一旦口を噤んで、机の上の水差しを指差した。喋っていると喉が渇くのだ。ハーブを浮かべた水は独特の冷涼感と爽快感があり、夏の気温に惚《ほう》けていく頭をすっきりとさせてくれる。一気に全部喋ってしまって、話を再開させた。

「それに国内にも協力者がいる疑いがある。奴等は地理に詳しすぎた」

ユグフェナから彼らを『盗賊団』と断定した知らせが届いたのも気に掛かる。確かにこの情勢と連中の人数では何らかの作戦部隊であるとは考えにくい。しかし、正体不明の越境集団とすれば良いところを盗賊団であると知らせたからには何か理由がある筈だ。

「ああ、そうだな。でも、それならわざわざ警備の目の多い王都に盗賊団を移そうとする理由は何だってんだ?」

「王都の牢ならば、貴族なら囚人との接触は容易い。奴等を呼び寄せた連中は、どうにかして自分達の手の届く所に奴等を引き摺り出したい筈だ。もしもそれが懸念する通りノルドシュテルムの一派ならば、尚更ここに奴等が留められているのは都合が悪い事だろう」

「けど、それなら素直に渡すのは危険じゃねえのか」

「誰が素直に渡すと言った?」

予想はしていたのだろう。ギュンターは私の言葉に「まったく悪知恵の回るガキに育ったもんだよなあ……」と溜息を吐いた。

貴族院の命令にそのまま従って盗賊団の全員を差し出す気は最初から無い。尋問の権利はこの手紙が届くまでは確かに私のものだった。つまり、尋問の最中や捕縛の際に『殺してしまった』事にして、一人か二人手元に残しておくのが可能なのである。

「誰を殺すかは、これまでに得た情報から既に決めてある。最初に尋問をした男と、もう一人、ブロンドの髪の男だ。……私はお達しの通り、捕らえた盗賊を連れて王都へ戻るとする。移送のための隊を組んでおいてくれ」

「了解、お館様。いつ出発になる？」

「そうだな……クラウディア次第だ」

ああ、とギュンターは納得したように頷く。

クラウディアには現在、追跡に長けたシル族の戦士や領軍の兵士を連れて、カルディア領北部の領境線沿いを探索して貰っている。

盗賊団が陽動だというのなら、南側を派手に動いていた彼らに隠れ、その反対側……つまり北部を通過した者達が居る筈だという予想は立ててあった。二周目の尋問でその予想が確定した事実となったため、クラウディア達にその痕跡や足取りを調査させているのである。

情報を吐いたのはアークシアの言葉を解せない、一際若い数名の男で、自分達が陽動である事すら知らなかった。ただ生存率を上げるために北と南、二手に分かれて侵入する事で追手を割く作戦だったと彼らは述べた。一周目の尋問に耐えたのは、北を行った部隊が救助に来るという望みを捨てきれなかったからか。何にせよ、二周目でそれを吐いた彼らはもう碌な情報も持っていなさそうだった。

　末端の情報ではなく有益な情報を握っているのは、決定的な事を何も話さないまま二周目の尋問に耐えきった者達……。これ以上肉体的に痛めつけても無駄だと感じたその者達の事を考えて、さてどうしたものかと頭を捻《ひね》る。いつまでも盗賊団ばかりに感《かま》けている訳にはいかないのだ。

　テオメルに言った通り、王都での社交で他領から職人を受け入れる事になったのだ。領地にいるうちに出来る限り受け入れ体制の案も詰めておきたい。開拓地の問題も幾つか急ぎで解決出来るものがあった筈で、それにも手を付けなければならない。

　新入領民の受け入れとその関連事業全般を仕切るというのは、人生初めての内政仕事の癖に、やる事が膨大な数あって休む暇も無いのだ。領地の管理や復興作業等、テレジア伯爵の受け持ってくれる仕事を抜きにしてこれである。

　そう考えると本当に伯爵様々という訳だ。伯爵はもうご老体で、私はまだ僅か七歳なのだという事を考えると、理不尽とすら思える仕事の多さに少しだけ泣きたくもなった。

【第八章】

王都に戻り、連れてきた盗賊団の身柄を王都の治安維持組織である憲兵騎士団に預けて、その足でテレジア伯爵邸へと向かう。領地での事を報告し、私が王都を離れていた間にどんな事があったか、情報交換をするためだ。

「戻ったか」

「はい、伯爵」

「領内の被害はネザ村の娘二人のみという話だが、間違いないな?」

「盗賊団から直接的な被害を受けたのはそうです。捜索に割いたシル族の人手等を鑑みると、幾らか影響があります」

テレジア伯爵は未だ体調が優《すぐ》れないらしく、面会は彼の寝室で行われた。

寝間着に身を包んだまま寝台の上にいる伯爵は、こうして改めてよく見ると、記憶の中にある姿より頬の肉が落ちている気がする。自分が成長した事もあるだろうが、昔はあれだけ大きく見えたのに、今見下ろす伯爵は細く小さく……脆《もろ》そうに感じられた。

「お身体の方は……」

「唯《ただ》の疲労だ、問題無い。……流石に寄る年波には勝てぬな」

本来ならば先に言うべきなのは身体の具合を尋ねる事なのだろうが、伯爵と私が話すと今のように業務連絡優先で自分達の個人的な項目は大抵後回しになってしまう。

そういうところが、この老人を疲労で倒れるまで追い詰めた原因なのではないだろうか。――まぁ、お互い仕事だ。私の立場が彼にとっては部下なのか雇い主なのか、どちらかは知らないが、どちらにせよ伯爵の体調管理や仕事のペース配分は私が口を出すような事でもない。

「王都内では何かありましたか？」

伯爵の体調に関しては早々に話を打ち切って、本題に入る。途端に伯爵は、唯でさえ厳しい顔を更にしわくちゃにして渋面《じゅうめん》となった。これは結構な事があったようだと、自然に背に力が篭る。

「先日、王家主催の降臨祭が行われた」

「存じております。盗賊団の事さえなければ、私も参加する予定でしたが……」

「それに関しては、重要な社交の場を逃したな。降臨祭は年を通して最大の催《もよお》しでもある。話を戻して、その降臨祭の場で国王陛下からとある発表があった」

思いも寄らぬ話に、私は自分が無意識に瞬きをした事に気が付いた。

国王の口から不特定多数の臣下へ向けて直接出た言葉というのは、国を左右するものになる。とはいえ国王自らが国政の何事かを決めるという事はまず無い。

アークシアの王は国の運営・統治に関する全権を持つ。だが一人の人間には出来る事の限界があり、この国では王が貴族に代理権を与える事によって統治機構を形作っている。

ここ最近の貴族院で国王から直接宣言して貰うような議題は無かった筈だ。

「王子の事だ」

「……ああ、なる程。王家の事に関しては貴族院の詮議《せんぎ》に含まれないのでしたね」

漸く合点《がてん》がいって、相槌《あいづち》を打つ。王族関係と教会の事情に関しては現在勉強中で、話に対して情報を引き出すのに時間がかかってしまう。

先日マレシャン夫人から受けた講義によれば、国政に関する事柄には、貴族院の担当でない権利系統が二つある。

一つは外交に関する事であり、もう一つは王家に関する事だ。外交に関しては国王と大公家、上級貴族院によって決められ、王家に関する事は王族と教会と上級貴族院によって決められる。

「現在王族には数名の男児がいるが、王の直系男児が何人かは分かるな？」

「はい。王妃デュオニシア殿下の御子《おこ》であるアルバート様と、后妃《こうひ》エーヴァリス殿下の御子であるアルフレッド様のお二方ですね」

確認の意も込めてそう聞くと、テレジア伯爵はよしよしという風に頷いて肯定した。

「現在の王家の関係はまだ講義の最中だったたか」

「そうです」

「簡単に説明すると、王妃であるデュオニシア殿下はプラナテス公国の公女であり、后妃エーヴァリス殿下は王族であるメルリアート家の姫でな。王妃と后妃の身分には差が無く、二人の王子のどちらが王太子になるのか分からずにいた」

伯爵の説明した事は、最後に受けた講義で教わった内容だった。そこまで説明されると、話が何処に繋がるのかも漸く見えてくる。

「では降臨祭では王太子をどちらにするか、その宣言がされたのですね」

「左様《さよう》。后妃殿下の御子である、第二王子アルフレッド様が王太子の地位に就かれた」

「アルフレッド様？　アルバート様ではなく、ですか？」

予想していた方とは逆の名前が出てきて、思わず確かめてしまう。伯爵が頷いたので、どうも聞き間違いではないらしい。

慌てて講義の中で得た関連情報を記憶の底から掘り起こす。地位としての王妃と后妃の間には、アークシアの法の中では確かに身分差は無い。だが現在の王妃と后妃には、明確な身分の差が存在しているのだ。

后妃であるエーヴァリスはメルリアート家、つまり王族の出身だ。メルリアート家の者は現在の王朝であるテュール家と共に聖アハルの直系血族として脈々と受け継がれてきた王統であり、国内での扱われ方は大公家のそれと変わらないが、王族の一員という以外に身分を持たない。

一方で、プラナテスから嫁いできた王妃デュオニシアは、婚姻の際にプラナテスの地位を放棄していない。つまり彼女はアークシアの王妃でもあり、プラナテスの公女でもある。

それに、王子達には生まれ順の差もある。アークシアは絶対的な長子継承・嫡男《ちゃくなん》継承が法で制定されている訳では無いが、それでも嫡男継承が基本とされている。

母の身分が高く、また第一王子でもあるアルバートが次の王太子として目《もく》されていると講義の中で聞いた筈だ。

「誰もがその予想を疑っていなかった。アルバート様は王城の中でも聡明と名高い。王太子の器としては申し分無い筈なのだ」

「……では何故に？」

「解らぬ。それが解らぬ故に、現在の王都には動揺と緊張が広がっている」

なる程、とまた頷いて、情報を整理する。

王太子になる事が確実と思われていた第一王子ではなく、第二王子が王太子となり、第一王子を次代の王として考えていた貴族達が動揺している。……違うな、ただそれだけでは緊張が走る程の事ではない。

少し考えて、第一王子の母の出身について思い至る。

「リンダールへの警戒から、プラナテスの反感を買うのではと貴族達は思っている……」

「そうだな。今プラナテスを刺激するのは得策ではない筈だ」

誰もがそう思っているのだ。国王がそれに思い至らない筈が無いし、また上級貴族院もそれを踏まえた上で王太子を決めている筈だ。

「まあ、言っても詮《せん》無き事。我々のような一貴族には様子を見るしか出来ぬ」

困惑は確かだが、テレジア伯爵の言う事も尤もな事だった。王家や宮中の事など、私には雲の上の話なのだ。

「それでは、捕らえた盗賊団から聞き出した事をお話ししても？」

優先するべきはもっと直接的な事、領地に関係する事柄である。そう頭を切り替えて、話題もすぱっと切り替えた。

「聞こう」

「結論から言いますと、彼らは隣国からの工作兵を無事に侵入させるため、ユグフェナ三領の目を引きつける役目を負った囮でした。捕獲の後、尋問によってほぼ同時に別部隊が展開していた事実を把握。領の北側を捜索し、十数人以上の人間が通った痕跡も発見致しました。これらの事はユグフェナ王領の騎士、エルグナード殿を通して王領伯へと報告済みです」

足跡を辿ったところ、北を通った一行はバンディシア高原沿いを進み、夏の気温で多少通り安くなった黒の山脈《アモン・ノール》の数少ない低山を踏破してアークシアに侵入した事が分かった。シル族の居住していた地が無人となったため、それを支配下に置いたデンゼル公国の軍勢が公国側の黒の山脈《アモン・ノール》に展開を始めている可能性がある。

「北部を通った工作兵の部隊は領境線を越え、ヴァレジア領へと侵入したため、追跡は断念。ヴァレジア領へは既に王領から連絡が行っておりますが、黒の山脈《アモン・ノール》に沿う領地はその殆どが領軍を持たないため、発見は困難かと」

テレジア伯爵は溜息と共に頷いた。

「公表はしない、が、彼等がノルドシュテルムの勢力圏を目標としていた可能性だけは然《しか》るべき方々に通達しておこう」

お願い致します、と私も頷いて返す。貴族間のやり取りはパイプを持たない私では出来ない事だ。いや、この場合は伯爵が私のパイプという事になるのだろうか……。どちらにせよ、私が独自に貴族達との繋がりを増やしていかなければならない事には変わりない。

ぐったりとクッションに凭れかかる老人を見ながら、私は強くそう感じた。

テレジア伯爵から聞かされていた通り、王太子の件についての動揺は大きなものだった。王都中何処へ行ってもその話がされている。勿論貴族院でも議題として取り上げられた。

「宮中ではプラナテスへの影響をどのようにお考えなのか」

「リンダール情勢が不安定な今、友好的なプラナテスを刺激してどうするのだ」

「だがリンダール連合公国が成立すれば、デンゼル公国の存在により敵対するやも」

「であれば寧ろ、公女の立場を捨てぬ王妃殿下の王子を取り立てるのは危険ではないか」

「そもそも今この時期に王太子を定める必要は無い筈だ。アルバート王子の準成人までには後四年もある」

議論が始まった途端にこの混乱具合である。貴族院は王家の継承に対して直接関わる事は出来ないが、上級貴族院を通して間接的に関わる事ならば可能だ。白熱した貴族達は、不毛な言い争いが一段落すると参議として上級貴族院に席を置くエイドナー宮廷伯にその矛先を向けた。

一体どのような経緯があり、理由があって王太子の継承が決まったのか。エイドナー卿は自身も少々困惑気味にその問いに答える。

「今回の立太子《りったいし》の件に関しては、王家からの予告があったのは二月も経たぬ間の事なのです。参議や宰相《さいしょう》は全員反対の立場を取っていたのですが、王族と教会の方々は王妃殿下を除く全員がアルフレッド様の立太子に賛同しておりました」

「馬鹿な。アルバート様の優秀さを一番に認めているのは王家の方々の筈。メルリアート家の者はさて置いても、テュール家の全てがアルフレッド様を推《お》すというのは……」

信じられぬ、と声を上げたのはジューナス辺境伯である。国内で最も重要な領地を治める領主であるため、その発言力は下手な上級貴族院の議員よりも高い。

真っ向から反論されたエイドナー卿は、蛇に睨まれた蛙《かえる》の如く竦み上がってしまった。

まあまあ、とそれを宥め取り成すのはエインシュバルク王領伯である。こちらはジューナス辺境伯と同じく国境防衛の要《かなめ》であるユグフェナ王領と城砦を任されてはいるが、王領伯の地位は世襲の権利を有さないため王家への影響力はそこまで高くない。自然と役回りは王都と地方の貴族との橋渡しが主なものになるらしい。

議会の紛糾《ふんきゅう》を横目に、テレジア伯爵が静かに国外の情勢について説明を始めた。大人の貴族達に比べ、私の知識が圧倒的に不足しているため、貴族院に出席している時にこうして伯爵によるプチ講義が開催される事は多い。

「リンダールの情勢は、現在最も重要な場面を迎えていると言っても良い。リンダール連合公国成立の圧力を四公国から受け、リンダール王国が国家としての機能を失いつつある。王国の滅亡は即ち連合公国の成立を意味する」

「四方を四公国に囲まれていますからね。連合公国側としては中心地として押さえねばならない地という事ですか」

「それだけではないがな。四公国には国力の差が無い。中央をどの国が支配するかが、連合公国を成立させるにあたって最大の障害になっている」

「王国を取り込み、政治的な影響力を持たせない旗頭《はたがしら》にするという事ですか？」

それはかなり興味深い制度ではないだろうか、と思う。前世と違ってこの世界では、王という存在には国政を左右する力があるのが当たり前の事だ。リンダールの場合、四公国が一つに纏まるためだけに一つのトップを立てるので、そのトップには象徴としての役割以上のものはほぼ確実に与えられないだろう。

「成立させた後はどうなるか、と思うがな」

「さあ……選帝侯《せんていこう》と皇帝家の制度を利用するとか？」

「なかなか柔軟な発想だが、中央宮廷内の権力争いは激化するであろうな」

「国の頂点の継承というものにはどの国も頭を悩ませるのですね」

まさに今のアークシアのように、と付け加えると、伯爵は俄に笑った。その顔色は未だに青白い。床《とこ》から出られるまでには回復したようだが、まだ本調子ではないようだ。今日の通常集会に出席するためだけに無理を押して出て来たのだろうか。

「リンダール連合公国の成立が近いのであれば、やはりプラナテスを刺激するのは良くはないのではありませんか」

「難しいところだ。確かに四公国の中では、プラナテスは唯一の友好通商条約を締結《ていけつ》した国ではある。が、デンゼルは敵対国であり、ジオグラッドとパーミグランとは殆ど交流が無い。プラナテスとの関係を悪化させれば、関係が良くない方に傾くのは必至であろう」

そこまでならば理解は難しくない。第二王子アルフレッドの立太子に対し、貴族達が最も心配しているのがその部分だ。特にプラナテスとの国境に面しているジューナス辺境伯は、この件に対して神経質になるのも仕方の無い話だろう。

「だが先程誰かが述べたように、王妃殿下がプラナテスの公女としての地位を保持している事にも問題がある」

しかし、第一王子アルバートを次期王と定める事にも問題があるというのには、不勉強なのか理解が追い付かない。伯爵の言葉にも理由を探して頭を捻るが、どうしても分からない。仕方がないので、理由を尋ねる。ジューナス辺境伯領に面し、東部の国境防衛線の一端を担う領の領主であるからには、知らぬは一生の恥どころでは済ませられないのだ。

「……それは、どうしてですか？」

「ふむ。そうだな……プラナテス公爵の襲爵《しゅうしゃく》権は直系男子にのみ与えられるものではなく、その血族の男子全てに与えられるものなのだ。嫡男が優先されるとはいえな」

直接的な答えではなく、私が自力で答えに辿り着くために必要だと思われる情報が与えられるのも、いつもの事だ。テレジア伯爵は思考力を鍛える事に重きを置いているらしい。

王妃が公女の立場を捨てていないという事は、プラナテスでの権利の一切を放棄していないという事……なのだろうか。そうすると、その息子であるアルバート王子にもプラナテスの権利が与えられる……？

「王妃殿下が公女の地位を捨てていないので、アルバート王子にもプラナテス公爵の襲爵権があるという事でしょうか」

「プラナテスの法によればそうなる」

「なるほど。それは、問題ですね」

アルバート王子が王太子となれば、アークシアはプラナテスをほぼ確実に持て余す。仮令プラナテスが王子を利用して何かをしようとしなくてもだ。

王妃がアークシアへ嫁いで来た頃には何の問題も無かっただろう。だが、今はリンダール連合公国の存在がある。アークシアと拮抗《きっこう》する国力を持つ国の支配者の血をアークシア王家の血として受け継いでいくのはかなり危険だ。

やっと納得がいって、頭がすっきりとする。疑問が無くなれば自分の意見も持てるので、つまらない貴族達の言い争いも真面目に聞く意欲が湧くというものだ。

私の意見というのは、つまり、王家はリンダール情勢を鑑みて立太子の時期を考えるべきだった、という事だ。少なくとも最初の方に誰かが言っていたように、アルバート王子の準成人までは待つべきだったのではないか。

「…………ん、」

そこに、ふと、まるでフラッシュバックのようにある記憶が思考の海を浮かび上がってきた。

それは全く実感の湧かない、本に描かれた物語のような前世の記憶の欠片であった。

（リンダール連合公国の大公女エミリアは、隣国であるアークシア王国での結婚を望まれ、自分の夫を探すために王国の貴族が集う学園に入る事になる……）

――そうだ。確かあの乙女ゲームのプロローグがこんな文章から始まっていた筈だ。

だからといってそれが確定した未来の話であるとは、私は思わないが。どんなに貴族院が紛糾しようとも、アルフレッド王子の立太子は覆《くつがえ》らないのだろうという、漠然とした確信はどうしてか感じたのだった。

【第九章】

不気味な程何事も無いままに時間は過ぎていく。

立太子の騒ぎも、時が経つにつれて徐々に水面下へと沈んでいった。社交のシーズンが終わり、王都を賑わせていた領主貴族達が自領へと戻れば、どれほど衝撃的な話であろうとその話題性を保つ事は難しくなる。かと言って完全に沈静化したわけでもない。あの騒ぎは宮廷貴族を中心とした派閥形成の引き金として、確かに爪跡を残したという。

他の領主貴族の例に漏れず、私とテレジア伯爵も夏の終わりには王都を辞してカルディア領へと戻って来ていた。

警戒していた北方貴族には特に動きも見られず、ノルドシュテルムに出入りする怪しげな修道女達についてのファリス神官からの連絡も無く。相変わらず量の多い仕事に忙殺《ぼうさつ》されていると、気が付けばもう秋が終わろうとしている。

「もう直ぐ雪が降りそうだな……」

「ああ、もうそんな時期か。一年は早いな」

秋の最後の月にもなると、カルディア領の空気はキンと冷たくなって、いつ雪が降るかというような気温になる。雪が降り始めたら、暦にかかわらず冬の始まりだ。

王都から戻った後は黄金丘の館から殆ど出る暇も無く、毎日あちこちに手紙を飛ばし、資料や報告を纏め、書類を作り、テレジア伯爵の指示を仰ぎ、講義を受けたり弓や剣の稽古を受け……まぁ、そんな風に日々を送っていたからか、季節が過ぎるのに殆ど気が付かなかった。

気が付かなかった癖に、いざそれを体感すると疲れのようなものを感じて、ふっと軽く息を吐いた。白い靄となったそれは、目の前で冷たい空気にすぐさま融けて消える。

厚い毛織りのクロークに包《くる》まって、クラウディアを連れて東へと馬を歩かせる。本格的な冬入りの前に、新入領民の村の様子を見なければならない。

「覇気が無いな、エリシア殿。疲れているのだろう？　テオの所で少しは寛げれば良いが」

「エリザです、クラウディア殿」

「うむぅ、すまぬ」

「……いえ。ええと……そうですね。少し、疲れました」

疲れてはいない等と虚勢を張る気力も無しにクラウディアの言葉に頷く。クラウディアも少々くたびれた表情で、それもそうだろう、と返してきた。

今年の夏前に体調を崩してからというもの、テレジア伯爵の具合は依然として良くなっていない。当然彼が出来ない仕事を放《ほ》っとく訳にもいかず、手分けして熟《こな》す事になる。

私一人ではどう頑張っても手が回らず、ギュンターとクラウディア、それから領軍の中で最年長であるカルヴァンという兵士を組ませて、領軍の運営や各村の自警団、シル族の戦士との連携といった仕事を殆ど一任する事にした。残念ながらギュンターもカルヴァンも殆ど読み書きが出来ず、書類制作はほぼクラウディアに任されているのが現状となっている。

意外とクラウディアも忙しいもので、彼女は領軍全体の指導教官としての仕事もいつの間にかテレジア伯爵から振られていた。彼女は個人の戦技以外に、戦術や用兵術にも明るい。利用しない手は無いという事だろう。

お互いに明らかにオーバーワークだ。人手の足り無さがきつい。

「エリーゼ殿が外れたのも痛いな……」

流石のクラウディアも疲れを滲ませながら、憂鬱そうにそう零す。どうしようもない事は解っていても、ついつい溜息が漏れる。

「……いつ、例の修道女から接触があるとも分からない状況で、一度洗脳を受けたエリーゼを自由にしておく訳にもいかないですから」

エリーゼ――ラトカは、ファリス神官からの『警告』以降、もう一人の『エリーゼ』の従者として遠ざけ、屋敷内に軟禁して監視の下《もと》に置いている。

――ラトカは私が一月の眠りから目を覚ました後に、ふと思い出すかのように、何故私に石を投げたか語った事があった。

それは彼の生い立ちに始まり、精神を病んでしまった母親からの虐待や村人から受けた扱いの中で貴族に憎しみを抱き、とりわけ領主を恨んだために形《なり》振り構わぬ殺意にまで発展した、という内容だった。

けれど貴族に関する間違った認識を植えつけた修道女の事など、話の中には一切出てこなかった。

ラトカが修道女の話をしなかったのは、彼女達の活動に何の疑問も持っていなかったから――そして、ラトカ自身が個人的な感情でその記憶を他人に話したくなかったからだ。

つまり、ラトカの精神には、修道女達が付け入るための決定的な隙があるという事になる。

故に。冷静になった後に改めて、彼の存在を危険だと判断したのだ。敵対的な姿勢を見せるノルドシュテルムと何らかの関係があるその修道会の者に私の側にいるラトカが見つかり、『再利用』される可能性を懸念して。

その可能性を瑣末《さまつ》な事だと放っておく事が出来ない程には、既にラトカは私に近過ぎた。法を捻《ね》じ曲げて彼を生かした以上は外に放り出す事も出来ず、かと言って私が彼を信用出来ない以上、閉じ込めておくしかなかった。

……それを考え、実行したのは私自身だと、充分に分かっている。けれどそれでも、その事にはいつまで経っても感情がついていかない。

ラトカに対して私が行っている事は、やはり信用出来ないと遠ざけたカミルにした事と、何が違っているのか――――私は過ちを繰り返しているだけではないのか。

「…………」

「……エリザ殿？」

無言になった私を心配してか、窺うようにクラウディアが私の名を呼ぶ。ゆるり、と首を振って心に募る暗い感情を四散《しさん》させた。

「……いえ。明日の帰りに、ネザ村に寄ろうかと思いまして」

「ああ、あの娘達。少しは心の傷が癒えていると良いが」

クラウディアが頷いて、そこで会話が途切れる。後の道中はずっと無言に包まれた。

「お館様！　よく来たな」

出迎えなのだろう、村の入り口に立っていたテオメルが左手を上げて私達に声を掛ける。私とクラウディアも軽く手を上げてそれに応え、挨拶を交わす。

「やぁ、テオ。久しぶりだな。冬の準備はどうだろう？」

「久しぶり。まだ辛《かろ》うじて元気そうでなによりだ。冬の準備か……。順調だ、と言いたいところだけどな」

日の下で見ると、カルディアでの一夏を過ごしたテオメルは肌の色を随分と濃くしていた。元からやや赤みがかっていたのが、今や収穫期の小麦のようだ。

「灌漑《かんがい》工事が思ったより進んでない」

テオメルの簡潔な報告に一つ頷いて、村の門を潜る。この辺は他に人里が無いため、魔物避《よ》けと防犯のために塀を作らせてあった。

内側には奥の端から無骨な石造りの建物が数軒と、あとは建物の基礎部分ばかりが並ぶ。同じく石畳を敷いた道だけが幾つも作られており、まだ手付かずの手前側には遊牧民の天幕と、貴族院で掻き集められた簡易天幕とが所狭しと並んでいた。

これが新入領民の村の現状だった。

王都へ行く前に見た時と比べ、建物は六軒増えている。だが、六百人の村民が生活するには全く足りない。本来ならば二十人前後で暮らすための建物に、今はその倍近くの人間が入っているのだという。それでも未だ、三百近い人々が天幕暮らしを余儀なくされている。

「今は家には老人や子供を優先して住まわせているけど……」

「冬の間に土台の上で天幕暮らしをさせるのは無理だな。折角我が領の民となったのに、一年でミソルアの許へと送り出す訳にもいかない」

この辺りは春になると、黒の山脈《アモン・ノール》からの雪解け水で川や湖の水位が上昇し、氾濫《はんらん》してしまう事がある。

そのため建物の床を高く造り、セラ川や湖水地の治水工事を行っているのだが、新入領民は子供や老人といった労働力の低い者が多く、またそういった作業に慣れていない事もあって、なかなか上手く作業が進んでいないようだ。

その上、この村は他の村から距離があり、黄金丘の館からも最も遠くに位置している。深い雪に閉ざされるカルディアの冬で、簡易住居の村が孤立するのは危険だ。

「……よし。すまないが、新入領民の皆には今年の冬もまた直轄地《ちょっかつち》で過ごして貰おう」


テオメルに冬を迎えるにあたっての状況を確認し、彼等にどう冬を過ごして貰うかを決めれば、後は大した仕事は無い。

生活はどうか、足りない物は何か、病気や怪我をした者は居ないか等、細かな事を出来る限りの人に聞いて周る事にその日の残り時間を全て費やした。

この意見を元に来春にはこの村で受け入れる事になるカールソンの木工職人に優先的に頼む仕事や、購入する物資を決定しなければならない。館へ帰ったらすぐにでもベルワイエと話をしなければ。

夕食は普段食べている物を作ってくれと頼み込み、出来たばかりの家での宿泊を辞して、子供ばかりの簡易天幕に入らせて貰った。貴族制度とは縁の浅い新入領民達は快くその申し出を受け入れてくれた。

カボチャと川魚の蒸し煮と馬乳酒《ばにゅうしゅ》、魚介風味の青菜とチーズ入りのスープがその日出して貰った食事だった。カボチャの食感はほっくりというよりも滑らかで舌触りが良く、甘みは考えていた程強くないが、美味《おい》しい。

普段と同じ物をと言ったのに、チーズが入っていたのは恐らく持て成しだろう。彼等は山羊《やぎ》を少しばかり飼ってはいるが、チーズを作るには柑橘《かんきつ》系の果実が必要な筈だ。その入手経路が途絶えた今、チーズはどう考えても高級品の筈である。

「これがカボチャというものか。美味《うま》いな！　野菜の癖に濃厚な味があるではないか」

「そうですね」

クラウディアもカボチャを気に入ったようだった。ご満悦、という表情を浮かべて蒸し煮を頬張るクラウディアに、無言で二杯目が差し出されていた。

夜は自分と同じ年頃の子供達と、釣りの話を聞いたり、狩りの話をしたりして、生まれて初めて小難しい事など一つも考えずに寝落ちするまで喋り続けて、不思議とわくわくした気分でその日は眠った。

純粋に楽しかったのだと思う。次の日の出立《しゅったつ》が寂しいと感じる程に。


「領主様⁉　な、何か……？」

帰りがけに寄ったネザ村では、名主とその夫人に驚かれて……というか、怖がられてしまった。まぁ、唐突な来訪となったので、それも仕方ない事だろう。

「ああ、驚かせて済まない。……先日の娘達の様子を見に、新入領民の村への帰りに寄ったのだが」

「あの娘達の、ですか？」

困惑を顕わに名主はそう確認する。頷いて返すと、二人が慌てふためいて村娘達を呼びに行こうとしたので、私の方も慌ててそれを止める事になった。

「す、すぐに呼んで参ります！」

「待て、見舞いに来たのに呼びつけてどうする。こちらから訪ねる」

二人の村娘達は、片方に男性への恐怖が残ったものの、それなりに元気を取り戻していた。畑仕事や土木作業には出られなくなったが、農具の手入れをしたり、縄を糾《あざな》えたり、昨年飼い始めた鶏の世話をして過ごしているらしい。

新入領民の村のように一人一人から話を聞く事は出来ないが、何人かの村人に暮らしと冬支度について聞いてから帰路についた。

テレジア伯爵の領地立て直し政策も早五年、生活には少しずつゆとりが戻って来ているようだ。そろそろ輸入に頼ってばかりの布や糸を、自分達で生産出来るようにしても大丈夫だろうか。

来年にはヘンズナッド領から山羊か羊を買っても良いかもしれない。技術は残っている内に復活させねば、掛かるあらゆるコストが膨大に増える。意気込みの裏で、更に仕事が増えるという事実は意図的に無視した。


黄金丘の館の北側の丘の上に新入領民達の天幕がずらりと並んだのは、一度目の雪が降り終わり、久々に晴れ間となった日の事だった。

この光景はテレジア伯爵の指示で昨年も存在したようだが、私は初めて見る事になる。丁度その頃はリハビリと溜まった仕事で忙殺されていて、館から出る事も儘《まま》ならなかったのだ。

しかし、こうすれば新入領民が雪の中孤立無援になるのを回避出来る。老人と子供の割合が多い上、慣れない土地にこれまでと異なる生活様式とくれば、何くれと気に掛けてやらなければすぐに不満が溜まってしまう。

そしてそればかりではなく、明らかに良い効果を齎《もたら》す面もある。

直轄地の南に広がる、カルディア領で一番大きなクラリア村の住人達が、新入領民の文化や持ち物に興味を持って接してくれているらしい。

クラリア村は直轄地から近い事もあって、父の時代の傷跡が最も浅く、またテレジア伯爵の救済が最も早かった村だ。この村出身の見習い兵は多く、またこの村の娘と家庭を持つ領軍兵が多い事もあって、領主への悪感情は比較的弱い。また他領から来た平民が滞在する事も多いので、新入領民に対してもそこそこ好意的である。

「去年はカボチャや家畜、乳製品や布をパンや卵、藁、黒麦なんかと換えて貰ったな。食器を貰った奴もいたか」

テオメル曰く、どうやら物々交換も発生していたようである。父の悪政が始まる以前から生きている老人等は、特にチーズを欲しがったという。

ユグフェナ地方に残る古い言葉とアルトラス語は幾つかの単語が共通していて、それを使って意思疎通を行っているらしい。

「今年も出来れば積極的に交流を持ってくれ。クラリア村は村民も多く、物が集まるから他の村との繋がりもある。君達が領民に受け入れられるためにはかなり都合が良い」

領軍の兵に用意して貰った木の柵へ、馬を入れるのを手伝いながら、テオメルと冬の過ごし方についての話をする。

シル族の馬は体躯こそ領軍の馬に比べて小さいが、全体的にずんぐりとしていて体力に優れるらしい。よく躾《しつ》けられているが、気性は荒く、彼等の扱いに慣れていない私には柵の中に引くにも一苦労だった。

「とはいえこれ以上は家畜を潰せないし、チーズも作れないぞ」

「……レモンなら輸入出来ると思う。少しでいいから作って貰えないか？　その代わり、来春には山羊を十頭君達に与えるのはどうだろう」

どうせ山羊を領内に入れるのであれば、最も上手く扱えるのはシル族の者達だ。クラリア村やネザ村のように家畜を世話する余力が戻った村にも何頭か与えるつもりだが、種類の違う山羊を買うのだから、シル族の者達に先に任せ、その山羊に見合う技術を確立させたい。

「山羊を十頭か……。そうだな、他の氏長と話してみよう」

「助かる。それと、今年も騎馬兵を見て貰えるだろうか」

「ああ、それは問題無い。今年はあんたも居た方がいいが、参加出来るだろうか？　陣の展開や馬の扱い方を長であるあんたが覚えずどうする」

新設となる騎馬兵隊はルクトフェルド領の退役騎兵が指導してくれているものの、彼等は冬から春にかけては帰領してしまう。そこで昨年、騎馬民族であるシル族の戦士達に訓練を見て貰ったのだが、これがかなり効いた。馬の扱い方が根本から違うのだ。

「冬のみと言わず、暮らしさえ安定すれば、戦士を何人か領軍につけてやってもいいのだが……」

「いいのか？　一族を守る、大事な存在なのだろう？」

「いいや、今や俺達の民は戦士ではなくあんたに守られている。戦士の生き方を取り上げないのは、俺達の矜持を守るためじゃないんだろう？」

テオメルはそう言うと、ニッと口角を上げて強気な笑みを浮かべた。なるほど、確かにそうだ。

「……そうだな。君達の扱いは私の私兵なのだから、何も問題は無かった」

「上手く使ってくれ。あんたは俺等の王なんだから」

――んん？

思わず耳を疑うような呼称が飛び出てきたが、まぁ、気にしないでおく事にする。きっと彼等にとって氏長の上の地位は王になるのだろう。多分、それだけの筈だ。

【第十章】

曾祖父《そうそふ》の時代以前に建てられたという、伝統的な石造りである黄金丘の館は、冬になるとなかなかに冷え込む。暖炉の焚かれていない部屋の寒さは正に身を切るようで、壁も床も冷たい。

当然、暖房機能なぞ一片たりとも考えられていない地下牢は極寒となる。換気口として地上に直接繋がる小さな穴が開いている事もあり、冬の間は貯蔵庫よりも冷えるような有様だ。

冬の隙間風は強く、地下牢に灯る頼りなさ気な火が殊更に弱々しく揺らめいていた。

分厚い毛皮のクロークをしっかりと身体に巻き付けてそこへ降りていくと、ガシャンと音を立てて鉄格子が揺れる。

「どうした、騒がしいな」

「ここから出してくれ！　頼む！　凍えて死んでしまう……！」

格子の向こう側から悲痛な声でそう訴えるのは、夏からこの牢に入れられている二人の囚人のうちの一人、ひょろりとした体躯の男だった。薄物の服では防寒もままならず、寒さに震えている。

ブロンドの髪は見る影も無く汚れ、濁った色合いへと変化していた。

「黙れ……、命乞いなどするな……！」

その隣の房の奥から、もう一人の男が弱々しい声を精一杯引き絞って怒鳴る。歳嵩《としかさ》な分消耗が激しいようだ。最も甚振《いたぶ》ったのがこの男であった事が消耗の原因だろうか。彼は一番最初に尋問を行った、アークシア語を流暢に話す貴族の疑惑のある男で、また盗賊団のリーダー役らしきうちの一人だった。

どちらにも何も答えぬまま黙って眺めていると、ブロンドの髪の男は苛立ちと焦りに任せて隣の房に怒鳴り返す。

「煩い！　そんなに死にたいなら、お前一人で死ね‼　俺は、凍え死ぬのは嫌だ……っ！」

「貴様ッ……神への忠誠を忘れたのか……！」

「そんなもの‼」

男が柵を殴り付ける。どうやら長い監禁の末、命を脅かされる冬の寒さにとうとうこの男の精神は屈したらしい。

「なぁ、何でも喋る……何でもだ…………助けてくれ、ここから出してくれ……。足が、足の先が痛くてたまらないんだ……！」

足の先に激しい痛みというのは、おそらく凍傷だろう。靴を与えずにいたため、手の指より先に凍りついたようだ。雪が降り、急激に気温が下がったのはもう七日程前の話だ。恐らく既に、患部は完全に壊死《えし》しているだろう。

「……そうか。ああ、いいだろう。情報を喋れば、そこから出してやる。足も見てやろう」

酷い猫なで声が出た、と思う。珍しく唇の端が勝手に釣り上がった。

「本当か‼」

「勿論。正直こちらも、だんまりを決め込む連中を何時までも世話しているわけにもいかないんだ」

ブロンドの男が快哉《かいさい》を叫ぶと同時に、もう一人が怒気を孕んだ声で呻く。

「何が、世話だ！　こんな……！」

「黙れよッ‼」

「貴様こそ、この、恥知らずめが‼」

精神的な余裕の一切を失っている男達が怒鳴り合うのを、静かに観察しておく。演技ではないらしい。二人には構わずに兵士を呼びつけて、ブロンドの髪の男を牢から出した。

「ヴァロン！　行くな‼　ヴァロンッ‼」

遂には哀願の如き男の叫びを背後に、地下牢の扉は閉められる。

ヴァロンと呼ばれたブロンドの髪の男を領軍基地の禁錮室《きんこしつ》へと案内するよう、男を引き摺る兵士達に言い付けて、それから私はラスィウォクを呼びに階段を登った。


三階のラトカの部屋の前で寝そべっていたラスィウォクをやっと見つけて肩を落とす。何故そこにいるのか……。

ラスィウォクには尋問に立ち会って貰うつもりだった。あのブロンドの髪の男は大型の獣に慣れていない。ラスィウォクの存在があるだけで恐怖し、酷く狼狽えるのだ。

けれど、忠実な筈のラスィウォクはラトカの部屋の前から動こうとしない。自分よりも大きな獣はどんなに押したところでびくともしなかった。

ラトカと顔を合わせる事は勿論避けている。あんな風に感情をぶつけてはっきりと拒絶され、顔を合わせた際に何を言われるか、何と言い返せばいいのか――碌に考える事も出来ていないのだから、当然そうなる。

感情がついていかないのが何故なのか、私は既に分かっている。分かっているのに、どうする事も出来ないのだ。

恨みがましい目で睨む私に、ラスィウォクが呆れたように喉を鳴らす。

狼竜《ドラカニス》は知能は高いが、人のように複雑な思考を持たず、感情の表現が単純だ。ラトカに嫌われたくないなら、嫌われるような事はしなければいいのにと、その目は雄弁に、そして純粋に物語っている。

この野郎、などと心中で毒吐《どくづ》いた。前世の記憶が色濃く思い出されてからというもの、そういった粗野な言葉が衝動的に浮かび上がる事も多くなっている。毒吐いた相手である狼竜《ドラカニス》はさっぱり気にした様子もなく、ごろりと廊下に寝そべったまま、蛇そっくりの長い尾をぱたん、ぱたんと左右に振っている。

連れて行くのは諦めるしかないか。ラスィウォクの存在が必須だった訳でもない。寒さに負けて命乞いをするほど弱り切った精神の男だ。牢に戻すと言えば幾らでも揺さぶれる筈と考え、ラスィウォクから手を放して踵を返す。

……その瞬間、つんのめって顔面を廊下に打ち付ける事になった。

鼻に強烈な痛みと熱を感じる。床が絨毯敷きだったおかげで怪我こそしていないが、痛いものは痛い。それよりも、だ。背中から酷い圧迫感がする。ラスィウォクが何かを乗せているのだ。呼吸音が近いので、恐らくは頭だろう。私のクロークの裾を咥《くわ》えて転ばせ、剰《あまつさ》え身動きが取れないように押さえつけるとは、なんという奴だ。

鼻を押さえて顔を上げると、鼻から温い液体が伝うのが感じられた。鼻血である。

「…………ラスィウォク」

地を這うような声が出たが、背中の重みは消えようとしない。藻掻こうとも無駄である事は分かっていたので、大人しく袖で鼻の下を押さえた。服はそれなりに高価だが、絨毯はもっと高いのだ。

そこへ、階段を上がって来る小さな人影があった。本を脇に抱えたラトカである。なんというタイミングで来るのか。

「え……、はあ？」

ラトカは何よりも先に、困惑した様子を見せた。

無理もない。私の普段の行いを鑑みるに、廊下に寝転がって鼻血を押さえながら背に狼竜《ドラカニス》の頭を乗せられている私の姿などなかなか想像出来ない光景だろう。

「……えっと、何してるんだ？」

「何かしてるように見えるか？」

憮然として答えると、慌てて駆け寄ってきたラトカが私に乗っかるラスィウォクの頭をぼんぼんと叩いた。そうして漸く、のっそりと背の上からあっさりとその重みが消える。

この野郎。もう一度私は心中でそうラスィウォクを罵った。最初からこれがこいつの目的だったのだ。

「あー……とりあえず、鼻血を止めようか」

何とも言えない表情を浮かべて、ラトカは自室の扉を開けた。

寝台と書案《つくえ》、箪笥《たんす》、それと紙束と本が収まった棚。ここ一年は入らずにいたラトカの部屋は、棚が増えた以外は以前と変わらずがらんとしている。私が家具も給金も与えていないので当たり前だ。しかし、寝台に腰掛けながら部屋を見回してみると、部屋が広いだけ寒々しく思えて、ソファくらいは置いてやるべきだろうかとも思う。

「はい、こっちの布で鼻押さえて」

ラトカは口をへの字に曲げたまま、私の面倒を見ていた。ダルマティカの袖で鼻血を押さえているのを見るや否や棚の隅にある救急箱から清潔な木綿布の端切《はぎ》れを取り出してそれを渡してくれ、窓を少し開けて部屋の空気を入れ替える。

暫く大人しく座っていれば、自然と鼻血は止まった。打ちつけた顔面の痛みも引いてきている。しかし、今そのまま出ていけばおそらくラスィウォクは全く同じ事をもう一度するであろう事は分かっている。

少しの間迷ったが、無難な言葉を掛ける事にする。

「……エリーゼ様はどうした？」

「ああ、今日は少し発作があって、疲れたのか今は眠ってるよ。最近は発作が出る事が多くなってるみたいだ。この一年、折角熱を出す回数が減ったって喜んでたばかりなのに」

エリーゼが寝ている間はラトカの仕事は無くなる。その時は本を読んで過ごしているらしく、部屋へと戻ってきたのはそれまで読んでいた本を読了したため、戻して新しいものと替えるためだったらしい。

ラトカの言うとおり、ここへ来たばかりの頃は体力の無さから熱を出して寝込む事が多かったエリーゼだが、カルディア領へ来てからは気候が良いのか徐々に動けるようになっていた。だからか、発作が多くなったという報告には眉を寄せてしまう。

「医師は今の所様子を見ているみたいだけど、エリーゼ様本人は病気が酷くなったのではと考えているみたいだ」

「上手く励ましてやってくれ。私も出来る限り見舞おう」

エリーゼの発作は本人の精神状態にも大きく影響される。気が弱くなると発作が出る事が多くなるのだ。

「そうしてくれ。俺が来てからはずっと訪ねて来てくれないと零していた」

「……そうか」

顔を合わせるのを避けていたのはラトカであってエリーゼではないが、エリーゼ付きにしたラトカを避けていたためにエリーゼの部屋ごと避けていたのは事実だった。忙しさにかまけて見舞いに行く時間が取れないのだと自分に言い訳をしてはいたが、こうして実際に彼女の言葉を伝えられると酷い罪悪感だ。

何も言えずに頷くと、ラトカは目を眇《すが》めて私を見つめた。

「……俺ではなく私と言え、とはもう言わないんだな」

奇妙に冷めた声音だった。はっとしてラトカを見つめ返す。彼の表情は消え失せて、凍り付いているように見えた。

「それは……」

言葉に迷う。ラトカの紅茶色の瞳が、私の内側を見透かそうとするかのように私の赤い瞳を覗き込んだ。その冷たさに息を呑む。

きっとその目は誰よりも、私の目に似ているのだ、と直感が囁いた。

「お前が俺を殺さなかった事に、恩着せがましい事を考えてない事は何となく分かってたよ。だから、ずっと考えてた。わざわざ俺に教育を施して、傍に置く理由は何だろうって。お前は俺を明らかに甘やかしてた。多分、あれだけ言ったのに結局俺を殺さないって事は、今もそうなんだろうな」

「………………」

「でも同時にお前は、俺を支配したがってもいた。だから『ラトカ』という存在を殺したんだ。お前は、俺を『ラトカ』じゃない、別の存在にしたかったんだ。そうだろ？」

「違う」

言い切りながらも、私の声は震える。ラトカが言わんとしている事が分かる。私はそれに薄々感づいていながらも、この一年、自分自身でそれを封殺してきた。

「多分、違わないよ。お前はどこかで俺に、あいつを……カミルを重ねて見ようとしてた」

喉の奥が凍り付く。やめろと言いたいのに、声が出ない。

「俺をあいつの代わりにしたかった。だから気安い口調で話したし、傍に置こうとした」

頭が熱い。様々な感情が手が付けられない程に暴れまわっていた。目の前がちかちかと明滅する。

知られていた。自分でも見たくなかった心の内を、よりによって本人に。

「──、」

引き攣った喉から言葉にもならない声が洩れる。無意識に握り締めたのは左の手首だった。服の内側で細い鎖が皮膚へと食い込む僅かな痛みがする。

「なあ。お前は、俺の事を考えてる？　……俺はずっと、お前の事を考えてる。憎しみをぶつけるためにお前の事を考えて、お前が現れたらお前をどうやって殺せばいいか考えて、生かされてからはお前が何を考えてるのかを考えて……」

こんなの不公平だと思わないか、とラトカは唇を噛み締めた。

「俺はお前の都合で生かされてるのに、お前は俺の都合なんか一つも考えてくれない」

全くその通りだった。

言葉を放つ度、ラトカの表情は痛みを堪えるかのようなものに変わっていく。

「……俺の話を聞こうともしてくれなかった。俺はあの時、別に誤魔化そうとしてた訳じゃない。ただお前が何に怒っているのか分からなくて、先に落ち着かせようとしただけだったのに」

はあ、とラトカは溜息を吐きながら天井を仰いだ。そのまま、書案の椅子へ糸が切れるかのように力無く座り込む。

「俺はさ、お前が俺の事を生かしたいのか、殺したいのか、分からないし、俺も生きていたいのか、死にたいのか、もう……もう分からないんだ。死にたくないけど、何もかもお前の思い通りになって、『ラトカ』を殺して生きるくらいなら、死んだほうがマシだって思って……」

声に、涙が滲む。初めてそんな声を聞いた。

私は。

私はどうしてこんな事を、こんな幼い子供に言わせているのだろう。

項垂れる。余りに情けなくて、ラトカの方を見る事すら出来ない。

「……ずっと考えてた。けど、俺はやっぱり、……何もかもお前の思い通りに変わってやるのは無理だよ。………ごめんな」

どうして。どうしてお前が謝るんだ。

謝らなければならないのは私だ。お前が私に石を投げる事になったのも、自由を奪われて生きる事になったのも、──何もかもは私の罪のせいなのに。

今になって、何故あれほどまでに自分が激昂したのか理解出来たような気がした。

おそらく私は勝手に、彼に裏切られたと感じていたのだ。

それは……それは、なんて──傲慢なのだろう。

「……お前は、確かに、私にとっては必要も無いのに、捨てられないだけの存在だ」

私は──ラトカとの関係を、ゼロにしたいと思った。マイナスから始まり、私が捻くれさせてしまった、その関係を。

故に、お互いにとっての致命的なその言葉を、私は口にするしかなかった。

「お前自身を必要としたかった。お前を殺し、そして勝手に生かした責任を取る必要があったから。お前の命を私にとって特別なものにしたかった。殺せないのではなく、殺したくない存在として、傍にあって欲しかった」

けれど、無理だった。無理矢理カミルのように接してみたところで、私とラトカの関係は上辺《うわべ》だけしか変わらない。

私の態度のせいで、私と彼はお互いに抱いた不信感を隠し、互いに無理解のまま──、いや、ラトカだけが私を理解しようと、歩み寄ろうとする、もっと酷い関係になっていたのだ。

被害者側のラトカに、加害者である私が、理解を強《し》いるなど。

「お前を殺す事は出来ないんだ。私は――私が生を受けてから、領民はどれだけ苦しんだ？　どれだけの人が甚振られて死んだ？　どれだけの――死が、私が見過ごした、罪が」

それは、ラトカだけがはっきりと口に出して指摘した、私自身の罪だ。私には領民に対する罪がある。

沈黙が落ちる。私は力無く立ち上がると、ふらふらと揺れる身体を引き摺るようにしてラスィウォクの待つ扉を押した。

「そうか、それが理由なんだ……」

扉が閉まる寸前、ぽつりとそんな言葉が私の背を追って来た。

結局私は、ラスィウォクを伴わずに一人で取り調べを待つ男の許へと向かった。

◆

事前に聞き取りを行っていたクラウディア、ギュンターから聞いた話を元にヴァロンに取り調べを行うと、本当に一切の隠し立てをしていないのか、不審な言い淀《よど》みや即答、矛盾も無く、あれこれとその男は話をした。

曰く、盗賊団のうち自分を含む数人はレヴァ教・西方アルフェナ教会の信徒であり、自分達に指令を下した教会がその西方アルフェナ教会である。

曰く、更にそのうちの何人かはデンゼル公国の貴族である。

曰く、アークシアへ来たのは教会からの指令を果たすためである。

曰く、指令内容はオーグレーン領で待つデイフェリアスという女に会い、女に協力するというものだった。

曰く、自分達はデイフェリアスへと仲間達を無事に合流させるため、撹乱を目的にユグフェナの領土を敢えて進んでいた。

曰く、カルディア領で止まったのは、ユグフェナ地方の領の中、或いはアークシアで最も荒廃した領であり、追手から逃れる事が出来ると考えられていたからである。

曰く、残りの盗賊団のメンバーは本物の盗賊であり、自分達信徒に雇われていた。

曰く、デイフェリアスという女は西方アルフェナ教会に莫大な額の寄進を行っている。

彼らを捕らえてから四月が経過しようとしているが、これまでにこういった固有名詞が語られた事は無かった。

「デイフェリアスはお前達を使って何をしようとしていた？」

「さあ、詳しくは分からない。アークシアに対する何らかの工作活動である事は確かだと思う」

工作活動、か……。脳裏を過るのはやはり、不審な動きを見せるノルドシュテルムと、その領地に出入りを繰り返している修道女達の事だ。特に修道女は貴族についての悪評を広め、アークシアの秩序を崩さんと活動している危険因子である。

合流場所となっているオーグレーン領の領主家は現ノルドシュテルム領主の妻の実家だという話だ。彼等の怪しげな動きについて、オーグレーンも加担していると考えたほうが自然だろう。

「では、西方アルフェナ教会はアークシア王国へ進出したいのか？　それともアークシアを崩壊させたいのか？」

「勿論、崩壊させたいんだろう。邪教たるクシャ教の上に成り立つような国家など……と、ラミズのような狂信者連中は本気で考えている。お……俺は違う。親はそうだが俺は金が目当てであの教会に入信していた。何せ、儲かるしな。デイフェリアスのように、デンゼルの内外を問わずアークシアの破滅を願って金をつぎ込む信徒は多い」

だからこそ、そんな思想に付き合って沈黙を通すために死ぬなどごめんだ、とヴァロンは吐き捨てた。どうやらラミズというのが未だ館の地下牢に残っている男の名であるらしい。尤も、後は冷凍死体になるだけの男にすでに興味は無い。

それにしても、と思う。ヴァロンの話を信じるならば、その西方アルフェナ教会というのは教会とは名ばかりの反アークシア闘争を目的としたテロ集団、或いは組織となる。しかも、支援者も多い。

「そういう立場ならば、他の信徒の目的も分かりやすいだろう」

「ああ、そうだな。狂信者以外で寄進を行う連中は、大抵が商人で、後は貴族だ。商人はアークシアの属国の利権を狙う奴だったり、武器や薬を扱う奴が多い。それから貴族は土地が欲しい連中だな」

つまり、戦争が起こると得をするものという事か。商人は戦争特需《とくじゅ》であったり、或いは属国をアークシアから引き剥がす事を狙い、力のあるテロ組織に投資する。

貴族はアークシアの領土が欲しいため、いざ実際に戦争が起こった時に少しでも有利になるよう、工作員を抱えたテロ組織に投資する。

……それに、我が国の貴族であるノルドシュテルムが加担しているかもしれないというのか。

煮え湯のような灼熱の感情が、腹の底のあたりでごぽりと気泡を浮かび上がらせる。

「だが、それほど派手に活動しているのであればもう少し知名度が有る筈だ」

「西方アルフェナ教会は教会としての規模は小さい。元の教会が大きいから、そっちの傘に隠れてるのさ」

……レヴァ教の主要な教会は、クシャ教と違って複数存在する。しかし、そのどれもが傘下となる小教会を幾つも抱える構造になっているらしく、確かに小さな教会は情報が出回りにくいだろう。

主要な教会にはどれも、『西方』や『アルフェナ』という単語が入った教会名は無かった筈だ。

調べるにしても無理がある。全ての小教会ともなれば、それは膨大な数になる。特に、教会としての本来の活動規模が地元民にしか知られないような小さなものであれば、洗い出すのは不可能に近い。

黙して考え始めた私を、ヴァロンは暫く黙って待っていた。だがふと何かを思いついたのか、なあ、と声を掛けてくる。

「アークシアの子供ってのは皆、お前みたいに気味悪い程頭が回るのかい」

「……さあな」

「お前、見た所十にも満たない年だろうに。デンゼルに生まれていたら、悪魔が憑《つ》いてると言われて殺されてもおかしくないくらいだ」

まあ、アークシアに生まれた時点でデンゼルの民から見れば半分悪魔に憑かれたようなものだけどな。と男は続ける。

思い切り自分の眉間に皺が寄ったのが分かった。悪魔という概念はクシャ教には無いが、東方国家で使われているロムール・リングワール語派では使用度の高い単語だと習う。前世の記憶がある私には、その概念の理解も容易かった。

それ故に、反応してしまう。悪辣《あくらつ》なるカルディア家の行いの数々を、他でもない前世の私が『悪魔の所業』だと考えていたからだ。

「悪魔……か」

そして私は、これから私が男に告げる言葉を思う。まさしくカルディアの名に恥じない、悪魔の所業だろう。

「お前の話はよく分かった。私も約束を守ろう」

「――本当か！」

喜色を浮かべる男に、私も微笑みを返してやる。

「ああ、勿論だとも」

席を立つ。それと同時に、ヴァロンの両腕を左右から二人の兵士が拘束し、椅子からおろして膝立ちにさせる。私は背後のギュンターから細剣を借り受けて、それを男の喉元へと翳《かざ》した。

「……えっ？」

男の笑みが凍り付く。それが彼の最後の声となった。

鎖骨の間、少し上の喉の柔らかいところから、頸椎《けいつい》を避けて貫く細剣の切っ先が首の後ろへと飛び出す。ごぷり、と男の口から赤褐色の血が溢れ、床に零れた。

「――……言い忘れていたが、お前は既に死人なんだ。つまり、牢から出るのは死体だけという事になる」

男の瞼が細かく震え、血の気の引いた唇が戦慄く。

声こそ出ないが、その唇は悪魔め、と動かされていたような気がした。

今更だ。エリザ・カルディアとしてこの世界に生まれ落ちた時点で既に呪われたようなものだった。

そもそも、元から盗賊団の者達を私自身が生かして解放するつもりなど、無い。私の領民を傷つけ、犯したのだ。死んで償って貰うのは当然の事だった。

◆

「エリザ様、夕食の時刻となりましたよ」

声を掛けられて驚いた。

午後からずっと部屋に篭って書類仕事を片付けていたが、気付かないうちに熱中し過ぎていたようだ。

顔を上げると背と首に鈍い感覚がした。随分長い事脇目《わきめ》も振らずに仕事をしていたらしい。日中も薄暗い冬であるためにずっと灯したままだった蝋燭を見れば、随分短くなってしまっていた。

「あぁ――ありがとうございます、オルテンシオ夫人」

扉の前に立って私を呼んだのはのオルテンシオ夫人だった。部屋から出て来ない私を呼びに来たらしい。外はもう完全に暗くなっているようで、彼女の手にはランプが握られていた。そこに灯った明かりが、夫人の瞳に反射してゆらゆらと揺れる。

「すぐに行きます」

インクが跳ねたり零れたりしないようにそっと羽ペンをペン立てに戻してから立ち上がった。

オルテンシオ夫人がするりと入室して、上着代わりのローブを着させてくれる。部屋の中は暖炉や、暖炉で温めた空気を送り込む暖房機能によって温度を保っているが、廊下はその限りではないのだ。

「……エリザ様」

ローブの襟元の紐を結び留め終えたところで、ふとオルテンシオ夫人が口を開く。ゆったりと微笑んで、彼女は優しい眼差しで私の目を覗き込んだ。

「何でしょうか？」

「貴女は、とても立派です。領主として在ろうと心掛け、そしてきちんとお勤めを果たされております」

夫人は私の手を取り、両の掌で包み込む。瞠目《どうもく》して見返す私の視線にやはり微笑んで返して、言い聞かせるようにゆっくりと言葉を紡《つむ》いだ。

「ですが、その前にエリザ様は、一人の子供でもあるのです。立場が大人と変わらないからといって、ご自身を大人として扱うのは、間違っていますよ」

それはまさしく、子供に諭すように。

「……出来ません」

苦々しい思いで呟く。オルテンシオ夫人の言葉は春の野風のように温かく、柔らかい。私の乾いて罅《ひび》割れた心に、するりと入り込んで来る。

だからこそ、苦しい。恐ろしい。身の竦む思いに、合わせられた視線を外してしまいたいとさえ感じる。

暖炉の薪がパチンと一際高い音を立てて爆《は》ぜた。

しかし、オルテンシオ夫人は全くそれが耳に入らなかったように、私から目を逸らさない。

「いいえ。貴女はご自分を子供として認め、扱わなければなりません」

随分はっきりと言い切るものだ。夫人の眼光は未だ優しい筈なのに、力強い。それが、怖い。

「エリザ様。確かに私は、テレジア伯爵からこの仕事を頂いた際、貴女様を大人として扱うように、と指示を受けました。ですが、貴女は子供なのです。その事実はどうしたところで変わらない。エリザ様がずっと苦しい思いを続けているのは、誰も……そして何より貴女様自身が、エリザ様の事を子供として認めないからなのだと、私は確信しております」

「……止めて下さい」

ギリ、と奥歯が鳴る。

聞いてはいけないと、これ以上この女に何も言わせてはならないと、頭の奥でけたたましく叫び声を上げる存在がある。

息が詰まる。柔らかな真綿《まわた》で首を締められているような気分だ。

「この屋敷には、不幸な事に誰も子供を育てた方がいらっしゃらない。だから、どうすればエリザ様が楽になれるのか、皆分からないのだわ」

オルテンシオ夫人の口調が、親しみを込めて砕けたものになった。彼女は私の手を包んでいた両手で、今度は私の肩を包み込む。

駄目だ。これ以上は本当に。私の頭の奥で、絶叫が迸る。

ここから逃げ出してしまいたい。そう思うのに、一歩も動けなかった。根が生えたように棒立ちになった私を、彼女の腕がそっと包み込んだ。壊れ物を扱うような手付きだった。

「貴女様は、まだ、人に甘えても良い筈なのです」

耳元に囁かれたその言葉が、とろりとした蜜のように私の脳に甘美な痺れを齎《もたら》した。

夫人から温めたミルクのような、ふんわりと甘く優しい香りがする。人肌の暖かさに触れる私の肌が、その温度を恋しがって溶けたがる。

目の前にある夫人の肩に、身体から力を抜いて寄り掛かってしまえたら。

これは暴力だ、と思った。抗《あらが》えない温もりがそこにある。腕の中と外には全く違う世界が広がっていた。

瞼の裏側が熱を持つ。喉の奥が酷く痛い――熱く、苦しい。

「……エリザ様？　泣いているのですか？」

ぼろ、と。下瞼の縁に溜まったぬるい水が決壊して零れると同時に、あやすようにオルテンシオ夫人の手が私の背を撫で擦《さす》る。

「――止めて下さい」

それでも、無様《ぶざま》にしゃくり上げる事だけは、出来なかった。

――苦しみたくないのであれば、独りで立つのだ。弱みを作るな。其方の行く手には敵が多過ぎる。

死を穏やかに語ったファリス神官の忠告が、頭の中で幾度も響く。

「離して下さい、オルテンシオ夫人」

言うと同時に夫人の肩を両手で押した。彼女の目が、僅かに驚き、次いで憐《あわ》れみに彩られたのが分かった。

心臓がばくばくと音を立てている。今にも破裂するかと思えるほどに激しく。

袖元で目元を覆って、よろけるように後ろに下がった。オルテンシオ夫人の腕は私を引き止めはしない。机へと背が軽くぶつかるまで下がって、漸く私は奇妙な程の安堵を感じた。

オルテンシオ夫人の吐く、緩やかな溜息の音が聞こえる。

「……無礼な事だとは分かっていますが、私は昼間、エリザ様と黒髪の方のエリーゼ様の会話を聞いてしまいました。扉越しでしたから何から何まで聞こえた訳ではありませんでしたが……貴女達があんなにも食い違ってしまったのは、子供としての経験が足りてないからよ。エリーゼ様も、エリザ様も」

その一言を最後に、足音とともに気配が遠ざかっていった。身体から力が抜けていって、ずるりとその場に座り込んだ。

両手が震える。あの甘美な誘惑とは別の恐怖に戦慄いているのだ。

どうして私は、オルテンシオ夫人の言葉を拒否してしまったのだろう。

相反する感情にむせび泣きそうになるのを、必死で噛み殺していた。それでも頭の奥では、これで良かったのだと自分に言い聞かせる私がいた。

夫人の言葉はきっと、正しい。

けれど今、彼女に子供として扱われてしまえば、弱い私は独りで立てなくなってしまうという確信があった。

「……カミル」

彼のくれた鎖のついた左手首をギリギリと握り締める。助けてくれ、と言いたかった。大人であらねばならない私と、子供である私の両方を認めてくれた彼を、これほど痛切に必要だと思った事があっただろうか。

――けれど、きっと彼がこの場に居たとしても、私はその言葉を言わなかっただろう。

独りで立つのだ、というあの言葉の真の意味を、私はここに及んで漸く知った。

【第十一章】

「エリザさまー、そっちの馬にもご飯やってー！」

「分かった、やっておく」

自分と同じような大きさの子供達が、飼い葉を桶に入れてあちこちを走り回っている。

私もその子供の一人として、腕に抱えた桶の中に大量に飼い葉を追加すると、示された馬の一団の方へ向かった。

桶は重いし、馬は好き勝手に動き回るので急がなければどの馬が餌を食べてないか分からなくなる。冬だというのに汗だくになりながらの作業だ。しかし不思議とそれが、心地好いというか、楽しいというか。

「お館様、大丈夫か？」

「ああ、勿論」

様子を見に来たテオメルにはきっと、こっくり頷く私が酷く子供っぽく見えたに違いない。彼は苦笑を浮かべると、それ以上は何も言わずに立ち去っていった。

ラトカ、オルテンシオ夫人と立て続けに精神的な揺さぶりを受けた事で、私の内側はまるで嵐の過ぎた後のように滅茶苦茶になってしまった。

これ以上誰かに何かを言われるのは、情けない事だが、耐え切れない。特にオルテンシオ夫人のように、純粋に子供として扱おうとされると、自分の中の何かが決定的に崩れてしまう気がして、只々恐怖が募るという有様だった。

黄金丘の館の住民の殆どが今や恐ろしく感じられた。不信に続き恐怖症とは、精神的に不安定だという事が嫌でも分かる。自分でも呆れるくらい、自分の内面の未熟さが浮き彫りにされている。

だから――そこから逃げ出す事にした。俗に言えば、家出である。

仕事を放り出す事はどうしても出来ない。そのため、家出先は隣の丘の上で冬の間だけ暮らす事になった新入領民の天幕だ。

朝には仕事をしに館へと戻るが、重要度や優先度の高い書類から一気に捌いて、昼には出る。随分と中途半端な家出になったものだ。

元々冬の間は、午後の時間を仕事ではなく武術の稽古や領軍の訓練に当てるつもりでいたため、仕事量には特に問題は無い。兵舎から戻る先が自分の部屋ではなく、隣の丘の天幕になるだけだ。

勿論これは、唯の逃避だ。自分でも十分に解っている。

それでも環境が変われば、附随して変化するものもある。オルテンシオ夫人やラトカといった、今は顔を合わせづらい者達に遭遇する確率は減る。未ださざくれだった感情も少しは落ち着くだろう。

――感情や私の年齢が原因である以上、時間が過ぎれば、解決される問題もある筈だ。

そう、私は今になって、自分の内面の未熟さと自分が精神的に『子供』である事をイコールで結びつけるに至ったのだ。

同じ年頃の子供と過ごす事によって、私は自分の異様さを客観的に見つめ直していた。いや、嫌でも浮き彫りにされる私の未熟さと不安定さに向き合わなければならなかったと言った方が正しいだろうか。

私には前世の女の記憶がある。私はその記憶をなぞり、無駄に『大人』であろうとしていた。けれど、あの女と私は全く別の人間だ。

確かに理性はその記憶に倣った。エリザとしての自我が確立していなかった頃、その記憶を己の人格の代用にしていた事も事実だ。だがあくまでそれは前世の女の記憶であって、私の体験ではない。私は彼女の意思や感情からは断絶されているのだ。それをなぞったところで、私の精神性が成長を果たす事などありえない。

生まれも育ちも異なれば、生きている世界すら異なる。物事の捉え方も、何に喜び、何に苦しみを感じるかも――何もかもが違うのに、どうしてそれをなぞって『大人』に成れるというのだろうか。そんな事にさえ気づかないまま、私の精神は、碌な成長をしないままここまで来てしまっていたのだ。

記憶を疎んでいたくせに、記憶のために大人ぶっていたなどと、気付いてしまえばなんと矛盾していて愚かな事なのだろうか。

シル族の子供達に紛れて送る生活は、心穏やかに過ぎていく。心が平静に在りてこそ、己の形を探る事が出来るというものだ。

認めよう。私の精神は幼い。

日々を共に過ごすようになったシル族の子供達よりなお幼く拙《つたな》い。エリザとして生まれ、生きてきた、八年相当の成長さえ出来ていない。

一方で、何の間違いか継承してしまった前世の記憶が私を大人に見せかけ、私自身もその記憶に合わせて自分を見誤っていた。そしてその醜く歪な内面が、私の周囲に混乱を撒き散らしていたのだ。

私を大人として、庇護者《ひごしゃ》として見るラトカ。私を責任ある大人として接するテレジア伯爵。彼等に応えるには、あまりにも私の心は未熟だった。

そして、私を子供として扱おうとしたオルテンシオ夫人。彼女の手に甘えるのは、自分の責任を全て投げ出すようなものだった。自分の力で立つ事をやめてしまう行為だった。私の罪は、決して私にそれを許しはしない。

それに気付くまでに、三年近くも費やした。救いようもなく愚かしい。

その愚かさを自嘲に走る事なく認められたのは、偏に子供達のお陰だった。彼等は私が領主である事を知っている。だが、私がただの子供である事もまた理解していて、そしてその事実をただただ私にそっと突き付ける。

……まあ、それを認めたところで、受け入れるにはまだ感情の整理に時間が掛かりそうではあるのだが。

「エリザさまー、そっち終わった？」

なんとか任された馬の全てに餌をやり終えると、待っていたのか私と同い年の少女が後ろから声を掛けてきた。

新入領民の天幕で寝起きをさせて貰うようになって早半月。私は視察の時に泊まらせて貰った、シル族の孤児達が集められた天幕に滞在している。

「ああ、出来たよ」

「じゃあ今日はこれで終わり。ご飯食べに行こう」

少女はにっこりと笑うと私の手を握って、自分達の天幕まで戻る。ここへ来たばかりの頃に、同じような天幕ばかりで迷子になってしまい、それからは必ず誰かが移動の際に私の手を引くという習慣が出来たらしかった。

「はい、これ布巾《ふきん》と着替え。汗が残ると風邪引いちゃうから、ちゃんと拭くんだよ?」

「分かっているよ。大丈夫」

天幕の子供達の中での私の扱いは基本的に『新入り』だ。シル族の生活様式に不慣れな私に、子供達は面白がりながら世話を焼いてくれている。

年上の子はともかく、年下の子までもがまるで私の兄や姉のように振る舞うのが実に興味深い。普段世話される側の者が世話をする側に回るのは、その逆も同じであるように、なかなか新鮮な気分なのだろう。

その屈託の無さに、ほっとする自分がいる。

渡された着替えはシル族の民族衣装だった。普段着ているチュニックとダルマティカもユグフェナ地方独特の衣装であり、あまり仕立てに大きな違いは無いが、刺してある刺繍の柄はユグフェナのものより鮮やかな色味で、植物よりも鳥や馬等の動物モチーフが多い。

丁寧に全身を拭ってからそれを着込んだ。少女に言われるまでもなく、汗をきちんと拭う事は兵舎にいた三ヶ月の間に骨の髄まで叩き込まれている。

フェルト地の上着は普段の衣装と着心地が大きく異なるが、それにもそろそろ慣れてきていた。

着替えが終わったのが分かったのか、少女が衝立《ついたて》から顔を覗かせる。器用に上着の前を留めながら靴を履いて、私の傍まで寄って来た。

「ねぇねぇ、エリザさまは今日はこれから何するの？」

「今日は……領軍の訓練がある」

日が中天を過ぎたので、そろそろギュンターがこの簡易村の入り口まで迎えに来る筈だ。

「そっか。長のお仕事だね。がんばってね」

少女の激励に頷いて、天幕から這い出す。途端に顔面に痛みを感じるほどの空気の冷たさに襲われた。身体が火照っているからか寒くはないが、兎に角冷たい。

痛みの酷い鼻先を温めるべく口許に手を当てて白い息を吐いていると、続いて天幕から這い出した少女が私の首元にフェルトの長布をしっかり巻き付けた。マフラーだろうか。アークシアには無いものだ。

「ちゃんと首巻き、巻くんだよ。長が風邪引くと大変なんだから」

「ああ、す……ごめん」

すまない、と普段のように言い掛けて、それでは子供に伝わらない事を思い出して言い直した。謝罪の言葉は彼等にとって、ごめんなさい以外には無い。最初に「すまない」と言った時には首を傾げられた。

「ごめんってするのは本当に風邪引いちゃってからね。こういう時は、ありがとうって言うんだよ」

少女が随分得意気にそう言うので、少しばかり笑ってしまった。

いつの間に私はそんな簡単な事も忘れてしまっていたのだろう？　彼女の言う通り、マフラーを巻いて貰って謝罪をするのは、確かにおかしな事だ。

「ありがとう」

「ん、いい子だね」

へにゃりと笑った少女が、私の頭を撫ぜる。私はついに可笑しくなって、釣られたように笑みを浮かべた。

——つまるところ、この家出は、私の『子供』としてのやり直しの意味もあるのだ。

ちら、と隣の丘の上に立つ、黄金丘の館を見上げる。

その窓から黒髪赤目の子供が能面のような表情でこちらを見下ろしているような気がして、私は「ごめん」と声も無く呟いた。

それはラトカかもしれず、……或いは、雁字搦《がんじがら》めでどうすればいいか分からなくなった愚かな子供である、『私』の幻影かもしれなかった。

ラトカにはオルテンシオ夫人を付けた。兵舎への出入りも許可を出し、稽古や講義、エリーゼの部屋への出入りはするもしないも本人の好きなようにさせてある。それが彼に与えられる、出来る限りの自由だった。館に住まうだけの単なる子供の立場を、彼に渡したかったのだ。

領主でもなく、貴族でもない彼ならば、館の大人や領軍の兵士達の中でただの子供として扱って貰えるだろう——『私と同じ』ようになる事を望んだ私さえ、居なければ。

黒い髪に赤色の瞳の子供。早熟で頭の回る子供。私の罪を知る子供。

傍に置こうとしたのは、確かにカミルと重ねていた事もある。

けれど。私はきっと、最初から彼にもう一人の『エリザ・カルディア』になって欲しいと願っていたのだ。

もう一人の私として望んだからこそ、そこから大きく外れた修道女と彼の関係を、裏切りだと感じたのだ。

やはりそれは、あまりにも――傲慢な望みでしかなかった。

「……だけど、離してやる事は出来ないから、――せめて、私の家族でいてくれ」

必要が無くとも、捨てられない存在。その定義が当て嵌まる関係を、私は『家族』しか知らない。

血の繋がりによる家族という意味ではなくて、前世の女が認識していた、もっと不確かで、もっと温かい意味をもったものだ。

家族のように。出来る事なら、いつかはきょうだいのように。……そこまで望むのは、流石に欲が過ぎるだろうか。

◆

窓の外にはちらちらと雪が降り始めている。もうすぐ今日の分の仕事が片付くというのに、タイミングが悪い。

書類に重石《おもし》代わりに載せていたリーディングストーンを退《ど》かし、次の仕事を引き寄せたところで、そういえば、と手の中のガラスの塊を見詰める。

不純物の少ない綺麗なガラスは高級品で、この小さな塊一つが窓ガラス一枚よりも遥かに値が張るものなのだが、ふと良い事を思いついてしまった。

「エリザ様、どうかされましたか？」

「あ……いいえ。何でもありません、マレシャン夫人」

声をかけられ、何でもない風を装ってリーディングストーンを袖の中に落とす。運良く気付かれずに済んだ。

夫人はぼうっとリーディングストーンを見つめていた私に首を傾げていたが、それほど気にした風もなく、手元の書類仕事に戻る。

彼女は来年の春から、正式に私の部下としてカルディア領の文官を兼任する事が決定した。家庭教師の仕事がまだ残っているため『兼任』であり、どちらの仕事にも給金を払うが、それに見合うだけの仕事を彼女はしてくれている。今も私の補佐をしつつも、エリーゼの作文を丁寧に添削している。

私も自分の仕事に視線を戻した。数枚残っていた領軍からの報告書や申請書に目を通し、必要な部分を簡略化して抜き出した書類を作成してサインを書き込む。続いてそれに合わせて発注書等を書き起こして、これにもサインをする。

後はこれを一纏めにしてテレジア伯爵へと提出するだけだ。不備が無ければ、このまま通る。

関係書類毎に穴を開けて紐を通し、やっと今日の机仕事は終わりだ。ぐっと伸びをするが、元々姿勢を保ったまま仕事をしている上、柔軟な子供の身体である私の背が音を立てる筈も無く。

「終わりましたか？」

マレシャン夫人がゆったりとドレスの裾を引いて傍へとやって来た。彼女は今まで、ユグフェナ地方のチュニックとダルマティカの衣装に袖を通した事は無い。いつも詰め襟の、地味な一色ドレス姿をしている。

「はい、恙《つつが》無く。夫人の方は如何ですか?」

「私も終わりましたよ」

上品に笑みを返すマレシャン夫人だったが、ふと表情を曇らせて視線を手元の紙束へと落とした。

「……その、エリザ様。もう一人のエリーゼ様の事なのですが……本当に教育を止めてしまって良かったのでしょうか?」

彼女の問いかけに、私はこくりと頷いて返す。

「私は現在、新入領民の天幕に身を寄せています」

「ええ、それは存じておりますが……」

「仕事の際には館へ戻って来ていますが……これはつまり、仕事をする際以外では領主としての立場と貴族としての立場の両方を放棄しているという事です。私がそうしているのに、エリーゼを教養を必要とする立場に縛り付けておく訳にはいかないでしょう」

私の説明にマレシャン夫人はゆるゆると首を小さく横に振った。諦めるような、そんな風に。

「ただ、本人が望むのであれば講義をしてやって下さい」

マレシャン夫人は私とラトカの間の諍いなど知らない筈なのに、物言いたげに私の目を見た。だが結局何の一言も漏らさずに、視線を下げてしまう。

きっと何とかしろと言いたいのだろう。そこまでではなくても、何があったのかと聞きたかったのかもしれない。

だが、彼女はそこまで踏み込まない。

マレシャン夫人は家庭教師としてこの家に入った。多数居る家人の中で、家庭教師だけは、勤めが終われば別の家に仕事を求めて移って行く。

だから彼女は、黄金丘の館の住人の心の問題にまでは、踏み込もうとしない。それは住人が増えるにつれて、一層顕著になった。

それ故に今の私には、館の中では彼女の傍が最も安心出来るというのは、実に皮肉な事に思える。


「あ、おかえりエリザさま！」

「ただいま」

領軍の訓練に参加しない日は一度新入領民の天幕に戻って昼食を食べたり、滞在している天幕に振り分けられている仕事をしたりしてから、再度館へ引き返して武芸の稽古となる。

「エリザさま、お仕事で疲れてない？」

「雪降り始めてたけど、寒くない？」

「少し濡れてるよ！　ストーブの方おいでよ」

天幕に入ると、途端に中にいた数人の子供が寄って来た。口々に話し掛けてくれながら、その中の誰かが私の手を取って中央のストーブへと引いていった。

「ああ、大丈夫だよ。今日はラスィウォクに乗せてきて貰ったんだ」

ラスィウォクはやっと成長が止まったものの、体高は完全に軍馬よりも高くなっている。流石に私の幼く小さな体躯ではまともに跨がる事も出来ないため、嫌がるラスィウォクを宥めて鞍《くら》をつけさせて貰った。鞍をつければ一応跨がれるようになったので、一年前よりは私も成長しているという事なのだろうか。

「ラスィウォクって、エリザさまの友達の鱗翼竜《ドラクニーシャ》だよね」

ラスィウォク、と名前を出した途端、子供達がさざめき立つ。ラスィウォクの事は視察の時に話をした限りだったと思うが、覚えていたらしい。

「そう。アークシアでは狼竜《ドラカニス》、と呼ぶんだけれど」

「まだ居る？」

「居るよ。天幕の外で待っている」

どうやら子供達は興味津々なようで、私が天幕の入り口を指差すとわあっと歓声を上げた。

「見たい！」

「言うと思った。外は寒いから、呼んでもいいかな」

「うん！」

好奇心に輝く瞳に、微笑ましさを覚えて胸のあたりがほんのりと温かくなる。その真っ直ぐさが眩しくて、そしてとても羨《うらや》ましい。

それは、私には持ち得ない心の在り方だった。歪な育ち方をしたラトカにも、或いは生まれついて病弱だったエリーゼにも。

そんな彼等の姿にクラウディアが重なった。彼女は貴族としてはありえない程、真っ直ぐな性根をしている少女だ。

そうしてふと、気が付いた。クラウディアがこの領にやって来たばかりの頃、私は彼女の事が少し苦手だった。彼女の振る舞いに一々疲れを感じる程に。

思い返すと、それは羨ましさの裏返しだったのかもしれない。私は決してこの子供達のようには成れず、クラウディアのようにも成れない。

館から出てきて良かったと、心から思う。

私は彼等が羨ましい。だが、私は彼等とは違い、彼等のようには絶対になる事は出来ないのだと、今なら素直に認める事が出来た。

そう思える自分自身を知る事こそが、きっと私の歪さを解決するために必要な事なのだ。

――そうして、私は独りで大人への成り方を学んでいく。大人からではなく、同じ歳の子供達から、子供の在り方を学びとって。

天幕の中にラスィウォクを呼び寄せる。子供達はこわごわと、だが喜色を顕わにその狼竜《ドラカニス》を取り囲んだ。

「――凄い」

「大丈夫、馬や羊と同じで、酷い事をしなければ大人しい」

初めて見る狼竜《ドラカニス》の迫力に圧倒されて動けない子供達に苦笑しつつ、先にラスィウォクの傍に立って鼻面《はなづら》を撫でてやる。これほど大勢の子供に囲まれた事のないラスィウォクも戸惑ってはいるようだが、取り敢えずといった様子でその場に寝そべった。

「エリザさま、触ってもいいの?」

「ラスィウォクは毛皮ではなく鱗皮だから、そっと撫でてやってくれ」

「う、うん」

年長の子が数人、おずおずと前へ出て各々ラスィウォクに触れた。手つきは慎重すぎる位だった。

「うわ、つやつやしてる」

「全然馬とは違うね」

本当に危険は無さそうだと判断したのか、他の子供達もそろそろと寄ってラスィウォクに手を伸ばし始める。生まれた時から家畜と共に育ってきた彼等は、少しすればすっかりラスィウォクに慣れてしまった。危な気の無い接触の仕方故にか、ラスィウォクの方もいつの間にか寛いでいる。

そうなってくると、更に興味深そうにラスィウォクを観察したり、感触が気に入ったのか撫で続ける者と、少し見られればそれで良かったのか、満足そうにその側を離れる者とに分かれてくる。

私はポケットの中のリーディングストーンを握り締めて、ラスィウォクから興味を無くした子供達に声を掛けた。

「ねぇ、君達は雪がどんな形をしてるか、知っているか？」

「え？　雪のかたち？」

一様にきょとんとした表情を浮かべた彼等に、少しだけわくわくした気分を感じる。頷いて肯定すると、彼等は知らない、と首を横に振った。土の粒みたいなんじゃないか、と声を上げる者もいる。

「見てみないか」

「でもどうやって？　粒にしか見えないよ」

「秘密道具を持って来たんだ」

そう言って手の平を差し出し、指を広げた。秘密道具、なんて言い回しに自分でどうにも可笑しくなって、昂揚《こうよう》する気分に頬の筋肉をそのまま任せる事にする。

「これ、何？　凄い。氷みたい」

「違うよ。これは多分、ガラスじゃない？」

「なんかエリザさまの手が変に見えるね」

「本当だ。大きく見えるみたい……あ、もしかしてこれで雪の粒を見てみるの？」

話の趣旨を理解したらしい子に頷けば、子供達の目が再び好奇心に輝き始める。

「見たい！」

「うん、私も見たい。外に出ようか」

子供達は一斉に頷き返して、それから各々がしっかりとマフラーを首に巻き始めた。本当に少しの間なのでいらないのではないか、と思っていた私にも、一番世話焼きの女の子があっという間にマフラーをぐるぐる巻き付けてしまった。

そんな風にして防寒を整えて天幕から這い出すと、それほど時間は経ってない筈なのに、いつの間にか随分と暗く雪雲が垂れ込めている。辺りは薄暗く、地面に積もった雪の方が仄かに明るいくらいだった。

子供達は今度は私をぐるりと取り囲む。先程のラスィウォクを思い出してちょっと笑いながら、ミトンを着けた手の平で降ってくる雪の粒を受け止めた。

その上へ、リーディングストーンを載せてみる。さてな、この世界でも雪の結晶はあの花のような六角形なのだろうか？　手の上のガラスの塊を覗き込めば、そこには思い描いていた通り、美しい六花《ろっか》が浮かび上がっていた。

「見えた」

子供達に向かって手の平を差し出してやると、彼等も興味深そうにそれを覗き込んで、そうして一気にテンションを跳ね上げた。

「凄ーい！　きれーい！」

「何がだ？」

きゃあきゃあと騒ぐ子供達の声を聞きつけて、付近の天幕から大人達が不思議そうに顔を覗かせる。

「あのね、雪が凄いの。お花みたい」

したり顔で説明する少女の表現に、ふと嬉しくなった。やはりこの六角形は、花のように見えるらしい。

「どれどれ？　……ほぅ、本当だ。これが雪の粒の形？　凄いな」

言われるがままにリーディングストーンを覗き込んだ男が、先程の少女の頭を撫でて褒めた。ああ、そうか。褒める時は、頭を撫でた方が良かったのか。

ラトカを労う時、一度もそういったスキンシップは取らずにいた事を思い出した。子供はああして褒めてやるべきだったのかと、今更その間違いに気付く。

男は近場の子供の頭を一頻《ひとしき》り撫でると、それから戸惑いがちに私を見た。私が一歩下がると、躊躇うように手を下ろす。何か言うべきかと一瞬口を開きかけたような様子を見せた彼は、しかし視線をすぐに子供達へと戻してしまう。

「……風邪を引かないようにね」

穏やかにそう笑いかけて、男は天幕に戻って行った。

それを黙って見送った私の頭を、後ろから誰かが突然撫ぜる。

「エリザさま、凄い凄い」

それを皮切りに、周囲の子供がいっぺんに駆け寄って来て、我先にと私の頭を撫ぜまくる。ぎゅむぎゅむと四方から押され、ちょっと押し競饅頭《くらまんじゅう》みたいだな、などと思った。

「ねぇ、そろそろご飯の時間だよ！」

天幕からラスィウォクの方にいた子供が顔を覗かせてそう声を掛けてくれると、子供達は歓声を上げて飯炊《めした》き場へと歩き始める。いつも通り私の手も誰かに握られて、だが今日は周囲に沢山子供が居すぎて誰と手を繋いでいるのか分からない。右にも左にも、ミトン越しに高い体温を感じる。

「――あ。皆でくっついてると、温かいね」

誰かが気づいてそう声を上げたら、次からはこの団子状移動が子供達の決まりになったらしかった。

◆

今日の昼食は、トゥールパ入りのカボチャのポタージュとマミヤと呼ばれるヨーグルトのようなものである。

発酵乳製品などアークシアでは食べた事がない。最初の頃は口に入れる度『貴重な物を食べている』と感じていたのだが、大体二日おきに出されるためもう慣れてしまった。

トゥールパは黒麦を煎《い》って挽いて粉にしたものをバター、或いはバター茶で練ったもので、非常に素朴な味がする。アークシアの一般的な食事には無かった食感で、私のお気に入りでもある。カボチャのポタージュに砂糖を入れたりすれば、立派な甘味になりそうだ。

むぐむぐとそれらを食べている中、周囲に座る子供達のぽつぽつとしたお喋りの話題が、今日の午後からの予定へと移行した。

「今日はね、大人達が領軍の人に馬のお世話の仕方を教えに行くんだって」

「えー、馬の世話くらい、俺らだって分かるじゃん」

「カルディアの人達はお馬をあんまり飼わないからってエリザさまが言ってたでしょ。農村の子と同じ」

農村の子、と彼等が呼ぶのは隣の天幕にいる農耕民の孤児達だ。遊牧民の彼等と農村育ちの子供達では出来る仕事も生活スタイルも大きく異なるため、天幕単位で管理される現状では一緒に暮らす事は不可能らしい。

彼等が自分達のように、生活に必ずしも馬を必要とするわけではない事を思い浮かべたのか、子供達は確かに確かにと頷き合う。

ところが。

「同じじゃないだろ。領軍は王の戦士だ」

私のすぐ後ろに座っていた子供の一人が、鋭くそんな声を上げた。

「戦士になれない奴等は下民《かみん》なんだろ、一緒にするな」

「もー、まだそんな事言ってるの、アスラン」

うんざり、といった調子で周囲の子に諌められ、押し黙ったその子供を振り返る。

アスランと呼ばれたその子は、むっつりと不機嫌そうに俯く、蒼髪の少年だった。目元には陰を帯びて尚、白藍《しらあい》に似た青掛かった銀の瞳の奥には強い光が灯っている。

彼は普段は殆ど私に近付いて来ないタイプのため、顔と名が一致していなかった。なる程、彼がアスランか。

「アスランはね、お母さんはジューガル氏の人だけど、お父さんは農村の人だったの」

私が彼を見ている事に気付いたのか、隣に座っている少女が小さな声でそう説明してくれた。彼女はちらりとアスランを一瞥し、躊躇いがちに話を続ける。

「デンゼルとの戦いが沢山起こるようになった頃、アスランのお父さんはジューガルの戦士になろうとしたんだよ。でも、シル族の戦士は一族出身の男の人しかなれないから。それで、結局お父さんは戦えないまま、デンゼル人にお母さんと一緒に殺されちゃったんだって……」

「……そうか」

悼《いた》ましい話だ、と思う。

シル族の中では、戦う者とそうでない者の役割の区別が明確にされている。戦士と呼ばれる戦う者達は、氏族の共有財産である馬を二頭ずつ与えられ、幼少期から槍や弓の扱いを覚える。戦士になるための条件は氏族によって多少のばらつきがあるものの、氏族出身の男児でなくてはならない事は共通している。

ジューガル氏は男系の一族だ。父親が余所の出身であるアスランもまた、どんなに望んだとしても戦士になる事は出来ない。

アスランの事情については分かったが、もう一つ気になる事がある。食事に戻ろうとする少女を呼び止め、今度はこちらから質問をした。

「……彼が言った、下民というのは何だ？」

話の流れからして、恐らくシル族以外の出身者——農耕民の事だろう。だが、下民という差別的な呼称をされる程にシル族と農耕民の間に大きな隔たりがあるようには感じない。

ましてカルディア領に移り住んだ今、シル族は遊牧の生活を捨てて農耕民の生活様式に倣わなくてはならなくなった。出身の区別をつけて生活する余裕など無い筈。

「ああ……えっとね。昔は、シル族は国を守る戦士である王《ミュチャイトレル》の槍で、農村の人達より偉かったから、なんだって」

本人もよく分かってないような答えが返ってきたが、その一言だけで『下民』なる言葉の由来が理解出来た。

王《ミュチャイトレル》の槍はアルトラスの貴族階級、国家の支配層を表す言葉だ。つまり、アルトラスが存在した頃の身分の名残があるという事なのだろう。

手に持っていたトゥールパの椀を置いて立ち上がる。視界の端で隣の少女がぱちぱちと瞼を瞬かせた。それに構わず、私はアスラン少年の前へと歩く。

突然一人立ち上がった私に、自然と周囲の子供達の視線が集中した。私がアスランの正面に立っている事を、今や俯いている本人だけが気付いていない。

「アスラン」

声を掛けると、少年は勢いよく顔を上げた。驚いたように青銀の目を真ん丸にして私を見上げる。

「なに……？」

「先程の言葉が少し聞こえてしまってな。『下民』と言ったか？」

おずおずとアスランは頷いた。何故私が自分に話し掛けてくるのか全く分からないといった、戸惑いの表情を浮かべながら。

「もう二度とその言葉を使うな。シル族も、セルリオン人も、どちらも今は……私の、民だ。そこに差は無い。アークシアの国王陛下の御許《みもと》に等しく平民なのだから」

シル族の上に立つ存在は在れど、下に立つ存在は既に存在しないのだと、少々強めの調子でそれを説く。自分の言葉を咎められたのだと理解したのか、アスランは口をへの字に曲げながら「分かった」と渋々に呟いた。

……私の民、という言葉を、初めて自分から口にした。誰かへその事実を示すためではなく、ただ民のために。彼が過去の身分の差に囚われて、共に暮らす者達の中で自らを卑下する事が無いように。

【第十二章】

子供達とそのひとひらを見つめた雪はそのまま四半月の間降り続けた。漸く雲が切れたのは、もう冬の季節も折り返しを迎えようという頃。十五月。後二月で、今年も終わりだ。

……私が世話になっているシル族の子供の天幕で雪の結晶を見たりラスィウォクを呼んだりしたという話は、いつの間にやら隣の天幕にも伝わっていたらしい。子供の口に戸は立てられないし、まあ、立てた覚えも無いから当たり前だが。

とはいえ、最近子供達が好んでするようになった団子状にくっつきあうアレを私を中心にしてやられると、一応戸を立てておくべきだったかもしれないと今更ながらに思う。

「シル族の子ばっかりずるいっ！　僕達もエリザ様と遊びたいよぉっ‼」

「エリザ様は私達の天幕にお泊まりしてるんだよ！　何にもずるい事ないもん！」

「お前らだけ鱗翼竜《ドラクニーシャ》と遊んだりしてて不公平だろ！」

「そんな事言ったって、お前ら今までエリザ様と友達になりに来たりしてなかっただろぉ！」

「どーしていっつも呼んでくれないの⁉　エリザ様の事独り占めしてるんでしょ！　遊ぶのはフツー順番でしょ⁉」

「一人じゃないから独り占めって言わないんですーそんな事も知らないのー？　大体順番って、エリザ様は玩具じゃないし！」

私を腹側と背側から抱きかかえながら、二人の少年少女が中心となってシル族の子供と農耕民族の子供がわいのわいのと言い争う。つまり、簡単に言うと子供の喧嘩である。

雪が止んだその朝から喧嘩とは、子供とは本当に活気に満ちたものだというか。寧ろ降雪のせいで外であまり遊べなかった鬱憤を晴らしているのかもしれない。

お互いの言い分から察するに、私が寝泊まりしている方の天幕の子供を贔屓《ひいき》し過ぎたらしい。悪い事をした、と思う。思うから、一度離してくれはしないだろうか。ぎゅむぎゅむと両側から数十人もの子供達に押し潰されて、口から何か出てはいけないものが出そうな感じだ。く、くるしい。

「じゃあ今日からはぁ、エリザ様が僕達の天幕に来ればいいじゃん！」

「馬鹿な事言わないでよね、レカ！　エリザ様がどこにお泊まりするかは氏長達が決めたんだよ？」

私の背の方から腹に手を回してしがみついている、特徴的な語尾の伸びる喋り方の少年はレカというらしい。隣の天幕の子供とは全く交流をしていないので、誰なのかもよく分かってないのだが。対して私の正面から首に腕を回して抱き潰そうとするのは、普段から私の世話をよく焼いてくれる少女であり、名をティーラという。二人はぎゃんぎゃんと言い争っているが、そこそこ親しげな感じもあり、普段の仲はおそらく悪くない筈だ。なのに、何故こうまでも私を挟んでヒートアップするのか。

あれか、やめて私を取り合わないでとでも言えばいいのか？　……現実逃避的に阿呆な事を考えたが、鳥肌が立つほど気色が悪くて考えた事を後悔する。

ついでに頭からさーっと冷えるような感覚がして、頭が立ちくらみのようにぐらぐらと痛み始めた。く、首が、腹が、本当にくるしいのだが。

ああ、私はここで死ぬのか。一つ二つ年上の少女に全力で首に抱き着かれて縊死《いし》か、或いは圧死か、将又《はたまた》窒息死……

「おい、お前らいい加減にしろ。レカもティーラも！　エリザ様、青くなってるだろ」

そんな中子供達の壁を割って仲裁に入ってきた少年は、天からの救いかヒーローかとすら思えた。

私を締め付ける二つの腕を引き剥がして、二つの頭を器用に同時にぺしんと叩く。

ティーラと殆ど同じ程の背丈に、蒼がかった銀髪が揺れている。――おや、この髪見覚えがある。

「……、アスラン？」

先日ほんのちょっとしたやり取りの際に覚えた名前を呟くと、少年はぱっとこちらに顔を向けた。

そこにはやはり見覚えのある、驚いてぽかんとしたあどけなさの残る表情があった。

「俺の名前……覚えていたの？」

「勿論。それより、助かった、ありがとう。ちょっと苦しかったんだ」

「ちょっとじゃないだろ。青い顔してた」

呆れたような目を向けられて、肩を竦める。確かに死を覚悟するほど苦しかったが。

遠い目になりながらも何となく引き攣ったような微笑みを浮かべると、おずおずと袖を引かれる感覚があった。見ると、アスランに怒られて少しは冷静になったのか申し訳無さそうな表情のティーラと、彼女より背の低い少年が揃って私を上目遣いに見ているのとバッチリ目が合う。

少年の方が恐らくレカと呼ばれていた子供だろう。彼はいじらしく瞳をうるうるさせながら、ごめんなさい、と謝罪する。

「本当にごめんね、エリザ様……」

「もう絶対しないから、エリザ様ぁ……」

ティーラとレカが口々に謝ると、取り囲んでいた周囲の子供達も正気に戻ったらしく、バツの悪そうな顔をしている。

その潤んだ瞳に、う、と言葉につまり、こちらが逆に罪悪感に苛まれた。元はと言えば、やはり私の考えが足りないのが原因だったのだ。

「い、いや……私の方こそ、すまなかった、ごめん。珍しい物を持ってきていた事は自覚していたのに、そっちの天幕の子を呼ばないのは不公平だった」

レカ少年の言い分も尤もな事だと思い、反省して私も頭を下げる。面白そうな玩具を沢山持った新入りが誰かとばかり仲良くしていたら、それはまあ、面白くないのは当たり前だろう。

喧嘩の渦中で為す術無く青くなっていた私の謝罪が不可解だったのか、レカとティーラ、それにアスランが顔を見合わせる。そうしてもう一度私に視線を向けると、ティーラはばつが悪そうにちろりと舌を出し、アスランは苦笑し、そしてレカは何やら嬉しそうに、ぱっとほころぶように笑った。

「次からは、何か遊びを思いついたら君達も呼ぶよ。テオに話して、隣の天幕にも行っていいか後でちゃんと聞いておく。許してくれるか？」

レカはやはり嬉しそうにしながら、後ろにいる同じ天幕の子供達を振り返って——不公平だと訴えていた方の子供達だ——それを見回してこくりと一つ頷くと、「いいよ！」と私に向かって答える。おそらくレカは体は小さくとも、農耕民族の子供の天幕ではリーダー的な存在なのだろう。

「まさかエリザ様が謝るなんて思わなかったんだけど、エリザ様が遊ぶっていうなら、ぜんぜんいいよぉ。僕達、シル族の子と仲直りするねぇ」

ほやんと笑ったレカは、代表同士という事なのだろう、ティーラとごめんなさいをしあって、それからお互いを軽く抱擁《ほうよう》した。これで仲直り、というわけか。

二人は仲裁に入ったアスランにも揃って頭を下げた。先日はアルトラス時代の下民身分とシル族の戦士の関係性から気を昂ぶらせて感情的になっていたが、本来はなかなか理性的な子供らしい。そのせいか、苦笑を浮かべた大人びた顔は他の子供より少しだけ年長、私やティーラよりも一、二歳上の年齢に見える。

「……レカ。その、シル族の子という言葉を使うの、やめないか？　俺達にはもう、シル族だとか、下民だとか、そういうのナシになったんだ。俺達みんなアークシア人になって、カルディア領の領民になったんだから」

そして彼は一転、複雑そうな表情を浮かべて、レカにそう言い聞かせた。

そこにあるのは先日の表情とまったく同じもの。私の言い分を分かってくれたのだろうか、それとも納得がいかずとも、私の意志を汲《く》んでくれたのか。

「……うん。分かった、もう言わない事にするねぇ」

先日のやり取りを聞いていたのか、レカは私をちらりと一瞥して、やはり嬉しそうに頷いた。

◆

新入領民の天幕と黄金丘の館の往復生活にもすっかり慣れきり、カルディア中央の領主館建設を急がせようか等と考え始めた冬の終わり。

「エタ……エル……エレ……」

仕事を片付け、新入領民の天幕へ戻ろうと館を出たあたりで、頭上からぶつぶつとそんな声が降ってきた。

何だ？

不審気に頭上の窓を振り仰げば、曇り空の下だろうと輝かしい金蜜色がちらり。

「エリ……、エリザ殿‼」

「………。はい、何でしょう」

衝動的に溜息を吐きたくなるのを呑み込んで、返事をした。この疲れるような感覚も久々だ。

無論、声の主はクラウディアである。奇妙な呟きは名前を間違うまいとする彼女なりの努力なのだろうか。

「久方ぶりに顔を見た！　二月以上ぶりだぞ」

若干興奮気味のクラウディアは、目一杯窓枠から身を乗り出して、にっかりと私に向かって笑いかける。

「危ないですよ、クラウディ――」

クラウディア殿、と呼び掛けるつもりだった声は、途中で途切れる事になった。何故ならば、落ちそうで危ないと警告した瞬間、本人が窓枠を軸に前転したからだ。

当然、クラウディアは二階の窓から落下してくる。

息を呑んだ。心臓が止まったような気がした。

「ん？　何か言ったか？」

――すちゃ、と。猫のように柔軟な動作で危なげなく着地した本人は、暢気な様子で私に向き直る。

開いた口を塞ぐ事が出来なかった。本当にこの人、何なんだ。ありえない。乙女ゲームの世界から少年漫画の世界にどうか早く帰ってほしい。

とは言え、本当に居なくなられたら非常に困った事になるのだが。

あんまりにも衝撃的だったその光景に、足元から脳天までぶるりと震えが走る。その怒りとも呆れともつかない激情を、行儀が悪いとは思いつつも、怒声として吐き出した。

「何を考えているんですか、二階から飛び降りるなどと！」

「うわっ⁉」

異様に耳が良いクラウディアは、突然の私の怒鳴り声に驚いて耳を塞ぐ。空色の瞳を真ん丸にして私を見ているが、構わずに強い語気を保ったまま言葉を続けた。

「あまりにも常識外れな行動は控えて下さい。心臓が止まるかと思いました」

「エリザ殿……」

ぽかんとした表情のまま、クラウディアが私の名を呼ぶ。そうして、何が嬉しいのやら、眩しい程に邪気の無い笑みを浮かべた。ああ、こうして見ると本当に子供のような笑みだ。純真過ぎる。

「分かった、もうしないと誓おう。そんなに心配をかけてしまうとは、思わなかったのだ」

「は？」

心配をかけるって？

彼女の口から予想だにしなかった単語が飛び出してきて、今度はこちらが間抜けな呆け顔を晒す嵌めになった。

「私が怪我をするのではないかと心配してくれたのであろう？」

にこにこと笑うクラウディアに、あらゆる気力がごっそりと持っていかれた気がした。項垂れつつもういいです、と返したが、どうにもクラウディアには堪えた様子は無い。

「ええと、それで……私に何の用だったのでしょうか……」

多少投げ槍な態度になったのも、仕方ないと思う。クラウディアはそうそう、と言いながら、手をポンと打った。そういうマイペースさ、本当にね……暫くぶりに疲れる。カーテン相手に格闘しているような気分だ。

「エリーゼ殿から頼まれてな」

目的語が抜けているので全く意味が分からない。顔を引き攣らせた私だったが、クラウディアはお構いなしに私の手首を握った。

一体何なんだ。

「さ、行こうではないか」

何処へ。

——そのやり取りを二階の窓から見下ろしていた赤い双眸を、私は敢えて意識から弾き出した。

まだ彼とやり合うほど、まともな『子供』に成れていない。

クラウディアに引き摺られてやって来たのは、頼まれたという言葉から連想した通り、療養中のエリーゼの部屋だった。

「まぁ、エリザ様！」

「お久しぶりです、エリーゼ様。長らく顔を見せられず申し訳ございません」

嬉しそうに笑うエリーゼに、深く頭を下げる。冬に入ってからは時間に少し自由があったにもかかわらず、ずっと意図してここを避けていたために罪悪感が大きい。彼女の発作の悪化はラトカから伝えられていたのに、私は彼女を見舞わないまま新入領民の天幕へと逃げてもいる。

「いいえ、そんな。エリザ様は領主のお仕事でお忙しいのですから。それにその代わり、エリーゼ様を私の許へ遣わして下さったではありませんか。それだけで、十分お心遣いを頂いておりますわ」

うっ……。気遣いの言葉が胸に刺さり、心中で呻く。これは自業自得だ。

どうやらラトカはエリーゼの許からは離れていないらしい。暫く放っておくと決めたのに、どんな風に彼が日々を過ごしているのか気になった。

「……それなら、良いのですが。最近は少し発作が出るようになったと伺いましたが、その後いかがでしょうか？」

エリーゼは私からそっと視線を外して、どこか寂しげな表情をしてみせる。不安が一目で見て取れるようなそれに、こちらも心がきゅっと苦しくなった。

「また……外へ出られなくなってしまいました。でも大丈夫、ここへ来たばかりの頃よりは悪くなっている訳ではないのです」

「エリーゼ殿……」

気丈に振る舞う少女に、唐突に彼女がもし新入領民の子供達と遊べたなら、という思いがこみ上げる。彼らのように駆け回って遊ぶ事は出来ずとも、その日々を話すだけで彼女の慰めにならないだろうか。

……彼等を何人か招けるよう、考えてもいいかもしれない。テレジア伯爵やマーヤと要相談の案件ではあるが、療養の名目で預かっている以上、エリーゼの健康を促進させるのは私の義務だ。

脳内で候補をリストアップし始めた私を置いて、エリーゼは楽しげにラトカとマーヤとの日々を話し始める。それしか話す事も無いのだろうと思えば、やはりその案は一考に値すると感じる。

「エリーゼを遣わした事で、エリーゼ様が少しでも楽しく過ごされているのであれば、良うございました」

「はい。とても――楽しくて。本当にありがとうございます」

はにかんだようなエリーゼの笑みは、酷く心を打たれるような純真なものだった。

――私は。

接点がそれほど多い訳でもないこの少女との会話で安らぎを得る私の醜さが、その純真さと対比して浮き彫りになったような気がして、自分自身を嫌悪しそうになる。私が無条件に彼女に対して安らぎを感じるのは、病弱で部屋から出る事も出来ない彼女が、私を裏切る術を持たない事を確信しているからだ。

その卑劣な思考への自己嫌悪を、必死で呑み下した。今の私に必要なのは、自己嫌悪ではなく自己肯定の仕方なのだからと、自分自身に言い聞かせて。

◆

「お館様の遊び相手の遊び相手に子供を館へ招きたい？　……正直、言ってて混乱するんだが。どういう事だ？」

眉間に皺を寄せてテオメルは結わえていた麻縄を床に置いた。心底解《げ》せぬといった顔をしている。

エリーゼの遊び相手に新入領民の子供達を、と仕事のついでにテレジア伯爵と二言三言話をして、問題が無かったので次はテオメルへと話を通そうとしているわけだが。

「確かにややこしい事にはなっているが、簡単に言えば誰かに我が家で預かっている娘の相手をしてやって欲しいだけだ」

「お館様が相手をするんじゃダメなのか？　そのための遊び相手なんだろう？」

全くテオメルの言う通りである。本末転倒も良いところだ。しかし……

「なかなか顔を出せなくてな。それに、外を自由に歩けない彼女は人との関わりが極端に少ない」

それに出入りを自由にさせているラトカとの遭遇の可能性を考えると、暫くの間は見舞いもしにくかった。

ラトカとの決定的な関係の決裂が今でも棘《とげ》のように私の心に刺さったままでいる。ラトカの顔を見る度、それが心の柔いところを抉るのだ。

カミルの事、領民の事、名前もない墓石の事、自分の事……。上手く言葉にする事は出来ないが、結局ラトカは私にとって、トラウマの結晶のような存在なのだと思う。自分に似た容姿。父によって脅かされた命、受けた迫害、狂人となった母親との関係。カミルの居なくなった空白に、何を思ってかゆっくりと入り込んできた。そのどれもが、私の中の澱《おり》のように積み重なる罪悪感や嫌悪感へと直結する。

私は今でも、彼に石を投げられた瞬間を忘れていない。

「……率直に言うと、今の私には側近が居ない」

感情が入ったせいで思考が脱線し過ぎた。どう話を修正するか考えて、今回の話にテレジア伯爵が挟んできた計画について話す事にした。

「突然何の話だ？」

テオメルが首を傾げる。話の転換についていけない、といった表情だった。

「人材が無いせいで候補すら居ない。私はともかく、テレジア伯爵も貴族としてはかなりの孤立主義的な立場にあるから、そちらのツテも殆ど辿れない」

唯一カミルが将来そうなるように教育されていたが、……彼はもういないのだ。

クラウディアは側に置くには護衛以外に役に立たなさすぎるし、マレシャン夫人は歳が離れ過ぎている。

「……あー、そういう事か。つまり遊び相手として館に立ち入らせる事で、将来の側近候補として繋げる目論見があると」

テオメルは勝手に話を推察して、勝手に納得した。理解が早くて非常に助かる。

「長期的目線ではそうなるかもしれない。この話の発案者はあくまでもテレジア伯爵だからな」

エリーゼの話し相手が欲しいのと、私の側近候補が欲しいのは異なる目的であって、目的に対する手段ではないのだ。

まあ、恐らく悪い話ではない筈だ。

今は即戦力として例外的な扱いではあるが、客観的にはやはり他の領民と比べると新入領民は立場が弱くなる。特に領の運営に直接関与しない領民達自身からすれば、新入領民は新参の余所者という意識が根強いだろう。

しかし、そこから領主の側近が出れば話は大きく変わってくる。領民からの感情がどんなものであれ、領主という存在が領内に与える影響は限りなく大きいのだ。

「……他の長とも話をしなければ諾《だく》とは言えないが。一応言うと、氏長としては許可を出せるだけで、館へ行くかどうかは本人の意思に委《ゆだ》ねるぞ」

「そこは別に構わない」

嫌がる者に領主として命じても仕方がない事だ。何しろ賓客《ひんきゃく》の相手をさせようというのである。仕事だと割り切れる大人であればともかく、招くのは子供なのだから、なるべくエリーゼの話し相手という役割に好感を持つ者のほうが良いに決まっている。

それに何も、館へ住めと言っているわけじゃない。冬が終われば他の新入領民と共に開拓地に戻らせるつもりだし、それ以降は私が領を空ける事の多い夏に館へ遊びに来てもらえればそれで良い。

側近候補の事だって、今すぐの話でもなければ、確実にという訳でもない。

「で、具体的には誰がいいんだ？」

「ティーラ」

「即答だな」

「天幕で、積極的に世話を焼いてもらっていて。……気遣いがとても助かっている。面倒見が良くて色々説明上手だから、ご令嬢の話し相手としては申し分無いだろう」

いきなり彼らの生活の中に割り込んだ私に、彼女は非常に根気よく接してくれている。それにどれほど助けられたか。思い浮かべるとじわりと胸のあたりが温かく、それと同時に擽《くすぐ》ったくなる。

「わかった。明日他の氏長達と話をしてみよう」

「頼んだ」

話が終わると、テオメルはさっさと麻縄作りを再開した。今日はこれ以上やる事も無い私は、夕飯まで僅かに残った時間をどう使おうかと少し迷って、実に鮮やかな手付きで麻縄を結わえるテオメルを見ている事にした。

縄は領民も作っているものだが、今までその作業を見た事は無い。純粋に興味があった。

数分の間黙って縄に向き合っていたテオメルだったが、やがてくるりと私を振り返る。

「……何を見ているんだ？」

「縄作りだが」

「ああ……やり方を教えてやろうか」

視線を感じて作業がしにくい、とまで言われてしまう。いや、別に構って欲しかった訳ではないのだが。

「後学《こうがく》のために一応聞いておこう」

頷いて隣へと移動すると、テオメルは何だか生温い視線を私に寄越した。一体何だ、その顔は？

雪が降らなくなり始め、分厚い雲から晴れ間が差すようになると、もう春の始まりだ。雪の積もりが薄い所からぽつぽつと鮮やかな黄色の花を咲かせた福寿草が顔を見せ、黒の山脈《アモン・ノール》から吹き下ろす風が和らぐと、領内の川が増水して堤《つつみ》の完成していないセラ川の下流では氾濫が起こる。

「でも来年には冬にも向こうに居られるよね？　きっと」

「冬の移動は大変だからな。来年までには大人達が堤を完成させると思う」

「早く村でちゃんと暮らせるといいねぇ」

小高い黄金丘の上からは、平たいカルディア領がかなり遠くまで見渡せる。

数日に一度エリーゼの部屋に招くようになった新入領民の幼馴染三人組、アスラン、ティーラとレカが目を細めて東を見つめるのを、一歩後ろで見守った。二人の話を聞きながら、余計かと思いつつも口を挟む。

「……もうすぐ余所から家具を作ったりする職人が沢山来る。その分、大人達が他の仕事に取り掛かれる」

「あっ、それ知ってるよ！　エリザ様が雇ってくれたんだよね」

振り向いたレカがぱっと笑みを浮かべる。気恥ずかしさに曖昧に頷いたが、レカはティーラと共に私の左右を囲んで手を握るとぴょこぴょこと楽しげに跳ねた。

「ああ、まぁ……」

「楽しみだねぇ。早くエリザ様のお城も出来ないかな」

普段はおっとりと語尾を間延びさせた特徴的な喋り方をするレカだが、興奮しているのか、若干ハキハキとして早口になっている。巻き込まれたティーラはいつも私の面倒を見てくれるお姉さん気質なだけあって、慣れたようにそれに付き合う。

「そちらはまだ時間がかかると思う。小城《こじょう》とはいえ、五年が目安だ」

その喜びように水を差すかと予想してはいたが、一応、予定を伝えておく。それも村を優先して作業をしていくので、村の作業が遅れるほど工期は延びていくのだが。

レカはあからさまにふてくされた。唇を付き出して、ぎゅっと眉根を寄せる。

「ええ〜、じゃあやっぱり堤が出来なくてもいいやぁ。エリザ様が冬にいないの、僕やだもん。ね、エリザ様、来年の冬も僕達がこっちに来られるようにしてよ」

「こら、レカ。我儘《わがまま》を言ってエリザ様を困らせるんじゃない」

「それにもしも来年も私達がこっちで暮らす事になっても、エリザ様が来るとは限らないよ？」

「むぅ……」

ティーラとアスランに窘《たしな》められ、レカはむっとしたまま黙り込んだ。苦笑してその頭に手を伸ばし、少し戸惑ってから――ぽんぽんと軽く叩くようにして撫でる。

「城が出来るまでは、会いに行くよ。出来る限り沢山」

「本当っ？　約束だよ！」

子供というのは本当に単純で、感情がころころと忙しなく変わる。途端に機嫌を直してにぱっと笑ったレカは、その勢いのまま駆けていき、放してあった馬の背に身軽に飛び乗った。

「僕、先に帰ってお昼御飯用意しておくね！」

言い置いて、返事をする間も無いほどあっという間にレカは丘を下って行ってしまった。残されたティーラ、アスランと三人で顔を見合わせて、やれやれと苦笑を零しあった。

◆

行儀悪く執務用の書案に腰かけて、クラウディアが足先をぶらぶらと揺らしている。彼女の後ろにある窓からはすっかり春のそれとなった陽光が差し込んで、逆光のためにその表情は窺えない。

彼女の正面に相対するように置かれた長椅子にふんぞり返って、この沈黙の時間を数える。

話がある、と言い出したのはクラウディアの方だった。呼び止めるのに二階の窓から飛び降りられたりしないだけ、今回の方がマシだろう。しかしその当のクラウディアは、口をへの字に曲げたまま、随分長い間黙りこくっている。何を喋るべきなのか、自分でもまだ纏められていないのか。珍しく眉間に皺を寄せて難しい顔をしている。

正午から一刻過ぎて、水時計の内部に入っている球がぶつかりかちんと音を立ててそれを知らせた。

はっとしたようにクラウディアが顔を上げる。困ったような表情を浮かべたまま私と視線を合わせ、軈《やが》てやっと躊躇いがちに第一声を繰り出した。

「エリザ殿……ん？　エレナ殿？　いや違うな、エリザ殿、エリザ殿。その……一つお尋ねしたい事があるのだが」

……脱力してがくりと首を下げなかった自分に拍手を贈りたい。これだけ長く待たせるのだから、どんなに重大な事を話そうとしているのかと身構えた矢先にこれである。

そういえば、最近漸くクラウディアが私の名前を正確に覚え始めたような気がする。ああ、精神的な疲労で軽い眩暈が……

溜息をぐっと堪えつつ、彼女の言葉に返事をする。

「はい、なんでしょうか？」

「ああ……うん。気分を悪くしないで欲しいのだが」

本当に珍しい事に、クラウディアは歯切れ悪くそんな前置きをした。

「もう随分前の話になるが、冬の初めごろに越境の盗賊を処刑しただろう。どうしてあの時、自分で手を下したのだ？」

目の前の彼女がこてんと首を傾げ、それに合わせて金蜜色の髪がさらりと音をたてて揺れる。

なるほど、その事か。特に感情に波が立つ事も無く、すとんとそう思えた。多分、その事件の直後に尋ねられていたらばこうはいかなかっただろう。相変わらず野性的な勘をしているらしく、クラウディアは私の精神面も簡単に察する事が出来るらしい。

「理由はいろいろとありますね。だから一言で表す事は出来ませんが――敢えて言うならば、殺したかったから、でしょうね」

「もう一人の方はどうだ？　地下牢でそのまま凍死させた……」

「あちらは、そうですね。殺すのも煩わしいと思ったので。誰にも知られぬまま勝手に朽ちろ、と思いました」

クラウディアは無言でこくりと頷いた。弾圧するわけでも、諭すわけでも、賛同するわけでもなく、ただ納得したらしかった。

それを見て、私の胸中には一つの疑問が渦を巻いた。

どうして、クラウディアでは駄目だったのだろう？

これもまた今になってから思い知った事なのだが、私は随分と我儘だ。前世の記憶があるために大人として扱って欲しいと思い、そう見えるように出来る限り振る舞いながらも、子供として寄り掛かれる大人を探している。

それでいてオルテンシオ夫人のように、子ども扱いをされ、完全に甘やかされそうになると、精神がグズグズに溶けてしまうような気がして恐ろしく思う。

だから――私は、カミルの事が好きだった。大切だった。子供として接してくれながらも、一人の人間として、友人として、そして領主として見ていてくれたカミルとの記憶が、その存在が、今もなお胸に突き刺さる程に。

彼を信頼出来ず、突き離し、死に追いやった私がそう思う事は罪だろうか。

そして、クラウディアも考えようによっては条件を満たしている。シル族の子供達と同じように純真で、私をそのまま私として受け止めてくれる、有り難い存在だ。

なのに私は、どうしても彼女をカミルと同じようには思えない。その違いがとても不思議だった。

「分かった。時間を取らせて申し訳ない。もっと早くに聞けば良かった」

先程までの惑ったような表情が嘘のように、クラウディアは朗らかな笑みを浮かべる。そうして何の衒《てら》いもなく、さっさと部屋を出て行ってしまった。

そうしてなんとなく、浮かんだ疑問の答えが思い浮かんだ。

きっと、私はまだ彼女との関係性に、適切な名前をつける事が出来ていないのだ。上司と部下、師と弟子、護衛とその対象、侍女と主人……一回り近く歳の離れた同性。彼女と私の間には、感情以外の部分で大きな隔たりが横たわっていて、上手くその距離を測れていないのだ。

カミルの事なら、今なら簡単に、友人だったと言えるのに。そう、何の引っ掛かりも無く思えた。

きっと、彼と私は丁度良い程度に似ていて、丁度良い程度に違う存在だった。

そしてきっと、ラトカは私に近過ぎた。距離を測る事も出来ないほどに。

こういった事を素直に認められるようになったという事は、中途半端な家出はきちんと役にたったのだな、と、少しだけホッとした。

【第十三章】

冬の最後の月に入れば、雪の晴れ間が少しずつ増える。誕生祝まではまだ暫く時間があるけれど、私の八歳の誕生日ももう過ぎた。

「テオ、どうだろう?」

シル族の戦士達に騎馬民族流の馬の扱い方を叩き込まれた三ヶ月の成果を、戦士を率いる立場であるテオメルに確認して貰う。テオメルは真剣な表情で私達の隊列走行や方向転換の様子を確認しており、声を掛けるとすっと片手を上げた。

「アジールとカルヴァンの隊は良いだろう。号令に対して反応も速いし、馬脚も揃っている。ギュンターの隊も概《おおむ》ね問題無い。だがレナンとロクスの隊は、今一つだな。もう少し馬に慣れないと」

名指しで駄目出しされたレナン、ロクスとその隊員が息を切らしながらもその言葉に頷く。この二つの隊は今年の春に新たに領軍に入った者達ばかりが集まっていて、他の隊と比べるとどうしてもまだ馬の扱いに粗《あら》が目立つ。見習い兵士の期間を終え、騎馬兵としての訓練を始めたのは秋からなので、それも仕方がない事なのだが。

ともあれ、今日の訓練はこれで終わりだ。兵士に解散を言い渡し、私も馬から降りる。

そこへ何かを考えた風のテオメルがやって来た。気遣いが良い事に汗を拭うための布を持っている。それを私に差し出しながら、テオメルは用件を切り出した。

「……お館様、提案があるんだが」

「ちょっと待った。俺達もお館様に提案したい事がある」

何だ、と返事をする前に横から声が被せられる。視線を向けると、ギュンターがその左右後ろにカルヴァンとアジールを連れてこちらへ向かって来るところだった。

「分かった、両方の提案を聞こう。端的に述べてくれ」

取り敢えずその提案とやらを聞いて、どちらを優先させるか決める事にする。テオメルとギュンターはアイコンタクトだけで先後を決めたらしく、テオメルから口を開いた。

「じゃあ言うが。カルディア領軍を騎馬兵隊だけにした方がいいと俺は思う」

あっさりとした提言だ。理由は恐らく、騎馬兵隊と領軍のもう半分——歩兵部隊との練度《れんど》の差にある。

新設部隊だからと、騎馬兵隊には力が入る。向いていると判断された兵は他の一切の能力を置いて騎馬兵隊に組み込まれ、訓練も領主と共に綿密に行われる。畢竟《ひっきょう》、余り物の寄せ集めとなった歩兵部隊は練度も士気も下がり続けている。

そもそもが、アークシアでは歩兵と騎馬兵は扱いからして異なる。突貫力と機動力に勝り、馬の操作という特別な訓練を必要とする騎馬兵は通常、歩兵よりも高い階級を獲得する。王国軍では騎士団に相当し、所属する者は騎士爵の地位を得るほどなのだ。

——だが、それでは領軍は成り立たなくなる。

「……ギュンターは」

「俺の提案は、俺を歩兵部隊の隊長にしてくれないかって事だな」

は、と。口から惚けた声が漏れるのだけはなんとか阻止した。

ギュンターとテオメルが睨み合う。それはそうだろう、お互いの提案は同じ問題の解決策として真っ向からぶつかり合っている。

「ギュンター、それでいいのか？」

それよりも驚いたのは、実質騎馬兵隊の隊長格であるギュンターが、それを擲《なげう》って歩兵部隊へと降りようとしている点だ。

これまで領軍は、その前身となったのが父の悪政から結成された盗賊団だったという特異さのために、細かな階級の制定をしてこなかった。領軍のリーダーとして最も腕の立つ上にそこそこ頭も回るギュンターを置いてあっただけだ。隊長にしてくれ、というギュンターの言葉は、その今まで無かった階級制度を領軍に作ってくれ、という事になる。

そしてその中で、騎馬兵よりも階級が下がる歩兵の隊長になるという事は、彼が領軍のトップから降りる事に他ならない。

「ああ。俺が歩兵を叩き直す。騎馬兵隊はアジールとカルヴァンが二人で率いる。最古参と最年長という事もあって、兵からの信頼は厚い」

ギュンターの少し後ろで、二人が私に礼を取る。アジールは今までもギュンターの補佐を務めていたため知っているが、カルヴァンという初老の男はあまりいままで注目した事は無かった。兵士にしては――そして元盗賊にしては――随分と穏やかな雰囲気で、視線を合わせると目礼を返してきた。

「歩兵は必要だと思うぜ。この前の盗賊団の捕縛の時に、特にそう思った」

ギュンターの言わんとするところは、私が考えている事と同じだ。

「ああ。領軍はそもそも領内の治安維持のための組織で、敵との戦闘ばかりに意識を向けるわけにはいかないからな……。馬上での動きに特化した兵士だけでは務まらない役目もある」

騎馬兵に歩兵としての訓練も両立して行わせるという事は、あまりにもコストが掛かりすぎる。ならば騎馬兵は騎馬兵、歩兵は歩兵と分けてしまったほうが、まだ効率的だ。

「要は役割分担って事だろ。問題の歩兵部隊のヤル気の無さは俺が歩兵を率いればある程度は解消出来る筈だ。クラウディアの嬢ちゃんに揉まれたから、歩兵の役割ってのもよーく分かってるつもりだぜ」

そこまで考えての事ならば、私から言う事は無い。他の兵士の目と耳のあるこの場で自分から言い出してくれて助かった、というくらいか。私から言い渡す形であれば、何らかの角が立つ可能性も否定は出来なかった。

「なんだかよく分からないが、ギュンターが歩兵を鍛え直すんだな？　なら、俺の提案は不要だったな」

私が頷いた事で、大人しく話の成り行きを聞いていたテオメルが引き下がる。今の所テオメルは領軍の部外者なので、妥当な行動である。

「いや、提言自体は無駄ではない。感謝する、テオ。ギュンター、領軍の編成については少し待て。考えておく」

組織作りを一人でするには、私には知識が足りない。考えておくというのはつまり、テレジア伯爵と相談するという意味だ。ギュンターも分かっていたのか、特に異議もなく了承した。

春の雪解けまでには新体制を徹底し、ついでにそろそろ志願兵の増加も図りたい。私への悪感情が緩和しているクラリア村を中心に、少し募集をかけてみるべきか。

考えながら私も新入民の天幕へ戻ろうと歩きだす。すると、そこでそれまで大人しく後ろに控えていたラスィウォクがぴとりと私の手に冷たく湿った鼻先を押し当てた。

「うわっ⁉」

突然の事に驚いて、軽く飛び上がる。一体何の真似だ。眉根を寄せた私に対し、ラスィウォクはまるで指を差すかのようにその蛇のような尾の先で兵士達の中を示した。

「……エリザ様！　氏長！」

解散し、それぞれ兵舎へ戻ろうとする兵士を掻き分けて、蒼銀の髪の少年がこちらへ駆け寄ってくる。

なるほどラスィウォクが呼び止めたのはこれが理由か。でももう少し、吠えるとか、その器用な尻尾で突くとか、やり方はあっただろう……わざとか、この悪戯狼竜《いたずらドラカニス》め。睨もうとしたが、それより先に寒さのせいでくしゃみが出た。駆け寄ってきたアスランが苦笑して、手早く私の首から頭までをすっぽりと覆うようにシル族の長いマフラーを巻きつける。既にマフラーは巻いてあったのにその上から更に巻かれたせいで、恐らく目ぐらいしか見えていないのではないかというほど私はぐるぐる巻きになった。

「ありがとう、アスラン。どうした？　何かあったのか？」

「訓練は終わりだよな？　雪遊びしてて天幕を離れてたから、エリザ様を迎えに来たんだ。ラスィウォクも一緒に行こう、皆喜ぶぞ」

それで迎えか、と納得して頷く。誰も居ない天幕に戻るのは流石に気不味い。

「来てくれてありがとう」

「ああ。いいよ、……お陰で良いものも見られたし」

微かに笑ったアスランの視線は、兵舎へと戻っていく兵士達の背を追っている。兵舎の近くで生活している新入領民にとって、兵士達はそれほどレアな存在という訳でもない筈なのだが……一体何が良いものなのだろうか。

首を傾げた私にアスランはふっと笑って、けれど何も教えてくれないまま、私を雪遊びの場へと引っ張っていった。


「えっと……この辺。あれ？」

アスランの連れていった先は林と丘の境だった。木の枝から落ちてきた雪がこんもりと積もっていて、子供達の遊んだ形跡がある。

だがそれにも拘《かかわ》らず、子供達の姿は無い。

「どこ行ったんだ？」

怪訝そうにアスランがそう呟いたと同時に、ふいにラスィウォクが姿勢を低くした。警戒態勢だ
——何かあったのか？　そっとアスランの手を引いて、ラスィウォクの横腹に背を預けるように立つ。不安そうな表情を浮かべたアスランに、静かに、と指示を出して、私はそっとクロークの下の護身用の短剣を確かめた。剣や槍は携帯していない。いざとなれば、これを抜かなければならない。

アスランを庇いながら、匂いを探るラスィウォクに付いていく。何らかの異常事態だと思われるが、シル族の天幕や、大人達の気配は遠い。アスランを一人で天幕へ戻らせる事は出来なかった。ラスィウォクは林の中へと踏み込んだ。茂みに隠れてはいたが、子供達の足跡が残っている。……いや、これは、後から隠したのか。足跡を覆っていた低木のようなものは、よく見ると刃物で切り落とされた木の枝だった。

足音を忍ばせながら暫く進むと、次第に苛立った男の声のようなものが聞こえてくる。

「……くしろっ！　このま……村まで…………泣くなッ！　騒……殺すぞ……黙れ！」

途切れ途切れの声に紛れて、小さな子供の啜り上げる声が僅かに響く。私とアスランは顔を見合わせた。アスランは顔を青褪めさせていた。

このまま村まで、という事は、目指しているのはこの方向だとミルダ村だろうか。そこが盗賊団を捕らえた村である事は、偶然の一致とはあまり思えない。

ミルダ村に向かうとなると、子供の足では辿り着くのは夜半になる。一体あの声の主は何者で、何を目的にしている？

「……アスラン、遊んでいたのは何人だ？」

小声で尋ねると、少し考えた様子で、今日は十二人、と彼が答える。

私が寝泊まりしている天幕とその隣の天幕は孤児が集められたもので、普段は当番制で大人達の仕事を手伝ったりしている。が、年齢の低い子供になればなるほど当番の回数が少ない。遊んでいた子供の殆どがまだ四歳や五歳頃の筈だ。

「ティーラと、レカも居る。今日は三人で遊ぶつもりだったんだけど、チビ達が暇そうにしてたから、俺達が連れ出したんだ……」

震える声でアスランはそう付け足した。という事は、他は皆七歳に満たない子供ばかりなのだろう。

——恐らく子供達を連れ去った犯人は一人か二人だろうが、それでも小さな子供達を庇って、となるとラスィウォクと私だけでは荷が重すぎるな。

「……アスラン、頼みがある。ラスィウォクと一緒に道を戻って、急いで大人を呼んできてくれ。出来れば領軍の兵士がいい。そうでなければテオだ」

「えっ……でも、そうしたらエリザ様が一人に」

「一人でお前を帰らせるよりも、私が一人残る方が安全だ。私が戦場に立った事があるのは、お前も知っているだろう?」

言い含めると、アスランは険しい表情ながら頷いた。そうして、ラスィウォクに促されるようにして、そっと来た道を戻って行く。

私はそれを見送ってから、息を殺して声と足音の後を追った。


誘拐犯は何度も無理矢理に子供達を急《せ》き立てた。怒鳴りつけ、乱暴に掴み上げ、手を振り被り、時には腰に提《さ》げた剣を抜いて切っ先を突きつける。

その度に私は自分の感情を必死で抑え込む必要があった。ギリギリの所で踏み留まれたのは、結局男が子供達に暴力を振るわなかったからだ。

「クソッ、おい！　どいつが領主のガキなのか分からねえから今は殴らないが、俺の仲間は領主の事が分かるからな。舐めた真似した奴は後でズタズタに切り裂いてぶっ殺すぞ!!!」

そろそろ逃げ切れたと思っているのか、男が子供達に怒鳴り散らす声は次第に大きく明瞭になっていく。

領主、という事は私が目的なのか？　ぐっと唇を噛んで、そいつの前に飛び出しそうな足を必死で抑えた。

仲間が居る、というのが本当なら、合流する前にどうにかしなければならない、と焦りを感じる。状況からすると男の言葉には真実味があった。でなければ、あの男が子供達に未だ一度も手を上げない理由が分からない。

その焦りと、緊張のせい、だったのか。

不意に真後ろを大型の鳥か何かが通り過ぎた音に、私の身体はびくりと大袈裟に跳ねた。しゃがんでいた体勢を崩して、目の前の低木に突っ張った手が当たった。低木が大きく揺れ、がさり、と音を立てる。

「……あん？」

やってしまった。まずい。

私が身体を起こして逃げるよりも早く、男は低木の向こう側から私を見下ろした。色の抜け落ちたような真っ白な肌に薄汚れた伸び放題の白金《しろがね》の髪――北方の者特有の色彩に、ひゅ、と息を呑む。

「お前……」

「…………っ」

まずい、本当にまずい。見上げた先の男の顔が思い切り醜く歪んだ。

「ふざけんじゃねえ、いつの間に逃げ出しやがった‼　この、クソガキがッ‼!」

襟首を掴み上げられて、そのまま雪で泥濘《ぬかる》んだ地面に向かって思い切り放られる。出来る限り目立たない動きで受け身を取った。地面に転がされるのに慣れていてよかったとこれほど思った事は無い。

どうやらこの男は、私を逃げ出そうとした子供だと認識したようだった。おそらく、私が皆と同じ、シル族の民族衣装に身を包んでいたためだろう。

新入領民の子供達が、泥塗れになった私を見て目を見開く。その口からエリザ様、という声が零れるよりも先に、少女の悲鳴がそれを塗り潰した。

「アスラン‼　どうして戻って来ちゃったの⁉」

そう叫んだのはティーラだった。勿論、彼女が私とアスランを見間違える筈がない。

「テメェが逃がしたのかッ！」

唾を撒き散らして怒鳴ると、男の手がティーラの髪を掴む。

「このッ‼」

男が大きく手を振り被った。今度こそ、本気で殴ろうとしているように見えた。

「待ちなさい」

そこへ、小さな声が割り込んだ。男はびくんと身体を硬直させて動きを止めた。

「子供達は一人も傷付けちゃだめ、と言ったでしょう、ジャスパー」

それは、不思議なほどにすっと通る、静謐《せいひつ》な少女の声だった。それでいて、怖気が走るような、昏い愉悦と悪意をたっぷりと含んだような声だった。

場違いな程可憐な足取りで、林の中から法衣のようにゆったりとした服を纏った少女と、その後ろに付き従うような、フード付きのマントで顔を隠した人影が進み出る。

少女はそっとティーラの髪から男の手を離させると、それからファリスのような静かな微笑みを浮かべたまま地面に転がる私に近付いて来て、僅かに小首を傾げた。

「あら、赤い瞳の子なの？」

朝焼けの空のような、不思議な色を湛《たた》えた瞳が、ぞっとするほど悪意の篭った笑みを浮かべてぐるぐる巻きのマフラーに隠れた私の顔を覗き込む。

――けれど、何故か彼女はゆっくりと目を見開いた。そうして、戸惑うような、曖昧な声で呟く。

「……まさか。領主に石を投げた罪で、処刑されたんじゃなかったの……？」

は、と息が漏れる。

処刑された、と。その事を知っていて、私を彼と見間違える――それは、つまり。この少女が、三年前にラトカに反貴族派の思想を吹き込んだ、巡回の修道女だという事だ。

「………………、」

何か言わなければと口を開いて、けれど何を言えば良いか分からない。

「あん？　そいつ、アスランって呼ばれてただろうが」

「そうなの？」

ジャスパー、と呼ばれた男が口を挟むと、その瞬間少女の目に浮かんだ戸惑いのような揺らぎが薄れる。代わりのように冷徹な光を灯し始めたその瞳に、直感的にまずい、と感じた。

「処刑、された、から。もうラトカじゃ、なくなった」

本当に咄嗟に、そんな言葉が飛び出る。

出したその名前が決定的なものだったのか。

少女は再び大きく目を見開いて、私を引き起こすと、勢いよく私を抱き締めた。

「……私のせいで、あなたが死んだかと。……でも、良かった。本当に、良かった……っ！」

感極まったような声が耳元で囁かれる。けれど、私はその声の裏に潜むものに気付いてしまった。

――それは、父が心にもない言葉で領民を慰める時によく聞いたものと、恐ろしい程よく似た声色だった。

「さあ、ラトカ。迎えに来たわ。今度こそ私と一緒に行きましょう？　お母様はお亡くなりになってしまったんでしょう。もう、この地に心残りは無いわよね？」

甘い毒を含んだようなその言葉に、私を抱き留める少女の髪の陰で私は思い切り眉間に皺を寄せた。

どうするべきか。

私に無防備に抱きついている、この国を揺るがそうとする不穏分子《ふおんぶんし》の少女は、今ならば隠し持った短剣で殺す事が出来る。けれど、ジャスパーというあの男や、少女の後ろでピクリとも動かず立ったままのフードの人物は、私一人では到底無理だ。七歳の子供の身で、どうやって大人二人を相手にする事が出来るだろう。

ならば、どうするべきか。

「どこに？」

このままラトカを装って、少女から情報を聞き出すべき――なのだろう。

「私やあなたと同じ、貴族を憎む人達のところ。そこなら貴族に傷つけられる事なんて、もう二度と無いわよ」

「じゃあ、どうして皆を攫ってきたりしたんだよ？　それって、まるで……貴族みたいじゃないのか」

「違うわ。この領から救うためよ。だって今の領主はまだ、あの酷い領主の娘のままなんでしょう？　ねえラトカ、もし暮らしが前より良くなってたとしても……」

そこで、少女は呼吸を置いた。

「……もし、領主の娘があなたを秘密裏に処刑から救っていたのだとしても、騙されちゃダメよ。いつかはあの領主の娘だって本性を顕わにして、あなた達を苦しめ始めるわ。前の領主みたいに。だってそうでしょう？　もしその娘があなたを本当に処刑したくなかったのなら、裏でこっそり助けるなんて恩着せがましい事なんてする筈がないじゃない」

ね？　と耳元で言い聞かせるように少女は囁いた。私は小さくそれに頷く。成る程、こうやって洗脳するのか。

「だから、ね？　ラトカ。私達と一緒に来るのよ。私達の仲間を助けるために、どうか協力して欲しいの」

「……仲間？」

「そう。領主に捕まった、外国からの協力者の人達よ。私達、もう悪い貴族達に苦しめられないように、その人達と協力して一緒に貴族をやっつけるのよ」

……そうか。つまりこの連中はあの盗賊団を回収しにやってきて、『私』に対して人質交換を要求しようとしている、らしい。

「さ、行きましょう」と立たされて、私はその少女に黙って手を引かれるままについて行くしかなかった。

その後ろを無言でフードの人物が、更にその後ろでは、不安そうな目で私を見つめる新入領民の子達が、ジャスパーの剣で追い立てられてついて来た。


「ねえ、どうしてあなたは新入領民の子達と一緒に居たの？」

少女を説得して何度かの休息を挟んで貰い、真夜中過ぎの頃にやっとミルダ村に辿り着いた。

寝静まった村にジャスパーとローブの人物が押し入り、村長の家を占拠すると、少女は村の子供達を盾に「領主をここに呼んで、それから牢屋に居る方をみんなここに連れてくるように言って」とにっこりと笑みを浮かべながら脅迫し、家の入口や窓に疲れ果てた新入領民の子供達を座らせた。

そもそも目的の盗賊団がとっくに王都に渡されている事実を知らないかのような情報の遅さからは、考えられないほどに鮮やかな占拠の手並みである。……どうやら、予想以上に荒事《あらごと》に慣れているようだ。

「多分、領民に俺の存在が見つかるとまずいから？」

村長の家の暖炉の前に、私は少女とフードの人物に囲まれるようにして、少女のお喋りに付き合わされていた。

眠さと空腹と疲労で思考力が落ちているが、それは少女の方も同じだ。その状態で尋問を仕掛けてきた少女の、ツメの甘さが窺える。答えるだけの私は自分の言葉や態度に注意を払うだけでいいが、質問する側であり、ラトカへの善意を装っている以上、少女は私の何倍も頭を使わなければならない。

「そうなの……やっぱり酷いわね。生活も言葉も違う外国の人達の中にあなた一人を突然放り込むような真似をするなんて……。どんな娘なの？　やっぱり、母親のように太っているの？」

「いや、気味が悪いほど父親にそっくりだった」

恐らく少女はその答えを知っている筈だ。それを証明するかのように、答えを聞いた少女はにっこりと笑って頷いた。

「そうなの。そんなに似てるなんて、それだけで怖いわね……ね、待って。この領には狼が居たかしら？」

木板の窓の外からラスィウォクの遠吠えが聞こえた。どうやら、アスランはちゃんと言いつけを果たしてくれたらしい。窓の下に座らされているティーラがそっと視線を送ってくるのに、アイコンタクトで返す。救援が来たのだ、と。

視界の端でフードの人物がほんの僅かに反応するのが見えた。これまで本当に全く動かなかったせいで、些細な動きでさえ目立つように感じられた。

「黒の山脈《アモン・ノール》から、時々降りてくるらしいよ。でもずっと領の北の方にしか居ないから、安心していい」

「じゃ、大丈夫ね。私、狼は嫌いなのよ……」

ラスィウォクの事もまだ知られていないのか？　それとも、この少女が知らないだけなのか。

たった三人でこんな任務にあたっていると考えるなら、この少女は何も知らされていない可能性もある。或いは他の二人の態度からすると、この領へ来た事自体この少女の独断、という可能性もあるが。

「おい、来たぞ‼」

ジャスパーが部屋へ騒々しく飛び込んで来る。それと同時に、外が一気に騒がしくなった。

「行くわよ、ラトカ。さあ、皆も外に出て」

私も、子供達も、のろのろと立ち上がった。


外に出ると、村長の家は領軍によって囲まれていた。少女とジャスパーは村と新入領民の子供達を盾にして、不敵に笑ったまま領主を前に出せ、と領軍の兵士達に要求する。

この状況下ならどうにかなるか。ラスィウォクも潜んでいるようだし。そう思って、隣の少女を攻撃するべくクロークの下で短剣を握る。

その瞬間だった。

「……私に、一体何の用だ？」

やや不機嫌そうな、平坦な声。それと共に、クラウディアの後ろから、小さな影が踏み出す。

――息が止まるか、と思った。

そこには、鏡越しに散々見慣れた『私』が立っているように思えた。唯一違うのは、防寒用のヴェールを被っている点だけ。それ以外は本当によく似ている――似過ぎている。

どうして、お前がここに。

この少女にだけは、お前は会わせてはならなかったのに――。

「………お願いがあるのよ」

痛いほどに脈打つ心臓を押さえて、『領主エリザ・カルディア』に成りきって立つラトカと少女の成り行きを見る。短剣の柄を握る手が震えそうになるのを堪えながら。

ラトカは――一瞬だけ、少女に対して驚いたように僅かに目を見張った。けれどふっと一度瞬きをした瞬間、また完璧なほどに『私』を装う。

少女はまだ、私とラトカに気が付いていない。恐らく、少女が現在のラトカの顔を知らないのと、私の顔が泥やマフラーで誤魔化されているためだろう。私達の類似点には気付いておらず、また本物のラトカにも気付けていない。

「この領で盗賊団を捕まえたでしょう？　その人達を子供達と交換して欲しいの」

「交換？　笑わせるな。その子供達は我が領の者達だ。お前達のものではない」

「同じでしょ？　あの盗賊団の人達だって、あなたのものじゃないわ」

「おかしな事を言う。村の人間を脅かした犯罪者を領主が捕まえるのに、どんな問題がある？」

「――御託《ごたく》はいいの。連れて来てるんでしょう？　早く交換した方が良いと思うわよ。子供達、とっても弱ってるわ。食事も与えてないし、ここまで歩かせたのだもの、ね」

そこで初めて少女が凄《すご》んだ。どうせ子供達を見捨てられないでしょう？　という強気を見せて。

……なるほど、新入領民の子供達を狙ったのは一応考えがあったのか。孤児とはいえ、受け入れたばかりの新入領民の子供達を犯罪者と天秤に掛けて捨てるというのは、領主としてはかなりの禍《か》根《こん》を残す。

まあ……それも、盗賊団がここに居ればの話だが。

「取引の前に、一つ、お前に残念な知らせをしなくてはならないようだな。もうこの領には、盗賊団は一人も残っていない。全て王都へ移送した」

嘲りを滲ませて『エリザ』が答える。けれど、少女は悪意たっぷりの笑みを浮かべると、「嘘よ」とそれをばっさり切り捨てる。

「二人、残してあるでしょう？　死んだと偽ってここに残されたのは分かってるのよ。ヴァロンとラミズの二人よ」

『エリザ』はせせら笑うようにして、傍らに立つギュンターに顎をしゃくった。ギュンターは頷くと、少女の前に何かが入った布袋を放る。地に落ちたその袋の中で、何か重たそうなものが二つ、ごろりと揺れたように見えた。

「…………何の真似なの？」

「返せ、と言うから返してやったのだ。確かめてみたらどうだ？」

「……殺したの」

少女の声が凍りついた湖ほどに冷える。

「生きている者を王都へと渡した事はお前も知っていただろう。何をそんなに驚いている。……ああ、それで、何を『分かっている』と？」

傍らの少女から、強い歯ぎしりの音が聞こえた。

「……そう――――そう。なら、交渉決裂かしら？」

言うが早いか、少女が私の肩をぐいと引いた。動かないで、と言いながら、私の喉へと短剣の切っ先を押し当てる。

流石に領軍の兵士達に動揺が走った。それを見た少女が薄く笑う。ぐ、と私の喉元に刃を食い込ませて、挑発的に『エリザ』へと笑いかける少女に対して、『エリザ』はほんの一瞬だけ、僅かな笑みを浮かべた。私にしか気付けないような、本当に些細な、諦めたような、悲しげな笑みを。

「ね、私は優しいから、別の条件を出してあげてもいいわ。そうね……代わりに領主と交換してあげるなんてどうかしら？」

「……私と？」

「ええ、そうよ」

「逃亡のためか」

「そうかもしれないわね。あなたが武器を捨てて、私達の方へ一人で来たら、その時点で子供達を解放してあげるわ」

『エリザ』は——ラトカは、一瞬だけ私を見た。そうして、私が何か答える前に、腰の剣を外した。

「武器はこれ以外は持ってない」

「いいわ。じゃあ、両手を頭の後ろで組んで、こっちに来て」

『エリザ』がフードの人物のすぐ目の前まで来ると、少女はジャスパーに短剣を持った方の手であれこれと指示を出して、順番に子供達を解放する。……未だ肩を押さえられたままの私を除いて、全員が解放された。

「その子は？」

「あなたに対する人質よ、領主の娘。あなたに武術の心得があるのは知ってるのよ。この子が殺されたくなければ、大人しくしていて、ね？」

嫌らしく私の前に短剣をちらつかせながら、少女は心底愉快そうに笑ってみせた。

「なるほど。……それは、そいつ自身に言うべきだな！」

言うが早いか、ヴェールを毟り取って短い髪を晒したラトカが、フードの人物を突き飛ばす。それとほぼ同時に、私は少女の短剣を持つ手を大きく弾き、ぐるりと身体を反転させた。そうして、彼女の腰から胸に掛けてを隠し持っていた短剣で斬りつける。

そして、それまで屋根の上にでも潜んでいたのであろうラスィウォクが上空からジャスパーへと飛び掛かった。剣を持つ腕を一瞬で食い千切り、引き倒して伸《の》し掛かる。

「――ッなんでよ、ラトカッ‼」

夜天を劈くような少女の悲鳴に、ボタボタと音を立て、夥《おびただ》しい量の血がその足元へと垂れた。視界の端でギュンターとクラウディアに率いられ、領軍の兵士達が動き出す。

刹那の事であった。

そして、次の刹那には――更に全く別の事が起こる。

頭上の天から此処に向かって、流星のように真っ直ぐ一筋に何かが落ちて来る。まるで紅碧に染まる夜明けの空を切り裂くようにして。

それは――巨大な鳥のような魔物だった。風の衝撃で周囲の者達を全て薙《な》ぎ払うと、少女とフードの人物を掴んで、再度ぐわりと凄まじい勢いで上昇しようとする。

その突然発生した暴風の中心で、フードの人物は私の腕を掴み上げた。

――けれど。

しゃら、と音を立てて、捲れた袖の内側から細い鎖が零れ出る。

同時に、地上でクラウディアが「エリザ殿ッ‼」と私の名を叫んだ。
そして、『彼』が風に靡《なび》くフードの陰の中で、大きく目を見開くのが見えた。
息が止まる。
——私が手を伸ばすよりも早く、『彼』が私の腕を、離した。

「　　　　　　‼」

轟々《ごうごう》と唸る風の中で私の叫びは完全に掻き消され、伸ばした指先はただ宙を掻いただけだった。

【第十四章】

そうして、一応の解決となった盗賊の残党騒ぎの後始末は、ほぼテレジア伯爵に任せきりとなった。高所から落とされて地面に打ち付けた背中に怪我を負い、オルテンシオ夫人によって一月の間寝室に閉じ込められていたためである。ついでに無謀にもそれを受け止めようとしたラトカも地面に潰れて軽い怪我を負い、揃って説教を受ける嵌めになった。危険な遊びをして怪我を負ったと言わんばかりの説教は心外で、二人して顰《しか》め面《つら》をして聞いていたら、謹慎期間が延ばされた……。

雲が晴れれば、雪解けは速い。

黄金丘の周囲の雪が完全に融けたのを見計らって、冬の間に何事も無く過ごせたか領内の村を回った。ついでに新入領民の村に行って、水が完全に捌《は》けている事を確認する。

「今年もゴミが酷いな」

顔を顰めてテオメルがそう呟く。新入領民の村は、石の道を引いた所は一段高いので綺麗なままだが、未だ土が露出している部分には枯れ枝や藻等が散乱してぐちゃぐちゃだった。所々に泥濘《ぬかるみ》が残っていて、よく見ると何と小魚が跳ねている。水が引く時に逃げ遅れたのだろうか。

「魚が労せず手に入るのが今のところの利点だな」

僅かに苦笑しながら、テオメルは連れてきた戦士達に魚を拾えと指示を出す。あまり慣れた手つきでは無く、泥塗れになりながらも大方が回収し終わったのは二刻後だった。

「川で身体を洗ってから帰ろう。今の時間では風呂も沸いていないだろう」

冬の間、新入領民達は領軍の浴場設備を順番に借りているが、あの風呂の水は食事を作る時にしか湯にならない。火や熱を自動調節出来る技術とそれを支える燃料さえあればもう少しマシな入浴施設も作れそうなのだが、そんな余裕はカルディア領には無い。

残念ながら、領民にはまだ風呂はお披露目出来なさそうだ。カミルの遺《のこ》した数少ないお願いも、叶えるのはずっとずっと先になるだろう。――尤も、今も彼がそれを願っているかは不明だが。

……カミル。あの、夜明けの光が風に煽られるフードの中に僅かに差し込んだ瞬間、私は確かにそう叫んだ。

見えたものは酷い火傷痕と、憶えているよりもずっと顎の細くなった輪郭。確証を持つには不十分な、ほんの一瞬の事だった。

――けれど。

私は袖を捲りあげる。そこにはやはり、何の傷も無いまっさらな肌があるだけだ。

……何としても捜さねばならないだろう。あの防衛戦の、唯一の行方不明者を。心の奥でそう定め、左手首に巻き付く細い鎖を手首ごとギリと握り締めた。

翌日は朝から領軍の人手も総出となって、新入領民達の天幕や生活用具を纏めて馬の背に乗せた。みっしりと天幕が広がっていた隣の丘は、昼ごろにはすっかり様変わりして、むき出しの土が広がる寂しい光景となった。

「なんだか、こうしていると遊牧の生活に戻ったみたいだねぇ」

私の隣で同じように周囲を見回したレカが、実に面白そうに言う。大した労働力にならない子供達は邪魔にならないように私の後ろに集められて、天幕を固定する金具の数を揃えて縛る作業を延々と繰り返していた。私が寝泊まりしていた天幕にいたシル族の子供達だけでなく、隣の新入領民の子供や、普段は親元に居る子供達まで勢揃いしている。

「残念だが、それも今日で終わりだ。来年には家が出来ているように頑張るからな」

「エリザ様が頑張るっていうなら、多分本当にそうなるんだよね。王《キラーィー》は嘘はつかないんでしょ？」

「まあ、領主の言葉は宣誓に近いからな。不確定な事はあまり言ってはいけないんだ」

ふうん、とレカは返事をして、金具纏めの仕事へと戻った。私も少し手伝うかとそれについて隣に座り込む。丁度目の前にティーラもしゃがみ込んでいて、目が合うとにっこりと笑いかけられた。兵士達が置いて行った大量の細長い金具を十本ほど引き寄せ、土を雑巾でぬぐってから再度数えて縄で縛った。この縄は冬の間に新入領民達が用意したものだ。

「ところで。時々君達は私の事だか領主の事だかを王《キラーィー》と呼ぶが、それは何故だ？　この国の王はアークシア国王ただ一人でなければならないんだが」

手を動かしながら、丁度良いタイミングかと思ってそう尋ねる。何度か呼ばれた事があるその呼称は、その度に少し引っかかっていた。アルトラス語の分かる他の貴族などに聞かれてみろ、私がシル族の王に立とうと逆心をもっているとも取られ兼ねないだろう。

「え？　うーん、だって領軍の人達だってたまにツァーリって呼んでるよぉ？」

「なに、ツァーリの意味を知っているのか？」

私はその、ツァーリ、という言葉の意味をずっと知らないままだ。語学に堪能なマレシャン夫人ですら知らず、カミルが呼び始めた言葉で、いつの間にか領軍には広まっていた。そのため、アークシアでは殆ど話されない言語をカミルが持ち込んだのか、あるいは造語の類《たぐい》ではないかとすら思っていた。

だからこそ、シル族の出身であるレカがそれを知っていた事に驚く。これは最も薄いと思っていた線、ユグフェナ地方に残る古語の可能性が高いだろうか。ユグフェナの地でかつて使われていた言葉とアルトラス語は、同じ言葉を元にして生まれてきた言語だ。自然、似ている単語や共通する単語も多い。

「えっとね……僕達が王《キラーイー》って呼ぶのは、氏長の更にその長の事をそう呼ぶからだよ。それだけ」

それだけ、と言いながら、レカはにんまりと含みのある笑い方をした。悪巧《わるだく》みをしているような顔だったが、追及するには根拠が足りず、そうかと頷くより他にない。ふと顔を上げると、会話を聞いていたのか向かいにいるティーラもレカと同じにんまり笑いでこちらを見ていた。

「よし、そろそろ移動を始めるぞ！　ほら移動だ、先頭はギュンターだ！」

遠くでテオメルがそう号令を掛けたのが聞こえてくる。先導役をテオメルとギュンターと、どちらがやるかはなんだか揉めていたが、無事にギュンターに決まったらしい。あの二人は冬の訓練中に随分と気の合う友人同士になったようだ。年の頃も近いからだろうか。

「移動が始まったね」

最後の金具をギュッと縄で縛ってそう言ったティーラは、少し寂しげな声をしていた。周りの子供達を見回すと、彼女と同じように寂しそうな者、わくわくしている者、嬉しそうな者と子供達は様々な表情を浮かべている。

その中に、最近よく見知った仲になった蒼銀色の髪の子供が混じっていない事に気が付いた。彼は同年代の中でも成長が早いのか頭一つ抜けた身長をしていて、しかもあの髪色のために捜さずとも目立つ。なのに態々《わざわざ》捜しても見つからないという事は、ここに居ないという事だ。

「そういえば、今日はアスランはどうしたんだ？」

「さぁ？　体が大きいから、もう少し年上の子達の方でお仕事しているのかも」

十歳ぐらいからの子供達は、女達が担当する布類を纏めて馬の背に乗せる仕事を手伝っている。首を上げて周囲を見渡したが、その仕事はここの子供達と違って一ヶ所に集められているわけでもないので全く見つけられなかった。

「何かアスランに用なの？」

「いや。姿が見えないから気になっただけだ」

「ふうん。でも、丁度そのアスランが戻ってきたみたいだよ？」

レカが私の背後を指してそう言うので、私は立ち上がりながら振り向いた。そこには馬を数頭連れて数人の子供達がこちらに向かってくる姿があり、その中にアスランの蒼銀の髪が見える。

「お待たせ！　馬連れてきたよ、はい、じゃあ金具積んじゃおう」

先頭にいた十五歳ぐらいの女の子が、リーダー格なのか号令を掛けた。馬を連れてきた子供達はここに居る子供達よりも皆少し大きく、話題に上がった方の子供達であるという事が一目で分かる。自分達の仕事が終わったので、こちらの纏めた金具を運びながら子供達を連れていく仕事を新たに言いつけられたのだろう。

その中で、何故かアスランは私の方へと寄ってきて、私の肩をぽんと叩いた。

「エリザ様、少し話があるんだ」

話とはなんだ。今せねばならない事なのか。渡された麻袋に詰めるべく金具を両手に持った状態で、私はアスランに黙ったまま向き直る。アスランは特に重大な事でもないのか、気負いもなくさらりと一言、

「俺、今日から領軍に入る」

……簡潔な調子で結構な爆弾を投下した。

「……は？」

話があると言っておきながら、アスランの言葉は一方的な宣誓である。

私は何がどうなってそうなったのか全く分からないまま、自分よりいくらか背の高いアスランを一瞬ぽかんと見上げた。

「シル族の戦士になれない俺でも、カルディア領の――王《キラーイー》の戦士にはなれるんだろ。だから、俺は領軍に入る。入って、ここに残るよ」

丁度新兵を募る予定ではあったが、予想外のところから希望者第一号が現れたものである。

決然と言い放った少年の、真っ直ぐな眼差しを受け止めて、私の顔は自動的に真顔になった。そうして出来る限り優雅に立ち上がり、頷く。

「入隊を許そう。君の活躍を期待している。――私の戦士になってくれて、ありがとう」

種蒔きが終わった季節、今年も私は赤と黒の仕立てに銀装飾の入った凛々しい騎士礼装に身を包

んで自分の誕生祝に臨んだ。

テレジア伯爵は今年は髪を半分下ろしてみたらどうかと提案してきたが、これも何時もと同じように、頭の頂点付近で一つに纏め上げる。父は私と同じ色の長髪をいつも下ろしたままでいた。少しでも似たような格好をして、領民に父の面影を重ねられたくなかったのだ。

昨年はアール・クシャ教会への入信式のために王都に居たため執り行われなかったが、今年は領地にいるので、領内の現状確認も兼ねて行った。

今年も期間は三日間で、初日は領内の村を盛大に行進する。今年は領軍の他に私の私兵扱いであるシル族の戦士も組み込まれたため、かなり豪勢な行列だ。募集を掛けた領軍の新兵については、付近の村の人手に余裕のある家から十数人程やってきた。彼等は今回は訓練が間に合わないため留守となったが、そんな人数の差等は些細に感じられるという程である。

二年前と比べると少しだけ余裕があるのも理由の一つだが、領内の景気が回復してきているのでそれに合わせて豪華にした。もしも領民の生活水準が上がっているにもかかわらず、領主の行進が見窄らしいままであれば、無駄に民に不安を与える事になるからだ。

そんな訳で今回は、私もラスィウォクに乗っての参列となる。前回はラトカに石を投げられたため、騎獣で威圧してそういったアクシデントを防ぐ狙いもあった。相変わらずラスィウォクに乗るには体躯が足りていないが、宥め賺《すか》して鞍を付けさせて貰い、何とか騎乗している。

「今年は随分と大人しいな」

「……ああ、領民達か」

「そうなのか？」

すぐ隣をギュンターとクラウディアに挟まれているのは、二人に私の護衛経験が多いのと、見目がそこそこ良いからだろうか。平凡とは呼べない程度に精悍《せいかん》な顔立ちのギュンターは兎も角、クラウディアは黙ってさえいれば結構な美少女である。

一昨年前の物騒な緊張感を体験しているギュンターはどこか安堵しているようで、それを知らないクラウディアの方は、一見すると自然体だがよく観察すると警戒のために瞳孔が開いている。野生動物か何かか。余談だが、ラスィウォクの体高が高いため、馬に乗る二人よりも私の目線の方が高い。

これも前回同様、行進する道の端で領民が花道を作っているのだが、最初に通ったクラリア村では笑顔で見送ってくれる人がちらほらと見えた。

この村は黄金丘の館から最も近い事もあって、領内の変化が顕著に出る。笑顔の人は主に冬の間に様々な交流を行ったシル族の戦士にその表情を向けていたが、私を見てもあまり表情を変えなかった。

他の村でも重苦しい緊張感こそ無くなっていたが、領民の目はどちらかというと探るようなものだった。生活は良くなってはいるのだろうが、領主が私であるために不信感もまだ残っているといった風だった。前回一騒動起こったシリル村は未だに嫌な雰囲気さえ残っている。おずおずとした視線をほんの一部から感じはしたが、大部分はやはり葬儀のようにむっつりと黙り込んだまま行列を見送っていた。

私が表に出るようになって二年。私の姿など殆ど見る事の無い村の民にとっては、身近でない存在を見定めるのは難しい。厳しい視線が身を抉る。甘んじてそれを受け入れた。

全く異なる視線が集まったのは、今年は最後に訪れる事になったネザの村に入った時だった。穏やかな笑みを向ける者、少々の畏怖《いふ》を込めつつも真っ直ぐに私を見る者、様々な反応があれどそれらは一様に温かみがあるものだ。

「お館様、ほら、そこ。見てみろ」

楽しげな表情のギュンターが、ついと右側を指差す。目を向けると、花道の最前列で女達に囲まれて、髪の短い二人の村娘がはにかみながら私に手を振っているのが見えた。二人が頭に載せた色とりどりの花冠は、濃い赤色が主色となっている。

あまりにも嬉しくなって、思わず表情が崩れた。唇の端が勝手に吊り上がり、目尻が下がる。控えめに手を振り返すと、村娘達は揃って頭をぺこりと下げた。

「領主様万歳！　エリザ様とテレジア伯爵様がずっとお元気でありますように！」

「領主様万歳！」

名主夫人が朗らかに叫んで、村の娘達が華やかな声でそれを繰り返す。途端、両端にいた村人達が歓声を上げて何かを上空へと撒き散らした。ひらひらと揺れて落ちてくるそれは、村娘のつけている花冠に使われたのと同じ色の花弁だった。

――そうして、その緋色に紛れるように。

立ち並ぶ村人達の少し後ろから、憮然《ぶぜん》とした表情で、思い切り腕を振りかぶった小さな影が見えた。……但し、今回飛んできたのは石ではない。他の者達と同じく、濃い赤色の花弁が勢いよく私に降り掛かる。

紅茶色の瞳が満足げに細まる。そうして身を翻した彼を、そっと行進から外れた一部隊が追っていく。カルヴァンの率いる小部隊だった。

「万歳だってよ。良かったな、お館様――って、おい？」

そう笑い掛けながら私を振り返ったギュンターが、ぎょっとしたように驚きの声を上げる。

それもその筈、私はかろうじて背筋を伸ばして前を見据えるのを維持していたが、涙がぼたぼたと頬を伝って止《と》め処《ど》無く落ちているような状態なのだ。子供だから化粧をせずに済んでいて、本当に良かったと思う。

「……あーあ、村を出たら休憩だなこりゃ」

「泣き顔で行進するわけにもいかないからな」

あちこちから兵士達の苦笑したような声が聞こえる。呆れたようで、とても温かい声だった。

「……」

涙が垂れたのが解ったのか、ラスィウォクの長い蛇のような尾が器用に私の背を撫ぜる。機嫌良さそうに耳がぴこぴこと揺れ、日光を反射して鱗を煌《きら》めかせた。


……春の薄雲と夕日の茜《あかね》の合間にぐんと線を伸ばすようにして、王都から一羽の鳩が飛んできた。

「通告書だ。それも、王家のものだった」

色を無くしたテレジア伯爵が、力無くその便箋《びんせん》を私に差し出す。そこには確かに王の御璽《ぎょじ》が押されている。

その痛切な雰囲気に私は襟元を改めた。

「その、陛下は何と？」

内容を尋ねると、珍しくテレジア伯爵が口篭った。普段は理知的な深みを映す瞳が猜疑を灯して通知書を見下ろしている。まるでそこに書かれた内容を、認めたくないとでもいうように。

伯爵は暫く私の問いに答えあぐねていたが、軈《やが》てぽつりと、小さく言葉を落とした。

「……アルバート王子の、修道会入りが決定したと」

――は？

伯爵の執務室に、ガタリと喧《やかま》しく家具の動く音が響く。一瞬遅れてそれが自分が腰を浮かせた音であると気づいた。

「まさか、そんな」

私の口からは伯爵と同じく猜疑の言葉が勝手に漏れ出す。

当たり前だ。信じられない、という思いで頭が一杯だった。

「王子を、王家から追放するというのですか？」

「……修道会へ入るという事は、そうであろうな」

馬鹿な。そんな馬鹿な事が、あるか。

何故今なのだ。王太子の地位から遠ざけられただけで、プラナテスを十分に刺激しただろうに。

その上、王家から放逐《ほうちく》して一体何になるというのか。そんな事は、まるで、

「王家と教会の方々は、戦争を望んでいらっしゃるのですか……？」

呆然とその言葉を呟くと、テレジア伯爵は眉尻を跳ね上げた。

「口を慎みなさい」

ぴしゃりと言われ、ハッとして口が過ぎた事を謝罪する。如何にテレジア伯爵相手であっても、言ってはならない事を言った。

アークシア王国はその前身である神聖アール・クシャ法王国時代より、ずっとクシャ教の信徒の保護のためだけに力を振るってきた。

戦争とは、防衛戦と同義の言葉。他国に挑発を振り撒いて宣戦布告を狙うような事さえ、この国では認められない。

「では、事情があるという事ですか。プラナテス、或いはリンダール連合を敵に回す危険すら押して、アルバート王子を王座から遠ざけねばならない事情が」

自分の喉から出た筈の声は、酷く冷たいものだった。

当たり前だ。もしプラナテスが敵対国となれば、東国境防衛線に組み込まれているカルディア領は無関係では済まされない。

開戦ともなれば、領軍の兵を動員するだけでは足りない。領民さえも戦場へと駆り出さねばならなくなる。まして兵の少ないカルディア領軍は、補填が出来ない分すぐに徴兵の必要性が出てしまう。

民を戦わせるのか。そんな不明瞭な理由のために。罪を贖《あがな》うと定めた者達を、戦場へと追いやらねばならなくなるのか。

「落ち着きなさい。宮廷の者達が、陛下を説得して下さる筈だ。流石にこれは、民を預かる貴族としても最早看過出来ぬ事は確かなのだ。お前のみならず」

一足先に平静さを取り戻したテレジア伯爵が、宥めるようにそう言った。

憮然としつつも私はそれに何とか頷いて返す。

……けれども腹の底では、不満と不安が渦を巻いていた。

どうして……どうしてそうなったのか。あちらこちらに埋まった不穏の種が芽を出し始めたような気がして、私は西の空を睨んだ。

西から東へ日が動くこの世界で、西の空は既に闇夜の黒に染まっている。

【間章・零から一へ】

誕生祝の行進を終え、兵士達の宴《うたげ》を開始させたエリザは、一人で黄金丘の館の中を横切り、ある場所へと向かった。

――行進中にあの演出という事は、ほぼ確実に待っている場所はあそこの筈だ。一体あいつは何を考えているのか……。

エリザのその予想の通り、地下牢でその少年はエリザを待ち構えていた。

それはまるで、エリザがその少年と出会った日をやり直しているかのように。

「……お前」

「ちょっと待った。先に一言だけ言わなきゃならない事がある」

何を馬鹿な事をやってる、と言おうとした瞬間に出鼻《でばな》を挫《くじ》かれて、エリザは少年を睨んだ。少年はそれにそっと笑う。ガキっぽくなったなあ、と。

そうして、少年は思い出すのだ。

――チビのくせにあんまりにもガキっぽくないとさ、気持ち悪いし、見ててムカつくんだ。

思い出すと胸が切り裂かれたような酷い痛みがあったけれど――、もう、目の前の自分よりも年下の女の子に、その痛みをぶつける気は起きない。

「八歳の誕生祝、おめでとう、領主様」

花弁を投げつけただけで泣いてしまうようなその女の子は、少年を睨みつけながらも、やっぱり少しだけ泣いた。

「……、……どうして」

迷子の子供のような事を言って、声も無くはらはらと泣く。やっぱりちょっと可愛げは無い。きっと、あの従者は――ここには居ないあの年上の少年は、イゴルさんみたいに兄貴分には成らなかったんだろう。もしかすると、成れなかったのかもしれない。この女の子は相手に合わせて幾らでも大人になってしまうから。

――それで大人に合わせっぱなしで、自分が子供だって事を忘れてりゃ世話無いよな。

散々振り回された。一人の人間が大人の立場と子供の立場の両方から接してくるのだ、それはもう散々だった。

「お前が、ゼロにしたいって思ったの、何となく分かったから」

エリザと少年の関係が一気に悪化したあの誕生祝を、昼間はただの領民の、そして今はそれより少しだけ特別な黄金丘の館の住人の、ただの一人の子供として、少年なりにやり直してみたのだ。

「俺はすこーしだけ自惚《うぬぼ》れてたし、多分凄く期待してたんだよ、お前に。法を曲げて俺の事を生かして、特別な教育までして、傍に置いてくれるお前は俺の事が必要なんだと思ってた」

まあ間違いだったわけだけど、と言う少年の言葉にエリザは頷く。必要としたかった――けれど、無理だった。エリザも少年も、お互いに向き合わなかったせいで。

上辺だけの関係はすぐに誤魔化せなくなって破綻《はたん》した。エリザとラトカの関係は何一つ変化していなかった。領主と、領民。ただそれだけの線引き。

「お前は自分の償いのために、領民を自分よりも大事なものとして扱ってる。だから、領民である俺を殺す訳にはいかなかった。でも、領主として殺さない訳にもいかなかった。俺を傍に置いておいたのは、他にどうしようも無かったから。俺を教育したのは、多分別に特別じゃなくて、お前は領民全てにああいう教育を与えてやりたいと思ってるから。その後従者にしたのは、単にあのカミルって従者の後任に俺が一番手軽だっただけで、別に誰でも良かったんだと思う」

全くその通りだった。自分の事を自分よりもよく把握している自分とよく似た相手などという存在に、エリザは奇妙な感心さえ覚える。

「……でもさ、俺がお前に成り代われるようにしたのは、俺に使い道を見出そうとしたからだ、って信じたいと思った。必要とされてないって思うのは、凄く苦しくて、嫌だったから」

だから――俺はお前に、俺の価値を示したよ。と、ラトカは言う。

エリザはこくり、と頷いた。

「……ああ。あの時、お前が来てくれて、凄く助かった。それに、……嬉しかったよ。――済まなかった。色々と」

いろんな感情を、その一言に込めた。ラトカが助けに来てくれた事も、彼自身の意思で、あの少女ではなくエリザを選んだ事を示そうとしてくれた事も、こうしてエリザにやり直しの機会を与えてくれた事も――先に、エリザを許してくれた事も。

「おいおい、お前、ガキのやり方っての、シル族の所で教わってきたんじゃないのかよ?」

呆れたようにラトカはエリザにやり直しを要求する。かなり感情を振り絞った言葉だったというのに、と思いつつ、エリザはその要求に従う事にした。

「……ごめんなさい。あと、ありがとう、ラトカ」

その時、エリザは初めて、ラトカの晴れ晴れとした笑顔を見た。これまでのどこか引き攣ったり、陰のあった表情とは、全くの別物だった。

「いいよ。俺はもう謝ったと思うけど、もう一回言っておく。ごめんな。……お互い、一発ずつで許そうぜ。それでお互いゼロに戻ろう」

言うが早いか、ラトカはエリザの頬をすぱん！　と張る。

一瞬呆然としたエリザだったが、殆ど反射的に、ラトカの足を払って地下牢の床へと転がした。

――仲直りする筈なのに、どうしてこうなった。

そう思うと同時に、頬を腫らした自分と、床に転がるラトカがあまりにも間抜けなように感じられて、込み上げる笑いをそのままエリザは外へと出した。釣られるようにラトカも声を抑えずに笑い出す。

可笑しくて仕方が無い。こんな――小さな男の子みたいな、勢いしかない馬鹿みたいな仲直りなんて！

冷たく血塗られた地下牢の空気を吹き飛ばすかのような、明るい子供の笑い声が二つ、いつまでも響き渡る。

笑い疲れて息を切らして、寒さをやっと思い出すまで、いつまでも二人は笑い続けた。

巻末SS　【ラトカの日記（抜粋）】

9月18日　マレシャン夫人に文字と文しょうを書くれんしゅうのために日記をつけるように言われた。毎ばんその日あった事を書いていくみたいだ。今日は文字をひたすら書いて、それから細剣のけいこ。細剣のけいこで足をひっかけてころばせたら、きぞくの剣ではそんなきたないマネはしちゃだめだって怒られた。ギュンターさんから教えてもらったのは剣だけにたよるな、だったんだけどな。そもそも俺はきぞくじゃない……

9月22日　昨日はかだいが多すぎて日記をかくひまが無かった。今日もかだいが多い。今日からしょくじの作法もやるんだってあれこれ言われながらメシを食った。テーブルマナーなんて俺に覚えさせてどうするつもりなんだよ？　ぜんぜんメシ食った気がしない。

9月25日　細剣のけいこするとかだいとか文字のれんしゅうのめんどうさを忘れられていいな。午後だけじゃないくてもっと長くやらないかな？　なんで俺はダンスのおどり方なんて勉強しなくちゃならないの？

9月25日　かだい減らさずに細剣のけいこがふえた。ダンスもふえた。ちくしょう。

10月4日　日記でも私と書くようにマレシャン夫人から言われた。しゃべり方とか歩き方とかすごい色々言われるせいで、ろうかをはしからはしまで歩くのに四半刻くらいかかった。飯も冷めた。せっかくの飯がだいなし。でも細剣の方は、あつかいが上手くなったって先生にほめられた。かだいが多くて大変だけど、細剣、ちょっと楽しくなってきたな。

10月9日　今日もかだい多い。税金の決め方に関する法律をくわしく勉強した。あいつのやってる仕事をりかいしろって事なのか。何で俺が。

10月10日　エリザがいつの間にか帰って来てた。怪我してるって。部屋から出て来ない。俺も今日も細剣のけいこ以外ではかだいで部屋から出てないけど。今日は計算を沢山やった。頭いたい。

10月14日　最近計算ばっかりだ。あいつはまだ部屋から出て来た様子はない。そんなにひどい怪我なのか。

10月15日　法律に戻った。それはそれで頭いたい。

12月16日　マレシャン夫人に連れられて、こっそりイゴルさんたちのそうぎに参加させてもらった。エリザの命令だって、マレシャン夫人がこっそり教えてくれた。

13月13日　やっぱり俺の事、完全に忘れてただろ、あいつ。忘れてたと言えば、そういえば日記では俺じゃなくて私って書く事もすっかり忘れてた。明日からあいつの仕事を手伝う？　事になった。なんか三つくらい見習いを兼任する事になった気がしたけど、本気かな？

13月14日　仕事仕事仕事。あと勉強。つらい。

13月18日　今日は久々にエリーゼ様に会いに行った。随分間が空いたせいで、凄く心配をかけてたみたいだ。エリザに持たされたお菓子を一緒に食べた。俺なんかが一緒に食べてもいいのかと思ったけど、エリーゼ様は勿論ですって笑ってくれた。エリーゼ様に勉強の内容とかを話したら、凄く真剣に聞いてくれて、それと俺が凄い勉強してるって褒めてくれた。エリーゼ様よりも勉強が進んでるって。エリザに持たされたなんか綺麗な人形で遊んだ。人形はエリーゼ様のおじ様が贈ってくれたものらしい。俺なんかが触ってもいいのかと思ったけどエリーゼ様は当然ですって笑ってくれて……（中略）……もう冬だけど、エリーゼ様の部屋に見たことない花が飾ってあって、凄くいい匂いだった。ラスィウォクが持って来たんだって。そんなまさか。

13月21日　仕事つらい。でもエリザやマレシャン夫人は俺の三倍くらいの書類の山片付けてた。なんにせよつらい。明日からは前に中止になった槍の稽古を始めるって。マジかよ。その分仕事は減るんだろうな？

13月22日　槍の稽古。館の周り二十周。槍とは。
13月23日　今日も二十周。それは大人のはしるうきょりでおれむり
13月24日　昨日は日記を書いてるうちに寝てしまった。今日はちゃんと書こう。エリザが槍の先生であるクラウディアさんに走るのを少なくするように言ってくれたらしく、今日は十五しゅうだった。さいごまで走りはしたけどはしっただけでげんかいでさいごまではしってけっきょくやりにまださわってな――――(何かでインクが滲んでいる)
13月25日　今日は素振り　やっと槍に触れた　そろそろ神の声でも聞こえそう
13月28日　今日は稽古は休みだった。仕事を片付けてエリーゼ様の部屋に行った。エリーゼ様は冬の方が発作が少なくて過ごしやすいみたいだけど、身体が弱いから熱を出しやすいみたいだ。可哀想に。今日はエリザに何かの肉のパイ包み焼きを持たされた。滋養があるって。わざわざ狩ってきたのか？　もしそうなら今度は俺が狩りに行きたい。エリーゼ様、凄く喜んで食べてたし。その時のエリーゼ様の花が開くような笑顔をすぐに絵にしてとっておきたいくらいだった。エリーゼ様、早く身体が丈夫になるといいな……（中略）……それから、今日は俺が普段どんな事をしてるかを話した。仕事と課題と稽古の話ばっかりでつまらないと思うんだけど、エリーゼ様は俺の話を何で

も楽しそうに聞いてくれる。クラウディアさんの稽古で死にそうな話とか、本当に辛くはあるんだけど、エリーゼ様が喜んでくれるならいくらでも頑張れる気がした。

1月21日　今日は服の採寸をした。エリザが王都に行くのに、俺も一緒に付いてくんだって。向こうで着る服を新しく何着か仕立ててくれるそうだ。いいのかな。でも服を作ってもらうのなんて初めてだ。楽しみだし、嬉しいな。

1月22日　そういえば服を作る代金はどうなってるのかと思って、非常に気まずかったけれど、給金の事を聞いてみた。少ないけどちゃんと仕事した時間を計算して俺の給金を取っておいてくれてるらしい。この領じゃ使い道が無いからって保管してあるみたいだ。それから、服とか、食事とかの費用は俺の給金には関係ないって。奴隷労働させるほど性根は腐っていない、ってエリザは不機嫌になっていた。あいつ、本当に前の領主がやってた事嫌いなんだな。……俺、ちょっと涙が出そうになった。

1月24日　クラウディアさんおかしい。なんで一発で熊とか仕留められるの。おかしい。

1月25日　明日からベルワイエさんが俺に仕事を教えるそうだ。マレシャン夫人の勉強にクラウディアさんの稽古に更にベルワイエさんの仕事も増えるのか……

2月18日　服が届いた。お仕着せがどうみても女物で、これは何だってエリザに聞いたら、侍女見習いだと言ったのを覚えてないのかってちょっと馬鹿にしたように言われた。やたら腹立つ言い方だった。俺はこの館の外では侍女のエリーゼとして振る舞わないとならないらしい。まあ、そりゃそうか。でも女物か……そうか……服を作ってもらって嬉しいんだけど、素直に喜べない……

2月21日　今日は中庭で雪蛇を捕まえた。真っ白で凄く綺麗だからエリーゼ様に見せたかったけれど、村の女の子はあんまり蛇が好きじゃなかったから、考え直してすぐに逃がしてやった。そしたら何故かエリザに怒られた。勿体無いって。何がだ？

3月11日　王都に移動。疲れた。女の服が動きにくすぎる。何で男の俺が女物の服で、女のエリザとクラウディアさんが男物の服なんだ。おかしいだろう。

3月12日　お仕着せの次はドレスかよ。まあ、今日はエリザの方が大変そうだったから良しとする。それにしてもあいつドレスあんまり似合わないな。多分俺の方が可愛い。……普通逆じゃないのか？　俺がおかしいのか？　いや、エリザがおかしいんだよな？

3月22日　これで最後のページだな。何回か書けない日もあったけど、よく書いたなと思う。最初の方とか、まだ貴族について知らなかったあたりを読みかえすと随分拗ねてるなあ、俺。まだ一年経ってないのに本当に色々あったな。今日は昼間に少し出掛けて、新しい日記を買った。同じ様式のものがもう一つあったから、そっちも買ってみた。初めて給金を使ったから、何となく記念に。でもこれからずっと日記を書いていくなら、一冊余分に日記帳を持つくらい、いいだろ？　使うときがくるまでちゃんと仕舞っておこう。忘れないように。

悪役転生だけどどうしてこうなった。　2

＊本作は「小説家になろう」（http://syosetu.com/）に掲載されていた作品を、大幅に加筆修正したものとなります。
＊この作品はフィクションです。実在の人物・団体・事件・地名・名称等とは一切関係ありません。

2017年3月20日　第一刷発行
2017年3月30日　第二刷発行

著者 …………………………………… 関村イムヤ

イラスト ……………………………………… 山下ナナオ
発行者 ……………………………………… 辻 政英
発行所 …………………… 株式会社フロンティアワークス
〒170-0013　東京都豊島区東池袋 3-22-17
東池袋セントラルプレイス 5F
営業　TEL 03-5957-1030　FAX 03-5957-1533
アリアンローズ編集部公式サイト　http://www.arianrose.jp
編集 …………………………………… 望月 充・下澤鮎美
フォーマットデザイン ………………… ウエダデザイン室
装丁デザイン ………………… ミズキシュン（+iNNOVAT!ON）
印刷所 ………………………………… シナノ書籍印刷株式会社